KB235515

安亞樂

칼럼니스트 한동우의 수상록 Ⅱ

安亞樂

이미지북

칼럼니스트 한동우의 수상록 Ⅱ

들머리에 서서

1. 지성인으로 산다는 것

논밭을 떠난 세상은 낚시 아니면 사냥이다. 어디를 가야 고기가 많고, 어떻게 해야 많이 잡는가는 낚시꾼과 사냥꾼이 잘 안다. 마을이 없어지니 제례·역술·의술로 마을을 이끌던 지식인들은 영락할 수밖에 없었다. 대신 지성인이 등장해서 영리한 동물로 전락하는 사람에게 갈등과 증오와 쟁투를 벗어날 길을 가르쳐준다. 많은 사람의 행복 속에 진정한 행복이 있음을 알기 때문이다. 경쟁이 치열하고 복잡해질수록 더 큰 목소리로 진리를 외치고 싶어 한다.

그래서 지성인은 늘 현실을 날카롭게 응시한다. 잘못을 가리고 더 좋은 길은 없는지 따진다. 물론 민생을 기준으로 볼 때 고난의 진원지는 크게 권력국가·귀족국가의 탄생이다. 그렇다고 지성이 그 권력을 누리는 데만 관심을 가져서는 문제를 완화하는 실리를 얻지 못한다. 민생은 하루하루 삶의 연속이기에 조금만의 편한 틈도 소중하다. 그래서 지성인은 지구전이다. 태평성대라는 권력을 뒤져가며 도처에

낭자한 백성의 신음소리를 보듬으려 애쓴다.

지금 이 나라에서 비교적 생존경쟁으로부터 자유로운 전문가와 많은 사람의 공감을 얻고 살아가는 정치인·언론인 등이 지성인으로 활동한다. 자연을 아름답게 노래하며 사람의 심성을 오묘하게 그려내는 예술가도 백성의 즐거운 마음을 찾아 헤맨다. 자연이 내뿜는 여러 가지 빛깔과 냄새 그리고 화음은 인간이 오래 지향해 온 사랑과 협동의 원천이다. 지성인의 노력이란 기실 이런 자연과 인간을 조화시켜 보려는 다양한 형태의 작업이다.

전문 지성인이 아니더라도 지성인의 속내를 나름대로 소화해서 복잡한 일상에 뛰어들어 쉬운 언어로 지성의 소리를 들려주는 재미로 사는 사람도 많다. 민심과 천심을 믿고 별 소득도 없이 여론 형성에 열을 올리는 이런 사람들로 하여 세상은 많은 개선과 진보를 이룩한다. 문제는 지성인이 지녀야 할 자유로운 입장이다. 자유를 발판으로 하지 않는 비판적 의견은 분쟁의 씨앗이 되고 결과적으로 민생의 고통을 덜기는커녕 오히려 상처를 덧나게 한다.

자유란 이해관계로부터의 자유요, 자기의 의견이 절대로 옳다는 아집으로부터의 자유요, 자기와 다른 의견을 적대시하지 않을 자유다. 자유 지성이 어려운 소이다. 그래서 지식을 편 가르기에 써 먹는 지략가들이 더 설친다. 이들은 사람을 자기 앞으로 줄줄이 세우지만 결국 세월이 가면 도태된다. 다만 이러한 사이비 지성인들이 오래 설치는 것은 판단력이 약한 사람들이 많기 때문이다. 참 지성을 올바로 전달하는 얘기꾼들의 역할이 중요한 대목이다.

우리가 사는 21세기 한국에서 지성인들은 가장 긴요한 당면 과제로 빈부격차, 안보 불안, 환경 악화를 꼽는다. 민중의 삶이 이 세 방향으로부터, 아니 실은 이 '불안' 한 방향으로부터 위협받고 있기 때문이다. 권력은 늘 시화연풍(時和年豐) 승평일구(昇平日久)를 외치지만 지성인은 궁핍한 백성의 삶을 경고하고 또 국난을 막아보려 애쓴다. 물론 시각차가 있고 완급이 있다. 급진과 점진, 과격과 개량이 갈린다. 다 문제를 시정하려는 의도를 갖고 출발한다.

보수와 진보는 그렇게 요해된다. 그러나 우리나라에서는 그게 적대관계가 된다. 우리 역사가 반역사를 쓰기 때문이다. 프랑스혁명 때 왕당파는 우익, 공화파는 좌익이었다. 명예혁명의 영국에서는 귀족은 보수, 민주시민세력은 진보가 됐다. 빠른 민주화는 급진 과격이고 무리 없는 개혁을 자유개량이라 했다. 그러나 미·소 점령군이 남북을 증오로 무장시킬 때 특히 그 무장이 대량 충돌하고 나서는 좌익은 빨갱이로, 우익은 반동으로 불구대천의 원수가 된다.

그래서 좌·우익 간 모든 논의는 살육전이 되고 만다. 제 정신을 차리자는 권고도 여지없이 적대화 한다. 서글픈 현실은 한 치의 양보도 없이 줄곧 격화된다. 박수와 환호를 숨기고 한국인이 국축(跼縮)거리는 것을 미소로 바라보는 이웃들, 한국인의 바보짓을 비웃으며 실속을 차리는 제국주의 세력을 비집고 한국인이 정신을 차릴 날이 올 것인가 절망한다. 한 꺼풀만 벗겨도 보일 수 있는 환부가 이렇게 끝없이 위장당하는 역사도 진정 역사인가.

열강에 의해 분열, 상쟁, 증오에 빠진 중동·아프리카와 그 원주민을 생각한다. 5천만 명 이상을 도륙 낸 신대륙에서의 실험을 통해 축적된 약육강식의 기법들을 천착하고서야 이해될 수 있는 우리의 안보 문제다. 역사가는 반드시 정확한 사실에 근거해야 하며, 늘 강대국이 던져주는 해석 공식을 냉철하게 풀어내어 이를 한국 안보에 유리하도록 설득력 있는 언어로 정리할 의무가 있다. 안보란 결국 그 안에 살고 있는 국민이 감당할 몫이기 때문이다.

안보란 한 걸음 더 나아가 외환(外患)만을 의미하지 않는다. 내우(內憂)야 말로 국난의 시한폭탄이다. 병자호란이 그랬고, 임오군란이 그랬다. 동학란이야말로 외환으로 나라가 망했다. 요즘 문자로 빈부격차다. 이때나 저때나 많은 국민을 잘 살게 하는 것이 국치의 기본이다. 빈부는 내란의 온상이다. 더하여 요즘 환경오염도 국난의 시동을 건다. 질병을 유발하는 수입, 독극물 내뿜는 수출로 누굴 살리자는 건가.

남북대결 문제

남북대결은 미·소의 분할 점령에서 비롯된다. 어떤 의미에서 조선은 일본이었고, 일본은 패전국이었다. 수천만 명을 희생시킨 소련이나 수십만 명이 희생된 미국에게 조선이 분단을 마다할 수는 없었다. 그러나 당시 조선의 지성인들은 그냥 당하고만 있을 수 없었다. 분단 방색을 위해 있는 힘을 다했다. 김구·김규식이 남북협상 마지막 길을 갈 때 지식인 100인 선언이 나왔다. 남북 무장은 충돌이 불가피할 것이고, 이어 대전으로 번질 것이라 한탄했다.

무장은 군사주의를 부르고 군사주의는 적대주의·상호박멸주의로 번진다. 일본의 군국주의 잔재가 더 남북을 부추기고 있었다. 한국전쟁이 어떻게 야기되었는지 그 켯속을 알기는 힘들다. 알려진 대로 북한이 남침했다면 미군을 이길 수 있다는 계산이 섰는가. 미군 참전을 몰랐다 하더라도 이를 알고도 한강을 넘은 것을 어떻게 설명할 수 있는가. 소련과 중국이 미국을 선제공격했다고 하지만 북한은 구사일생이었으니 결국 중·소의 제물이 된 것 아닌가.

강대국 놀음이란 늘 그런 것이다. 대리전쟁에서 약소국은 늘 장기의 졸(卒) 신세다. 사정이 이런대도 남북은 전쟁 이후 완전 철천지원수가 되었으니 꽃놀이패란 다른 게 아니다. 미군은 한국 주둔을 공인받고 적국을 견제하면서 각종 기동 연습으로 군사 장비를 개발·보강한다. 남북이 그 틈새에 끼어 출혈 군비 경쟁을 한다. 남북 지성이 갈구한대로 조선이 완전 독립했다 하더라도 여간 정신을 차리지 않고는 균형추 역할을 해내기는 매우 힘들었을 것이다.

이제 문제는 어떻게 남북이 서로 잡아먹지 못해 걸걸하는 상황을 벗어던지느냐이다. 남북이 서로를 못 견딜수록 민중의 삶은 총체적으로 고달프다. 없는 살림에 군사 강국을 지향한다는 것도 그러려니와 자유·평등을 향한 진보적 논의를 군사적 이적(利敵)으로 제주(制肘)하는 옹색한 사회는 결국 다수 국민의 창의적 참여로만 번영할 수 있는 근대국가의 기본을 잠식하고 있는 것이다. 선의의 경쟁이 아니라 악의의 처단만 난무한 지 70년이 되어간다.

이 상황이 종식되는 길은 하나가 없어지는 것이다. 점령당하거나 자멸하거나 해서. 그 좋은 선의의 경쟁은 여러 사람의 목숨을 앗아간 채 여전히 닫혀 있다. 북한은 패전의 악조건 속에서 군사국가와 빈곤통치의 길을 걸었다. 재 남침은 엄두도 못 냈다. 유일한 비상구는 역설적으로 결정적 방어수단의 확보였다. 멸망의 위험을 벗어나기 급급해서 핵무기를 개발했다. 이제 싫든 좋든 남북 간에 평화적 경쟁 관계가 열리는 계기가 될 수도 있다.

빈부격차 문제

이제 남은 문제는 남이나 북이나 민생 개선이다. 다 굶는 북한이 남한만큼 빈부에 시달리려면 한참을 달려야 할 것이다. 그러나 한국은 갈수록 시급한 과제로 떠오른다. 민란의 조짐까지 있다고 봐야 한다. 사실 한국이 개발에 열을 올리기 시작할 때 미국의 랜드연구소

울프 박사는, 1960년 정부개발목표 연평균 5퍼센트도 당시의 저축률 3퍼센트를 감안할 때 너무 과다하다고 했다. 그때만 해도 외자 도입은 주권 침해의 소지가 있다고 다 반대했었다.

그러나 한편으로는 세계 경제가 회복되자 넘쳐나는 자본(특히 미국)을 활용해야 한다는 소리가 높아졌다. 유엔이 개발연대 10년을 선포하며 이를 적극 지원했다. 그래도 한국의 지도자들은 자립 경제에 매달렸다. 식민지를 경험한 신생국들은 외자 특히 조건부 외자(tied loan)를 경계했다. 자력갱생을 외치는 북한도 부담스러웠다. 인도나 파키스탄의 경제계획을 건너다보며 사회주의 냄새가 나는 '경제계획'도 발전이나 개발을 덧씌울 만큼 잔신경을 썼다.

5·16은 개발 목표를 겁 없이 끌어올렸다. 그때 이미 국방대학원 5개년 계획은 8퍼센트였다. 옥신각신 끝에 연평균성장률은 7퍼센트로 조정되었다. 그러나 당시 일반론이었던 수입대체산업을 넘어 기반시설까지 욕심을 부리다보니 곧 외화가 바닥났다. 닥치는 대로 외자 도입이었다. 한일협정을 서두르고 상업차관(주로 미·일)에 매달려야 했다. 정부의 지급보증이 남발되고 외자는 정경유착을 통한 치부 수단이었다. 대규모 특혜 자본이 형성되었다.

모로 가도 서울만 가면 된다고 하지만 콩밥 급히 먹으면 화장실에서 알아본다는 말도 있다. 여기저기서 부작용이 나타났다. 그러나 물량 성장의 굉장성 앞에 다들 환호성을 지르며 흐느적거렸다. 자립경제·민족경제를 주장하던 석학들도 혀를 내둘렀고 그들의 목소리는 자자들었다. 이미 70년대 초 개발경제학자들이 헬싱키에 모여 파이만 키우면 분배는 어렵다고 했는데, 그래도 너나없이 선성장 후분배를 주장했다. 자연 민주는 유보될 수밖에 없었다.

결과는 오늘에 이르렀다. 문제는 역시 분배였다. 불공정·불공평은 어느 때 어디서나 사회 불안과 민란을 몰고 오는데 그걸 너무도 대수롭지 않게 당연한 것으로 설정했다. 노사 간·대소 간·수납 간·원청 간·노노 간·농상공 간 어디 하나 성한 데가 없다. 어느 것이나 빈부 격차로 수렴된다. 나아가 국제 간 불공정은 숨어 있다. 수입 기자재는 기술 독점 가격을 지불해야 한다. 자체 개발하지 않고는 고스란히 당하기만 한다. 그만큼 부가가치가 줄어 노동소득을 제한한다.

외국인과 임금을 맞추다보니 이들과 함께 하는 대기업 간부들의 연봉은 점점 높아지고, 이들 고소득의 대부분은 외국인의 본국 송금, 내국인의 자녀 유학, 관광 명품 소비로 빠져나간다. 유학 경력이 우대 받는 것도 또 다른 불공정이다. 또 투자 개방으로 상당한 배당금이 해외로 유출된다. 수출과 쌍벽을 이룬 부동산 시장도 빈부를 심화시키는 복병이다. 한 사회가 지향하는 최대 목표이자 국가의 존립 근거인 공정과 공평이 이렇게 총체적으로 와해되고 있다.

문제는 해결 방법이 없다는 것이다. 이제 와서 고가 수입 기자재를 국산화해서 외국 노동자에게 주는 임금만큼의 국내 노동자를 늘릴 수도 없다. 또 부자들의 세금을 올리면 은닉·도피 재산이 는다. 우리보다 100년 앞서 출발한 남미제국의 전철이 어른거린다. 우수한 경제 학자가 없었던 게 아니었다. 개발의 필수조건이라는 유능한 정부가 없었던 것도 아니었다. 유능하다면 누구나 빠지기 쉬운 특권의식과 공명심이 오늘을 만들었으니 누굴 원망할 수도 없다.

내란은 막아야 한다. 끊임없이 복지를 늘려야 한다. 일자리를 만들어야 한다. 오늘의 역사를 역산하면 자세한 해답이 나온다. 우리의 오랜 관료 특권사회를 바로 봐야 한다. 관존민비의 관행이 갑을 종속을 심화시킨 장본인이다. 곳곳에서 민존관비의 역전 드라마가 전개되어야 한다. 한정적으로 실업수당을 대폭 인상하는 한편 부자들이

재산을 감추지 못하도록 철저하게 단속해야 한다. 요즘의 전산 수준
이면 어렵지 않다고 본다.

환경오염 문제

금수강산 예의지국이다. 자연 환경과 사회 환경이다. 많은 산이 외
침을 막아주고 굽이굽이 일궈진 논밭을 중심으로 마을공동체가 번창
했다. 산세가 순해서 누구보다 크게 앞서거나 누구한테나 뽐내길 좋
아하지 않았다. 힘에 부치면 머리를 숙였고, 악당들과 맞서기보다 물
러나기를 기다렸다. 많은 외침도 그런 공동체를 파괴할 수 없었다.
근대화로 모든 것이 뒤바뀌고 있지만 맑은 물 밝은 인심이 속절없이
스러져가는 것은 큰 재앙의 전조다.

아무리 변화를 서두르더라도 국민 속에 둥지를 틀고 있는 오랜 향
수는 잘 달래줘야 한다. 그것은 역사를 보듬는 것에 다름아니다. 어떤
모습으로라도 공동체 의식을 가꿔나가야 진정한 화합이 있고 그 토
대 위에서 창의력이 만발한다. 금융산업 같은 영리조직으로는 공동
체가 대체될 수 없다. 약자들의 등골만 빠진다. 근대화가 신앙공동체
속에서 태동하고 지금도 그 밑바탕이 되고 있다. 이를 외면해 온 오
늘의 우리 문제는 더 해결하기 어렵게 진행된다.

초일류를 지향한다는 재벌기업이 정화된 폐수로 금붕어를 키우면
서 비만 오면 오수관으로 폐수를 흘려버리는 장면은 쉽게 목격된다.
중소기업의 작태는 차라리 입을 다물게 한다. 수출 효자들이 공해를
대량 배출한다면 우리의 환경을 헐값에 팔아먹는 짓이다. 선진국도
그렇다고 말하지 마라. 일본이 우리나라에 원자력발전소를 지어주고
해저케이블로 전기를 수입하겠다고 했다. 환경 파괴가 자자손손 대
역죄인데 빈부격차까지 겹치면 누가 더 죄인인가.

공동체는 해체되고 새 공동체는 오리무중이다. 극심한 이기심과 경쟁만 만연한 사회에서 느는 것은 범죄요 자살이다. 청소년들은 모두 인기인이 되려고 허질러 다니고, 정작 나라의 장래를 설계하고 요리해야 할 정치인 고급 관료는 세금 축내며 거들먹거리기 바쁘다. 말로는 창의력이요 창조경제지만 다 싹트기 전에 시들어버린다. 지배 복종의 오랜 역사에 더하여 개발 초기의 중요한 시기를 허비한 군사문화가 오히려 큰 자랑으로 치부되다니 어처구니없다.

어떻게 해서든지 공동체가 복원되어야 한다. 요즘 한참 바람이 불고 있는 협동조합운동에 기대를 걸어본다. 도시공동체운동이다. 농촌공동체를 넘어 도농공동체도 바람직하다. 직종 간·업종 간 그리고 어렵더라도 노사공동체다. 시장경제를 중심으로 느슨하게나마 다양한 협동이 이루어져야 한다. 자라는 세대들이 이를 발전시킬 수 있도록 기초 훈련이 필요하다. 그 교육제도가 서고서야 비로소 후발주자에 걸맞은 진정한 창의력이 꿈틀거릴 것이다.

2. 몸부림과 넋두리

공무원 20년과 반공무원 17년을 경험하는 동안 내내 관심사는 식민지 극복이었고 조선적 근대화였습니다. 경제개발을 연구하겠다고 유학을 가선 근대화를 공부하고 돌아왔습니다. 논문은 「유교와 근대화」였습니다. 귀국하여 조선일보에 첫 칼럼(메리고라운드) '근대화란 미적분'을 썼습니다. 근대화란 여러 가지 권력(국가 및 종교 또는 전통)으로부터 인민을 해방하는 것이었습니다. 자유로운 개인으로 분해하고 이를 다시 협동체로 묶는 일이었습니다.

사실 이 나라에는 선비(재야 지식인)들이 있어서 탐관오리를 견제하고 청백리를 양성해 왔습니다. 이들은 최소한 나라가 망하지 않는 보루였습니다. 퇴계는 관청을 들락거리며 고민을 거듭했고, 화담·남명은 아예 그 문밖에 있었습니다. 관에서 쫓겨난 선비들은 계속 관문을 넘보았지만, 그럴 수 없는 다산은 보고 느낀 대로 관리들을 준엄하게 꾸짖었습니다. 누구나 짐작할 수 있는 작태를 몸소 경험하고 질타한 것은 배신을 넘는 용기라 하겠습니다.

이렇게 부패 특권은 자기들의 정신적 만족을 유지하려는 양심 세력(지식인)과의 공생관계로 유지될 수 있었습니다. 일제 강점으로 나라가 망했을 때 지식인들은 공생가치를 잃고 모두 외적의 주구가 되었습니다. 일부는 분연히 군주 회복과 독립운동에 뛰어들었으나 나라가 분할 점령을 당하자 그마저 와해되고 말았습니다. 남쪽에서는 근대화의 한 축인 시장공동체의 허상에 빠져 한국적 적분(통합)의 길을 잃고 미분의 나락으로 달리고 있습니다.

우리가 아직 제대로 근대화의 모멘텀을 찾지 못했다는 주장은 근자 역사학자 김기협에 의하여 논증되고 있습니다. 시장공동체가 그나마 서양에서 발붙이게 된 것은 기독교의 자유·평등·박애 덕분이라 생각합니다. 우리 선비정신 속에서도 희미하게나마 그 맹아가 싹텄고, 양명학을 계기로 강화학파에 의하여 체계화되기에 이릅니다. 기독교와 내통하기도 하고 사회주의 무정부주의와 맞닥뜨립니다. 여운형·이회영·신채호·유자명이 되어 국난 극복에 나섭니다.

이제 지식인은 방황을 멈추고 우리의 공동체의식을 발굴하여 이에 걸맞은 근대화의 길을 찾아야 합니다. 공산주의(consummatory integration)는 실패했으므로 실의에 빠진 북한을 끌어안는 구도면 더 좋겠습니다. 참으로 지식인들이 옷깃을 여며야 할 때라고 생각합니다. 진리는 탐구하라고 있는 게 아니라 실천하라고 있다 했습니다. 실천은 때로 용기를 필요로 합니다. 그러나 어떠한 경우에도 귀신에 들려 목숨을 가볍게 여기는 일은 없어야 합니다.

예수도 가급적이면 죽음을 면하려 했고, 하나님의 뜻을 확인하고서야 잔을 마셨습니다. 박해를 각오하지 않고는 결행이 어려울 때가 많지만 자기와 더불어 많은 사람을 죽음으로 모는 일은 절절한 기도가 따라야 합니다. 더욱이 오늘 우리의 처지가 사상적 금기에 갇혀 있기 때문에 이를 넘으려는 어떠한 시도도 뻔한 희생을 기다리는 만용으로 치부될 것입니다. 차라리 넘을 수 없는 현실을 천운에 맡기고 승산의 지리를 따라야 할 것입니다.

쉽지는 않습니다. 오늘도 마키아벨리는 권력을 더 튼튼히 하려고 애를 씁니다. 부귀영화를 위해 온갖 야료를 다 부립니다. 하루걸러 축제요 준공식이요, 부문별·지역별로도 별별 특색을 내세워 사람의 혼을 빼앗습니다. 남미의 광란을 보십시오. 참 살맛나지만 곧 허탈이 밀려옵니다. 부러움을 사려면 뼈 빠지게 일하라고 겁을 줍니다. 금시발복은 없다는 것, 모든 걸 참고 운명을 감수하라는 것, 거기에 속임수 선전까지 강화되니 더 벗어나기 힘듭니다.

그래서 죽음을 택한 의열지사들의 넋두리를 들으려고 합니다. 박해를 무릅쓰고 오늘을 넘으려는 많은 지식인들의 길잡이가 될 것 같습니다. 우당·단재·백범·몽양·죽산·조용수·장준하·김상진·전태일·박종철 등 제위가 마이크 앞에 서면 국민들의 많은 호응을 얻고 전혀 예기치 못한 곳에서 귀한 손님이 찾아올 것입니다. '안아락'은 제가 오랫동안 구상해 세운 초혼탑에서 듣고 깨달은 얘기입니다. 조선족의 조선다운 삶의 터전이 보였습니다.

3. 배반의 장미

―Ⅶ. 「배반의 장미」 '다섯 송이 묶음' 중에서

나는 책을 몇 권이나 내가며 지금도 지사들과 어울려 격려 받는 것을 큰 행운이라 생각한다. 한때 소련을 민주의 또 다른 대안으로 여겼던 일부 지식인들이 곤혹스러운 현실을 맞이한데 비하면 퍽 자유스러운 내 입장은 균형감을 지켜주는 소중한 자산이다. 그러기에 일생 모아 온 자료를 총동원해 나라와 민족이 직면한 난제를 해결하기 위한 강구책을 모색하려는 유혹에 자주 빠진다. 이는 어떤 선언문을 남기고 싶은 충동에 다름아니다.

I. 추냥 아씨 생일

해방되던 해 겨울, 희미한 등잔불 밑에 둘러앉은 동네 아주머니들 한가운데서 나는 야릇한 분위기에 휩싸여 눈을 감았다. 아주머니들은 연신 '추냥 아씨 생일은 사월초파일' '추냥 아씨 생일은 사월초파일'을 불러댔다. 느슨하게 맞쥔 내 두 주먹 안으로 한 아낙네가 어느새 집어넣은 반지도 앞으로 전개될 조화를 짚어가며 불안에 떨고 있었다. 이윽고 그 반지가 슬그머니 빠져나오면 나는 추냥 아씨 생일 대신 아주머니들이 외치는 다른 소리에 맞춰 춤을 추게 되어 있었다.

공출도, 방공 연습도, 길치도, 부역도 없어진 읍내 마을은 퍽 무료했다. 설과 보름이 지났으니 더 그랬을 것이었다. 서울에서 이백 리 길 서해안 고향 마을은 잠시의 요란한 감격을 덮고 스며드는 추위에 잔뜩 웅숭그리고 있었다. 그런데 어찌된 영문인지 부녀자들이 부쩍 앞서거니 뒤서거니 장을 보러 나왔고, 또 읍내 이웃끼리도 밤을 타서 마실을 다녔다. 나눌 거라야 시원한 김치 국물이요 고작해야 군고구마였지만 정말 해방을 만난 듯 부산했다.

전기도 라디오도 없는 읍내, 해방을 제일 먼저 안 것은 국민학교

4학년의 나였다. 먼지를 뒤집어쓰고 막 내려온 도라꾸(트럭) 꽁무니를 따라 가다 흘려들은 일본 항복. 얼마 전 싱가포르 점령으로 고무공 하나씩을 배급받은 기억으로 보나, 한 번 휘두르면 몇 명씩 쓰러진다는 니뽄도(일본 칼)의 자랑으로 보나 일본은 절대 싸움에 질 나라가 아니었다. 트럭운전수가 무심결에 내 뱉은 말로는 너무 남의 얘기 같았다. 그래도 나는 아버지에게 알려드리고 싶어 집으로 달려갔다.

나는 사랑 툇마루에 걸터앉은 많은 사람들에게 별로 신기하지도 않은 소문답게 일본 고상(항복)을 나직거렸는데 아버지는 댐새 알아듣고 채근하신다. 놀랍기도 하고 함부로 하는 얘기가 걱정되기도 하셨으리라. 마침 장날이라 약국 겸 병원인 우리 집에 사람이 많이 모였으니 왜 조심이 더 안 되었겠는가. 그러나 대체로 분위기는 무심했다. 고상을 알아듣지 못하는 탓일까. 이윽고 방학이 되어 내려와 있던 친척 형이 일본은 최후 1인까지 싸우다 죽지 고상은 절대 없다고 소리쳤다.

일인 순사부장이 떠나던 날 지서 앞마당을 따라 서 있는 가로수에 올라 매미를 잡으며 함께 놀던 일본 애들이 풀죽어 아버지를 따라가던 모습에 마음이 퍽 찡했다. 일본 절(진쟈)이 불타고, 면민대회가 해방과 독립을 터지게 외치고 나서 찾아온 추석은 퍽 들뜬 분위기 속에서 신파(연극)가 열리고 태극기와 인민공화국 만세가 나부꼈다. 그러나 '백두산 뻗어나려~ 무궁화 삼천리~'가 들어차기에는 일본 군가가 빠져나간 자리가 아직도 한참 허전했다.

나는 어려서부터 어머니를 잘 따라다녔다. 어머니를 놓쳐서 울던 기억이니 서너 살 아니겠는가. 큰댁으로 어머니를 찾아갔던 내게 어른들은 코 빨간 중이 업어갔다고 했다. 내 울음소리를 듣고 어머니가 다락에서 내려오신다. 찰자 같이 어머니를 놓지 않는 나를 놀리기로들 합작하신 모양이었다. 오늘 저녁 어머니를 따라나선 이웃집 안방에서 어머니들이 무슨 얘기 끝에 나를 시켜 추냥 아씨 놀이를 하기로 의견이 모아진 모양이었다. 나는 또 무슨 날벼락인가 벙벙했다.

순간 코 빨간 중이 스쳤으나 내 나이 열한 살이었으니 그럴 리가. 오히려 나는 내가 꽤 그런 놀이에 능하다고 어른들이 추키신 것으로 우쭐했다. 꼭 조선말을 금하던 시절이어서가 아니라 나는 일본 군가를 줄줄이 외고 다니며 칭찬 듣기를 좋아했다. 박자는 엉터리였겠지만, 60여 년이 지난 지금도 흥얼대는 몇 곡조는 아직도 생생하다. '갓데구루소또 이사마시꾸(이기고 오겠다 용감하게)', '찌갓데구니오 데데가라와(맹세코 고향을 떠나와서는).' 나는 쉽게 결의에 찼다.

친일파 집안이어서가 아니었다. 누가 그랬는지는 몰라도 집에는 일본 군가집이 여러 권 있었다. 모조리 외고 다녔다. 아마도 중학에 다닐 나이였던 삼촌들 것이리라. 학교 때부터 인기가 높으셨던 아버지는 경방단장(민방대)으로 계시면서 유능한 청년들을 일본군과 보국대에 안가도록 보호하기 위해 일본 순사들과 자주 다투셨다. 그 일로 어머니는 늘 불안해 하셨다. 내가 이따금 도고나 야마모토 겐스이(원수)의 무용담을 자랑해도 어머니는 신통해 하지 않으셨다.

누구누구 마누라, 누구누구 어머니들은 쉼 없이 추냥 아씨 생일 사월초파일을 내 귀에 퍼 담았다. 나는 차츰 몽롱해질 수밖에 없었다. 갑자기 하야시 센세이(선생님)가 눈앞으로 다가왔다. 학교를 질러가는 논두렁길에서 하야시 센세이는 하얗게 웃고 계셨다. 내가 멀리서 알아채고 인사를 꾸뻑했는데도 못 보셨는지 인사가 없느냐고 꾸중하신다. 아니 어디 갔다 오시는 길이신가. 나를 퍽 귀여워하시던 선생님은 해방 전후 한동안 안 보이시더니 어디서 이제 오시는가.

하얀 얼굴에 하얀 안경은 여전히 예쁘셨지만 머리에는 말로만 듣던 시가꾸보(사각모자)가 얹혀 있었다. 모자로부터 빨간 술이 내려와 가늘게 흔들리고 있었다. 야외 실습을 나간 자리에서 일본은 곧 망한다고 속삭여 주시던 선생님, 아버지가 소문내지 말라고 챙기시던 일, (나중에 안 일이지만 가네야마 센세이는 독립군 얘기를 했다가 밀고 당하자 학생들에게 경각심을 주기 위한 것이라고 변명했다고 한다) 그 엄한 친일의 틈바구니에서 피어나는 가녀린 반일의 꽃이었다.

그리고는 일곱 살에 시골에서 읍내로 이사 오던 날이었다. 나는 걸어오는데 네 살 아래 동생은 이삿짐과 같이 걸채를 타고 왔다. 처음 오래 걷는 나는 심술이 났지만 나까지 탈 수는 없다기에 울분을 참으며 터덜거렸다. 동생을 낳던 기억도 어렴풋했다. 어머니가 나가 놀다오라 해서 아랫집 작은댁 헛간 기둥을 빙빙 돌다 들어가니 컴컴한 등잔불 밑에서 몇몇 어른들이 무엇인가를 치우고 계시는 모습이 보였다. 그때는 애기를 낳은 지도 모르고 어머니 옆을 파고들었다.

또 작은댁 기둥을 돌다 벌에 쏘여 어머니가 된장을 처매주시던 일, 그 옆으로 서 있던 진흥회실(회관)에 갔다가 형들이 쌓아 올린 책상 걸상에 벌벌 떨며 올라가던 일, 그 탑이 무너져 유리창에 머리를 다치던 일, 어머니가 벽에 말린 쑥을 뜯어 피를 찍으시던 일, 글방에 안 간다고 종아리를 맞다 어머니 치마폭을 감싸며 매를 피하던 기억들이 꼬리를 물었다. 그리고는 본 기억이 다하자 들은 기억으로 넘어갔다. 갑자기 할아버지의 경 읽는 소리가 들려왔다.

옴도로도로. 할머니가 아들 셋, 딸 셋을 낳고 장병에 누우셨다. 장감(장질부사)으로 1년 넘게 투병하시다 돌아가셨다. 45세. 집이 넉넉했음으로 가근방의 용한 의원은 다 모셔왔지만 허사였다. 글방 선생을 하시는 할아버지도 별 수 없으셨다. 푸닥거리와 굿이었다. 할아버지는 신장막대를 잡으시기까지 하셨다. 대가 춤추며 밖으로 나와 뒷간 보꾹에 찔러 넣은 능안나무(멀리 왕릉 근처에서 사온 건축재)를 후려쳤다. 아, 이때 맞쥔 주먹이 조금 열리며 떨리기 시작했다.

주먹에서 뭔가 빠져내리는 느낌, 반지였다. 어머니들은 신나서 추냥 아씨를 더 재게 외쳤다. 된 시집살이 끝에 시어머니 병구완으로 고생을 더 하시던 큰어머니와 어머니는, 우리 어릴 적부터 옛날 얘기는 그 할머니 극성이 다였는데 왜 갑자기 그 얘기가 떠오르고 내 몸이 뒤틀리는가. 아니 추냥이가 누군지도 모르고 아씨란 큰댁 하인이 어머니나 큰어머니를 부를 때 가끔 듣던 기억 그리고 또 생일이라니 아무 뜻도 모르는 소리에 내가 왜 이리 양손을 벌리며 흔들고 있는가.

누군가 달려들어 내 몸을 일으켰다. 땀범벅 된 내 눈에는 아무 것도 보이지 않았다. 다만 추냥 아씨에 섞여 누군가가 '백두산 뻗어내려 반도 삼천리'를 불렀다. 재봉틀집 마누라인 듯했다. 그 노래를 흉내 낼 수 있는 사람은 서울 살다 온 그 젊음 밖에 없었다. 그 곡에 맞추어 내 몸은 흐느적거리기 시작했다. 노래가 끝날 무렵 몸을 가누기는 점점 힘들었다. 누군가 외쳤다. 소리 하나 더 해. 도라지 타령이 출발하는 듯했으나 이내 '축 늘어졌구나 흥' 하는 천안 삼거리로 빠졌다.

누군가 또 외쳤다. 아무거나 어서 빌어 봐. 국수집 마누라가 우리 애기 아버지 술 좀 끊게 해주슈. 나는 아무 뜻도 없이 내뱉었다. 굿 해, 굿 해. 또 누군가 물었다. 우리 애기 아버지 미친 짓 좀 그치게 해주소. 나는 복숭아 가지, 복숭아 가지로 때려라 했는데 더는 물음이 없었다. 내 몸은 비틀거리고 있었다. 독립은 언제 되노 우리 어머니이신 듯했다. 나는 힘없이 되는대로 뱉었다. 50년 백년, 50년 백년. 나는 쓸어졌고 어머니와 다른 어머니들이 달려들어 나를 감싸 뉘었다.

깊은 잠에서 깨어나듯 나는 깨어났다. 어머니를 따라 집에 오면서 나는 다른 기억은 하나도 잘 안 나는데 마지막 50년 백년은 또렷했다. 어머니가 왜 그런 의문을 가지셨는지 일본 놈 앞에서 가스러진 체하지 말라고 늘 아버지를 채근하시던 어머니였다. 일본이 망해 돌아간 것은 고소하지만 해방이니 독립이니 그런 사정은 잘 알지 못하셨다. 난들 뭐 알랴. 일본이 우리나라에 쳐들어와 말과 글을 다 빼앗고, 우리 농민이 지어놓은 쌀을 강제로 걷어갔다는 얘기만 학교에서 들었고, 일본에 대한 적개심이 슬슬 자라고 있을 때였다.

나중에 안 일이지만 문제는 아버지였다. 서당에서 사서삼경을 공부하다가 스물이 다 되어 소학교 졸업반에 드셨고, 하숙을 해가며 20여 킬로미터 떨어진 보통학교를 더 다니셨다. 서당 훈장이신 할아버지 반대로 상급학교 진학을 포기하고 고향 마을에 강습소를 개설하였으나 일제 지침을 따르지 않아 3년 만에 폐교 당한다. 하지만 가근방 청년들은 모두가 동창이요 아우요 제자였다. 할머니 병구완 끝에 의사가 되리라 결심하고 유학길에 올랐으나 여의치 않자 하향하여 약국을 운영하시니, 자연 이 고장 청년들의 구심점이 되셨다.

겉으로는 일제에 협력하시면서 은인자중 일제의 동정을 살피고 계셨다. 만세운동 때 주재소 방화, 왜경 타살사건과 이웃 제암리 학살사건의 영향으로 많은 청년들이 대처에 나가서도 독립운동에 손을 대고 있었고, 고향을 지키는 아버지는 은밀히 이들을 지원하셨다. 해방이 되자 친일파라 할 만한 아버지가 곧 자치대장을 맡은 것도 그 연유였다. 해방의 소용돌이 속에서 사소한 친일도 닦달을 당할 때 아버지는 여기저기 불려 다니며 불을 끄기 바쁘셨다.

그러나 독립을 꿈꾼 사람들에게 해방은 또 다른 식민지로의 전락이었다. 미·소가 한반도를 분할 점령한 현실을 냉철하게 꿰뚫어보고 진정한 해방, 완전한 독립을 고민하기 시작했다. 종전 반년이 채 안 되었지만 서른여섯 아버지의 한숨소리에 어머니도 마음이 편치 않았다. 일제 경찰이 옷을 바꿔 입고 설칠 때 아버지의 청년들은 어이가 없었다. 친탁·반탁이 주류를 이루는 가운데 친미·친소를 배격하자는 움직임이 지방으로까지 번졌다. 아버지도 그 길이 옳다고 보셨다.

어머니는 그렇다 치고 나는 아버지가 나라의 앞날을 걱정하는 소리를 한 번도 들은 적이 없었다. 그런데 내 입으로 50년 백년하며 일제 36년보다 더 긴 나라 걱정을 했다니 믿겨지지 않았다. 추냥 아씨가 정말 있는 것일까. 그때 동네 부인네들 아니 우리 어머니까지도 나의 백년을 아무렇지도 않게 들었으리라. 그런데도 커가면서 전쟁이 나고 서로 으르렁거리는 것을 보며 나는 자꾸 그 50년 백년이 어제란 듯 내 입가와 귓가에 맴돌고 있음을 꽤 불길하게 생각했었다.

걱정도 팔자지 통일이 안 되면 어떤가. 물론 남과 북이 서로 독립했다고는 할 수 있다. 독립 정부가 들어섰으니 그렇지 않은가. 처음에는 서로 괴뢰라 했다. 그러나 서로 자꾸 덩치가 커지고, 특히 소련이 붕괴되고 나서 이젠 괴뢰도 어이없게 돼버렸다. 그러면 다시 독립인가. 스스로 갈라섰다면 그럴 수도 있다. 가령 남한이 동서로 갈리듯이. 그래서 다시 통일로 돌아온다. 50년을 기대했는데 벌써 70년을 바라보지 않는가. 추냥 아씨는 자꾸 후렴을 부른다. 이제 100년이래도 다행 아닌가.

II. 초혼

　어머니가 하늘 가득한 별을 보고 나셨다 해서 이름은 만성(滿星)이다. 우리 집안은 하늘에서 내려오신 시조 할아버지를 따라서 하늘 천자를 성으로 삼고, 나라의 벼슬을 구하기보다 조용히 어려운 사람을 돕는 일을 보람으로 여기며 대대로 그 혈맥을 이어오고 있다. 출세한 누구누구의 몇 대 손인가를 따지는 족보도 없다. 의를 행하고 선을 베푼 선대 어른들의 뒤를 따르리라 다짐하는 의식이 있을 뿐이다. 미상불 흉내만 내다 말더라도 가문의 전통이다.

　어머니가 보신 가득한 별은 억만 개의 촛불이었다. 촛불밖에 없었다니 그믐밤이었을 것이다. 그믐밤이라야 별은 더 총총하게 빛날 것이었다. 낮에는 별이 없으니 밤은 별이었고, 그 빛난 별은 그믐밤이었다. 커갈수록 만성이는 자주 별을 생각했다. 어려운 가운데서도 하늘이 내려주신 직분(天官)을 지키신 조상들의 내력을 들을수록 어두운 세상에 그 많은 별들이 되리라 마음을 붉히고, 밤이 없으면 어찌 그 별이 빛나랴하며 어려운 세상을 안으려 했다.

　먼저 의사였다. 조상들이 몸 바친 일들이 병을 고치는 일이었기 때문이며, 지금도 세상에는 병으로 고통 받는 사람이 여전하지 않은가 해서였다. 물론 병이란 약이 있어야 치료할 수 있고, 또 약이란 이리저리 구슬려야 효험을 더하는 것이지만 마땅한 처방이 막막하던 시절에는 그때 그때 형편에 따라 기양(祈禳)으로 신통을 기대하기도 했었다. 그래서 우리 선대들은 약을 걸었고, 굿날을 잡았고, 실제 법사(法事)를 주관하기도 했다.

성만이 아버지는 숫제 한의사였다. 증조할아버지, 할아버지도 화제를 내셨으니 성만이도 의사가 된다면 이제 3대를 넘어 의가(醫家)가 될 만했다. 그러나 중학에 들어갈 무렵부터 어머니가 꾸셨다는 가득별이 자꾸 떠올라 성만은 별자리와 그 이름 그리고 그 별들의 움직임에 대한 호기심을 억누를 수 없었다. 거기다가 세상에는 전파란 게 있어서 그 소리를 들을 수 있고, 또 별로부터도 전파가 온다지 않는가. 의사는 꼭 내가 안 돼도 되는 것 아닌가.

성만은 초등학교 선생인 삼촌이 만들다 만 광석라디오에 깊은 흥미를 느꼈다. 얘기도 안 하고 슬그머니 들고 나왔다. 전기도 안 들어오는 시골에서도 안테나만 높고 길게 매면 방송 전파의 수신이 가능했다. 6·25 전후로 전기 사정이 좋지 않은 도회지에서도 광석라디오는 인기였다. 주파수를 맞추려고 콘덴서를 돌리면 '삐~ 삐!' 어디선가 보내오는 신호가 들린다. 어느 천체에서 보낸다고 했다. 성만은 별을 꿰뚫어보다 점점 어떤 영감을 느끼곤 했다.

고등학교에 올라와서는 진공관을 썼다. 군용 전지가 보급되자 진공관을 2구, 3구로 늘려가며 라디오를 조립했다. 트랜지스터가 나온 건 그 후였다. 성만은 건강한 인체의 주파수를 입력하고 환자를 대입하면 그 편차로 병의 실체 파악이 훨씬 정확할 것 같다는 생각이 들어 열을 올리는데 ,마침 우주를 더 넓게 보겠다는 당찬 결의에 차 있는 홍우주가 있었다. 피란 학교에서 만난 그와는 처지가 같아 더 가깝게 지냈다. 그러나 서울 수복으로 헤어져야 했다.

성만의 대학은 천문학과였다. 천문으로 어떻게 세상을 밝히고 억울한 사람을 구하겠는가 하겠지만, 예부터 천문·지리에는 어지러운 세상을 평정할 지혜가 숨어 있다고 했다. 우리 조상이 추구했던 하늘 벼슬이 처음에는 천문이었다. 때로 헤매다 풍속을 심히 해치는 지경에 이를 때도 있었지만, 재난을 피하고 국난을 극복하는데 공로가 크기도 했다. 집안 어른들은 사기·일자(日者) 열전이나 귀책(龜策)열전을 예로 들며 세전(世典)의 중요성을 강조했다.

그러나 과학으로 보는 천문은 사뭇 달랐다. 칠흑같이 어두운 밤하늘을 수놓은 많은 별들, 그 속에서 보이지 않을 정도로 작은 또 하나의 별 우리 지구, 천억 내지 4천억 개의 별들이 모여 생성된 우리 은하, 그런 은하 천억 개가 모였다는 우주의 신비, 그 속에서 한없이 작고 나약한 존재 인간, 광대한 우주 속에서 하루살이 같은 우리네 삶, 성만은 점점 벅차오르는 감정을 주체할 수 없었다. 과연 우주와 대화를 나눌 수 있을 것인가.

별들의 위치와 운동이 인간과 그 주변 사건에 일정한 영향을 미친다는 가정 하에 그 귀추를 따져보려는 노력은 오래 전부터 있었다. 점성술이었다. 서양에서의 대우주·소우주 개념, 중국에서의 천인상관설은 점성술의 토대가 되었다. 지역별로 발전된 역법·제법 등의 전파가 바로 문명의 이동이었던 시대가 있었다. 점성은 기독교의 탄압에 의해 5세기 이후 잠시 그 모습이 사라지기도 했지만 일부 교파에 의해 복원되어 이슬람 세계에까지 전해졌다.

중국은 일찍부터 일월식, 태양이나 달의 무리, 여러 혹성의 이합집산이나 성좌의 위치와 새 성성의 출현 등을 기초로 하는 천하국가점성술이었다. 천체 현상을 관측하면 하늘의 의지를 알 수 있다는 생각을 반영한 것이다. 특히 음양오행설은 태양과 달, 목·화·토·금·수 오혹성에 의한 점성술로 불교의 숙요경(宿曜經)을 참고로 더욱 번창했다. 천상계와 지상계를 대응시켜 가며 통치기구와 관직 배치의 근간으로 삼았다.

천체의 힘이 유출해서 인간에게 유입된다. 인간도 스스로 혼을 유출한다. 별들에서 유출하는 사선과 인간에게서 유출하는 사선이 만나는 곳에 그려진 형상(形象)은 인간마다 특유하며 그것이 개개인의 생애에 영향을 미친다. 천문학의 조상들은 대우주를 알면 소우주(인체)를 안다고 해서 모든 물질 변화를 통일적으로 파악하려는 연금술을 발전시켰다. 또한 점성술적 관점에서 연금술과 의술을 결합시킨 독특한 사상체계를 정립하기도 했다.

연금술이 근대과학에 자극을 준 것은 사실이나 17세기 과학혁명으로 그 근거는 크게 실추된다. 그러나 20세기 들어와 우주와 인간 사이에서의 의식과 무의식 관계가 밝혀짐으로서 다시 부활한다. 분자를 구성하는 원자, 원자핵과 그 주변을 돌고 있는 전자 그리고 핵을 구성하는 중성자와 양성자, 또 이들의 원료가 되는 아원자(亞元子)와 그 아원자운동의 파동성과 입자성 및 불연속성을 증명하려는 양자역학의 발달로 물질과 비물질의 한계는 애매해졌다.

성만은 명상으로 내심을 파고든다. 이제껏 듣지 못한 내면의 소리가 들린다. 순간순간 매사에 감사한다. 의식을 놓아버리고 생각이 가는 대로 따라간다. 몸이 절로 서서히 움직인다. 손이 움직이고 팔이 움직인다. 온몸이 진동한다. 모두 아원자가 되어 스스로 움직인다. 나는 춤춘다. 그러나 내 춤이 아니요 아원자의 춤이다. 나는 춤 그 자체가 된다. 어린 시절 춘양 아씨 놀이가 생각난다. 아원자 춤. 물리학은 오래 그 해답을 감춰놓기 일쑤라더니 이제야가.

우리가 살고 있는 우주는 보이는 세상과 보이지 않는 세상으로 구분된다. 보이는 세상은 우리가 볼 수 있는 파동, 즉 가시광선으로 보는 물질 세상이며, 보이지 않는 세상은 그보다 더 높은 주파수의 파동으로 존재한다. 우리의 육체나 우리가 눈에 보이는 만물들은 모두 가시광선보다 매우 낮은 주파수의 특성을 가지고 있는데, 그 물체에 높은 주파수인 가시광선이 반사되어 눈에 들어오게 되고 그것을 뇌가 인식하여 보이게 한다.

보이지 않는 세계는 가시광선보다 높은 주파수를 가지고 있기 때문에 가시광선이 투과해버려 우리가 볼 수 없는 것이다. 우리가 볼 수 없는 그것을 대표하는 건 바로 영세계이다. 여기서 혼동하지 말아야 할 것은 세상 모든 만물이 주파수(에너지)로 존재한다는 사실이다. 물질세계가 영과 물질의 결합체인 인간과 어떤 관계가 있는지 알아보려면 우선 양자역학이다. 양자역학이란 모든 물질의 기초가 되는 그 무엇을 찾는 과학이다.

양자역학은 우리의 의식이 아원자에 영향을 끼친다는 가설을 실험을 통해서 확인했다. 실제로 우리가 의식하는 대로 물질이 변화되는 것을 관찰할 수 있었다. 우리가 아원자를 관찰할 때는 물질로 존재하는 것을 보게 되나, 우리가 보지 않을 때는 그것이 파동을 일으키며 다른 공간으로 사라졌음을 발견하게 된다. 더욱 놀라운 것은 우리가 파동으로 의식하고 관찰할 때는 파동으로 보이고, 물질로 의식하고 관찰할 때는 물질로 보이게 된다는 사실이다.

비물사물(非物似物)인 아원자는 너무 빠르고 제멋대로 쏘다니기 때문에 그 존재는 확률에 의해서만 파악할 수 있다. 확률파동함수가 그것이다. 그러나 그 방정식을 통해서 확률로밖에 안 보이는 아원자를 의식적으로 물질로 관찰함으로서 아원자는 물질화한다. 아원자 세계와 인간 의식이 긴밀하게 연결되는 순간이다. 인간의 의식이 거시적으로 물질세계에 영향을 미치는 것이다. 그래서 인생을 바꾸려면 생각을 바꾸면 된다는 가설이 성립한다.

우리의 의식이 물질의 기초 단위인 아원자에게 이런 작용을 한다면, 아원자가 기초인 모든 만물은 우리의 의식에 얼마나 큰 영향을 받고 있겠는가. 양자역학은 바로 우리에게 보이는 물질세계가 우리가 매일 생각하고 느끼는 감정들에 의해 창조될 수도 있다는 사실을 입증한다. 곧 보이지 않는 세계(무의식, 영세계)에 의해 보이는 세계가 창조된다는 것이다. 앞으로 그 창조가 어떤 방식으로 이루어질지 밝혀질 날도 멀지 않다.

결국 성만의 천문학은 물리학이요 그 바탕은 수학이었다. 수학이라는 무대 위에서 인간을 비롯한 모든 우주만물이 창조되었다면, 이는 이해와 깨달음을 갈구하는 인간을 수학의 길로 끌어들이기 위한 어떤 지고의 의지가 작용하고 있는 것 아닌가. 그렇지 않고는 유한의 인간이 어떻게 수세기 후에 나타날 인간과 우주에 관한 문제의 답을 기가 막히게 미리 예견할 수 있는 것일까. 정답을 움켜쥐고 학생의 연산능력을 키우는 수학 선생의 실체는 무엇인가.

성만은 졸업을 앞두고 교회에 나갔다. 인간이 생각해 낼 수 있는 모든 원리의 궁극적 산실이 있다는 생각은 어려서부터 했지만 그 주인이 분명히 있다는 것이다. 신이라 할까, 하느님이라 할까, 부처님이라 할까. 오래 익숙한 하느님. '아이구! 하느님, 하느님 살려주세요'하는 하느님을 찾기로 한 것이다. 그런데 성서를 대하는 순간 더 기함한 것은 하느님이 말씀으로 우주를 창조하시고 그 광대무변의 궁창을 모두 방정식으로 채우셨다는 사실이었다.

캠퍼스는 달랐지만 성만은 새로운 사실이 드러나거나 궁금증이 더할 때마다 항공과의 홍우주를 찾았다. 둘이는 진공관과 씨름하며 미지의 세계를 향한 꿈으로 어린 시절을 불태웠던 사이 아니었나. 그런데 이제 보니 모든 결론이 홍우주가 빼어난 재주를 자랑하던 수학으로 수렴되고 있지 않은가. 성만은 그에게 홀린 것일까 아니면 그가 만든 방정식에 대입된 것일까. 또 우주를 떠도는 무수한 파동 가운데 사람의 음파도 있다고 하니 귀가 번쩍했다.

어디선가 약 20만 년 전에 사람의 음성구조가 돌연변이로 유사 동물과 차별화 되었고, 그 원활한 의사소통으로 오늘의 문명사에 주인공이 되었다는 것을 읽은 기억이 난다. 이는 창조주의 실수가 아니라 사람을 왕자로 만들기 위한 장기적 포석 아니었나. 하느님이 세상을 창조하셨으면 누군가에게 창조의 뜻을 알리고 그 의중을 헤아릴 능력을 주시지 않았겠나. 하느님 말씀이 그 많은 사람들의 귀를 울릴 수 있는 이유가 거기 있지 않은가.

성만은 뛸 듯이 기뻤다. 비록 홍우주의 힌트였지만 이제 그와 차별화된 결론을 이끌어 내리라. 성만은 교수가 되어 가르치면서도 틈틈이 음성 연구를 게을리 하지 않았다. 음성은 파동을 일으키며 우주로 날아간다는 것, 그 음성엔 사람마다 다른 성문(聲紋)이 있다는 것. 어떤 장치를 개발하면 그 음성을 포착할 수 있고, 그 언어구조를 재생하여 발성자와의 대화도 가능하다는 것, 외람되나 하느님 음성도 직접 들을 수 있는 때가 오지 않겠는가 한다.

영혼은 곧 음성이고 음성은 음파가 되어 세상을 날고 있지 않은가. 양자역학이 엔트로피 법칙으로 생물과 무생물의 한계, 정신과 물질, 마음과 육체의 교류에 관하여 설명하고 있으니 초자연생물학(occultbiology)을 이용하면 우주를 날아가는 음파를 따라잡을 수 있다는 것은 전혀 환상이 아니었다. 그만큼 과학은 창조주가 감춰놓은 비밀에 자꾸자꾸 다가가고 있지 않은가. 얼마 남지 않았으리라. 가속도가 붙은 오늘의 과학은 상상을 앞질러 간다.

박사가 된 성만은 사람이 죽어 남는다는 영혼은 어디에 어떤 형태로 있을까가 어릴 때부터 궁금했었다. 지금 그 해답을 얻은 듯했다. 그러면 영혼을 달랜다는 것은 무엇인가. 억울한 사연을 들어주고 다시는 그런 일이 없도록 다짐하는 것이다. 누가 이를 장담할 것인가. 결국 가해자여야 할 것이다. 그 큰 것은 곧 권력이다. 수재들이 오래전부터 잡으려고 피터지게 싸웠던 그 권력이다. 사실 권력은 힘이기에 그것은 부패 특권의 다름아니다.

그러기에 권력은 끊임없이 원혼을 생산한다. 백성을 잘 살게 하는데는 권력이 필요한 게 아니라고 집안 어른들이 늘 말씀하신 까닭이었다. 권력이 백성을 뜯어먹는 대신 어려운 백성을 돌본다면 이미 권력이 아니라 돌보미가 된다. 서로 잡겠다고 아귀다툼 할 일이 아니다. 그런 일은 널려있기 때문이다. 천관의 직분을 다한 조상들이 집안에 즐비한 내력이다.

그러나 권력이 억울한 사람을 양산하는 이상 아무리 이웃을 돌봐도 고통 받는 백성은 줄지 않을 것이다. 권력에게 원혼을 들려주고 무릎을 꿇게 할 방도는 없을까. 원혼이 구천을 떠돌고 있어 편한 날이 없다는 옛말이 빈말이 아니었다. 우리네 굿판에서도 영험하다는 무당들은 곧잘 원혼을 불러내지 않는가. 만성은 오랜만에 홍우주 박사를 만났다. 둘이는 선열들의 한이 아직도 풀리지 않는 현실을 개탄하며 권력을 뉘이기 위한 넋두리를 생각한다.

III. 느지의 맞바람

어릴 때의 아버지 기억은 거의 없다. 어쩌다 들리고 또 슬그머니 사라지니 다른 아버지보다 이상하다고 생각했었다. 어머니는 아버지가 도 닦으러 다닌다고 했다. 시집 와서 내가 태어날 때까지 10여 년 간은 논밭뙈기 건사하며 그렁저렁 살았는데 나라가 망해가면서 시름시름 딴 맘을 먹더란다. 나라를 구해야 한다면서. 하기야 그동안도 틈만 나면 공자 왈 맹자 왈이요 흥해라 붕해라였다. 다 졸업했는가 하면 연신 무릎을 치며 감탄해마지 않았다.

어머니에겐 나 말고는 누나가 있을 뿐 딸린 식구는 없었다. 큰집은 건너 동네였기에 세간을 나고서는 늘 단출한 편이었다. 그래도 아버지 나간 집을 혼자 꾸리자니 고생이 이만저만 말이 아니었다. 워낙 학문이 높다고 소문이 났으니 뭐라고 대놓고 해댈 수도 없었다. 그냥 한두 달 기약 없이 집에 들려 그래도 몇 달이라도 있는 게 고마웠다. 하기야 집에 있을 때도 가근방의 젊은이들과 어울리기를 좋아하니 서로 잔정을 나눌 짬은 흔치가 않았다.

나는 대여섯 살부터 글방에 다녔다. 선생님은 인사드릴 때마다 "애비 들어 왔냐”로 받으셨다. 애들은 너희 아버지 귀신에 홀렸다고 했다. 자꾸 불러서 나간다는 것이었다. 나는 기다렸다는 듯 아버지가 돌아왔을 때 정말이냐고 따졌다. 아버지는 더 크면 알게 된다면서 내가 배운 글을 되뇌게 하거나 다음 책장을 가르치기도 했다. 나는 그보다 궁금한 것이 많았고, 아버지가 이번에는 불러도 나가지 말기를 바랄 뿐 중얼중얼 아버지가 무섭기까지 했다.

세월이 어느 정도 흘렀다. 글방 형들이 쑤군거리더니 선생님은 쓸데없는 소리 말고 글이나 읽으라고 호통 치신다. 서울에서 만세운동이 일어났다고 했다. 무슨 만센가. 만세란 무엇인가. 일본 놈을 내쫓자는 것이라 했다. 한 번도 본 적은 없는데 꽤 무섭다고 했다. 총칼을 휘두른다고 했다. 나는 괜히 불안했다. 아버지가 없어 더 그랬다. 집에 오는 길은 모든 게 들떠보였다. 다행이 아버지가 돌아왔다. 마음이 탁 놓였다.

이튿날 오정 때 이웃 마을에서 건너온 낯선 청년들이 집집마다 돌아다니며 만세운동을 주창했다. 많은 삶들이 겁에 질려 멀리 떨어진 주재소로 몰려갔다. 초저녁이 되어서야 돌아온 이들은 한 사람의 주검을 보았다고 했다. 모두 지친 모습이었다. 아버지는 방안에 우두망찰 주저앉아 한숨만 푹푹 쉬었다. 나가 볼 생각도 안하고 머리를 감싸 쥔 채 알지 못할 말을 중얼거리고 있었다. 어머니와 나는 아버지가 어떻게 되는가 싶어 더럭 겁이 났다.

고청 서기(孤靑 徐起)는 계룡산 3년 정기를 타고났다 할 정도로 총명했으며 매사에 호기심과 탐구열이 높았다. 일찍이 천문·지리에 관심을 가지고 여섯 살 위 토정 이지함의 문하에서 수학했다. 토정은 제자 고청을 벗 삼아 경향 각지를 돌며 당대 은유(隱儒)들을 심방했다. 그 끝에서 지리산 수도를 마친 고청은 어릴 때 인연을 맺은 계룡산 공암굴로 내려와 서당(蓮亭)을 열고 후학을 가르쳤다. 연정은 후에 충현이란 사액이 내려진 서원(忠賢書院)이 된다.

아산만은 조수 간만의 차이가 열 길이나 되고 해일 피해가 잦았기에 일찍이 천문·지리 학자와 술사들이 이리로 모여들었고, 또 실제적 현상을 통해 실력을 겨룰 수 있어 그 일대는 과장(科場)이나 진배 없었다. 음양과(陰陽科)는 누구나 쉽게 응시할 수 있어 너도나도 기웃거릴 만했으니 더 그랬다. 그래서 아산만 일대는 늘 갖가지 설화가 만발했다. 특히 내륙 쪽으로 자리 잡은 느지(長流水) 연안의 산과 바위는 그 자체가 민담이요 비기(秘記)였다.

느지 안쪽 깊숙이 서 있는 영웅바위는 왜구가 쳐들어오면 장군으로 변해 이를 물리쳤으며, 근처 작은 바위들까지 병졸이 되어 장군의 명을 따랐다. 바깥쪽에서 늘 후미를 보던 솔개바위는 아직도 두리번거리며 그 자리를 지키고 있다. 멀리 영험산에는 아기 백성을 업고 피난을 가다 지쳐 쉬고 있는 어부바위가 아래를 내려다보며 안타까운 힘을 보탠다. 그러나 백제를 쳐들어온 소정방은 당할 재주가 없었다. 뿌리 채 흔들린 백성의 삶은 언제나 괴로웠다.

경세제민은 늘 아산만의 관심거리였다. 역학과 명학이었다. 토정은 포천현감으로 있을 때 임진강 범람을 대비해서 많은 피해를 줄인 적이 있으며, 또 아산현감으로 있을 때는 고칭의 도움으로 현청까지 옮기면서 수해 대책을 세운 얘기는 유명하다. 서기의 제자 서립(立)은 큰 해일로 느지가 터져나갈 때 이를 미리 내다보고 한밤중 소머리산에 올랐는데, 물때를 잘못 알고 뒤따라온 토정에게 자오상충이라 외치는 순간 해일이 발끝에 닿았다는 얘기도 있다.

당시 토정의 주변에는 자칭 타칭으로 많은 제자들이 몰려다녔다. 서립은 아직 어려 그 축에도 끼지 못하고 변두리를 맴돌았는데, 어찌 어찌 눈이 떠져 토정보다 한 수 위가 된 것이다. 서립은 계속 느지에 머물면서 정진에 정진을 거듭했다. 왜 역술가들이 백성의 고통을 덜어주는 대신 모두 권력 창출과 반역에 몰두했는가. 이 또한 공명심이요 영화 아니겠는가. 글깨나 한다는 사람들의 생각은 늘 양민(養民)보다 식민(食民)에 닿아 있었다.

고경참(古鏡讖)은 소위 천 년 공사를 내세워 왕건으로 하여금 궁예를 탈취토록 했으며, 왕건은 그 천 년을 지키려 '훈요십조'를 내렸으니 동방 최초의 풍수대가 도선이 그 제자 최지몽과 함께 만든 것이었다. 그런데도 창업 2백년도 안 되어 왕씨가 끝나고 이씨가 득세한다(十八子讖)는 예언에 따라 이의방·이의민의 무인지배가 이어졌고, 마침내 무학대사와 정도전이 이성계의 등극을 지원하게 된다. 도읍을 동경으로 옮긴 것도 다 도참을 따른 것이었다.

그러나 조선조 내내 비기로 인한 반란이 끊이지 않았다. 권력을 잡겠다는 욕심이 많은 인명을 희생시켰다. 아무리 고통을 벗겠다는 몸부림이라 해도 죽을 만큼 해방되는 것은 아니었다. 많은 호기(豪氣)들이 형세에 이끌려 날뛰었지만 결국 객기가 되고 말았다. 정녕 누구를 위한 봉기였단 말인가. 서립은 차라리 백성의 병을 치료하는데 전념키로 했다. 굿과 주문 그리고 부적으로 귀신을 쫓았다. 마음의 평정이 환자에게 더 중요했기 때문이었다.

서립의 제자들은 대대로 아산만 일대에 자리 잡았다. 모두들 마음이 흔들릴 때마다 충현서원을 찾아 서기 선생의 영정에 무릎을 꿇었다. 선생은 현실적으로 유학을 불가피하게 받아들였지만 심층적인 관심은 의학·단학·선학·축지·술수 등 안민(安民)에 집중되어 있었기에 서원을 찾은 많은 후학들은 다 도사였다. 서로 깊은 얘기를 주고받으니 느지의 천문·지리는 백성의 아픔과 공감하며 더욱 발전했다. 그 중에도 서기의 5대손 서보(徐步)는 백미였다.

그런데 충현서원에서 개벽 애기가 들려왔다. 개국 2백년 반란 역모가 10여 차례요, 이괄은 도성까지 넘었으니 널브러진 주검이 얼마나 많았겠는가. 개벽이라니, 더 큰 피보라를 몰고 올 게 뻔하지 않는가. 주역 계사전에 만물에는 끝(終萬物)이 있다 했고, 송(宋)대 황극경세서에 만년(會) 단위로 천지의 운세가 바뀐다고 한 것을 근거로 수상(數象)가들이 이를 개벽이라 했는데, 왜란과 호란을 겪으면서 피폐해진 백성의 좌절을 딛고 또 역란의 조짐을 보이는가.

서보는 제자들을 경계했다. 백성의 아픔은 개벽으로 될 일이 아니다. 지금과 같이 민생을 챙겨야 한다. 나라나 백성이나 귀신들의 장난이 심하니 이를 쫓아내야 한다. 백성의 몸을 편안히 해주고 나라도 그 직분을 다하도록 소를 올려야 한다. 맹자도 관리가 일하지 않고 먹는 것은 덕치에 힘쓰기 때문이라 했다. 그러니 탐관오리는 녹을 받을 자격을 잃는다. 그러나 탐학에 시달릴수록 백성은 이를 피해 벼슬에 더 열을 올린다. 다 귀신에 홀린 징조다.

귀신 가운데도 가장 두려운 귀신이 권력이요 부귀영화다. 제정신을 갖고서야 어찌 두 번에 걸친 왕자의 난이 있을 수 있으며, 계유정난은 무엇이고 중종반정·인조반정은 무엇인가. 어미를 죽이고 그 아들을 왕으로 삼으면 피가 터질 것이 뻔한데 누가 어리석었던 말인가. 각종 사화와 당쟁으로 죽고 죽인 비극을 보면 사람이 저렇게 모질 수 있는가 절로 한탄이 나온다. 귀신을 쫓아내지 않고는 결코 수습될 수 없는 형국인데 어디다 초점을 맞추는가.

과거란 귀신이 엮어놓은 덫이었다. 2년마다 열리는 식년과는 정원이 33인이나 3명만 현직에 나가고 나머지 30명은 임시직 대기직인 권지(權知)였다. 그러면서도 별과를 두어 수시로 모집했다. 성호 이익은 일자리가 5백석이라 했으니 애초 자리가 없는 행세직이어서 세도가나 수단가가 판을 쳤다. 양인이면 응시 자격이 있다고는 하나 도성에 한정된 경우도 허다했다. 응시생은 도성 인구의 십분이었다. 서로 현제판(懸題板)에 자리 잡으려 난장을 벌인다.

서보의 만류에도 불구하고 제자들은 논산의 이수증·운규를 찾는다. 모두 앞날을 내다보고 용케 처신할 수 있는 도를 닦는다. 경주의 최제선도 있었고 연산의 김항도 있었다. 서보의 제자들은 그러나 깊이 빠지지 않았다. 오히려 그 후손 서행(徐行)을 따라 약초를 키우고 화제를 냈다. 길일을 택해주고 굿판을 벌였다. 여전히 주문과 부적을 개발했다. 인편이 닿는 대로 소(疎)를 올렸다. 나라가 점점 기우니 서행은 깊은 시름에 빠진다. 다른 길은 없는가.

서행보다 10년 연장인 최제우(제선)는 마침내 동학을 창도한다. 귀신에 홀렸다가 영험한 부적과 주문을 받았다고 했다. 서학의 하느님과 달리 조선의 하느님을 모신다니 백성들이 아득한 옛날부터 모셔온 하느님 신령님이라면 나쁠 것도 없었다. 그러나 같은 부적으로 사람마다 다른 잡귀를 잡으려 함은 사람을 모아 힘으로 쓰려고 하는 또 하나의 민란이었다. 오히려 큰 굿으로 관비(官匪)를 물리치면 나라도 구하고 백성 편한 세상도 열릴 것이었다.

수운은 민란이 두려워 남원 땅 은적암에 피신한다. 백성들이 각자 수도에 전념하도록 바로 잡았으나 고향에 돌아오니 고달픈 백성들이 운집하여 이미 감당하기 어려웠다. 모두 귀신놀음이었다. 수운은 체포되었다가 진의를 밝혀 사면되었으나 결국 반역으로 몰려 처형되기에 이른다. 해월도 도학을 가르쳐야 했으나 접·포 조직을 확대하니 권력과 충돌할 수밖에 없었다. 나중에야 과격한 남접을 토벌한다며 벌남(伐南)기를 내걸었으나 허사였다.

서행은 오랜만에 서기선사 후 2백 여 년 간 아산만 느지를 맴돌다 명멸한 많은 향사들을 떠올린다. 과거나 관도의 유혹을 물리치고 백성들의 삶과 밀착하여 고락을 함께 한 선학들의 삶은 퍽 고달팠지만, 도를 행한다며 사특을 주저하지 않은 입신양명보다 얼마나 자랑스럽고 당당한가. 저들이 아직도 가문을 빛낸 선조로 숭앙되고 있음은 심히 통탄할 일이다. 권귀들을 잡도리해야 비로소 민생의 안락이 있을 것 아닌가 생각하니 그 길이 험난하기만 하다.

벌써 조정의 요청으로 남도의 동학군을 토벌하기 위하여 청군이 아산만에 상륙했다. 인천에 상륙한 일군은 평택까지 내려와 주인 없는 싸움을 벌인다. 백성은 모두 외군에 분노했지만 싸움에서는 그래도 청나라 편을 들었다. 그런데 청병은 백성을 약탈했다. 풍도(豊島)는 짙은 안개로 청나라 해군의 은신처가 되었으나 병사들이 함포에 빨래를 널고 시시덕거리자 이내 안개를 걷으니 일본 해군의 공격이었다. 치명타를 입은 청은 결국 패전하게 된다.

일군이 청군을 물리치고 영인산 깃대봉에 일장기를 꽂으니 느지 강물은 갑자기 흰 배를 들어내고 격노한다. 그 희여울은 내내 일군을 몰아내자고 울부짖었다. 아랑곳없는 일군은 동학을 치러 우금치에 오른다. 함성으로 죽창으로 돌팔매로 어찌 막강 일군을 당하랴. 생각할수록 억장이 무너진다. 10만 명의 몰사로 계곡은 모두 송장배미가 되었으니 다 살귀가 부른 피보라였다. 조·일군은 겨우내 방방곡곡을 돌며 잔당 색출과 부역자 처단에 신바람을 냈다.

살귀는 사람이 많이 모이는 곳에 준동한다. 권력이 군대를 양성하는 것은 살귀를 불어넣는 짓이다. 귀신을 동원하는 것이다. 대의를 위한 죽음도 충성으로 결단할 일이지 최면으로 강요함은 이 또한 살인이다. 가족과 향토는 자기 자신이기에 이를 지키는 죽음은 어째도 마땅하지만 그래서 아무리 대의를 내세워도 사람의 마음을 모으는 (靖多) 게 우선이지 세를 모으면(動多) 곧 난으로 발전한다. 동세(動勢) 개벽은 많은 사람을 상하게 한다.

사람이 홀려 목숨을 버리는 일이니 극히 삼가야 한다. 권력과 한 판 붙을 일이 있으면 자기 목숨부터 버려야 한다. 왕자끼리 자리다툼으로 피를 부르고, 삼촌이 조카를 몰아내며 폭군을 받들고 영화를 누린다거나 멀쩡한 왕을 바꿔치기 위해 백성의 목숨을 바라는 것은 살인이다. 예부터 귀신(天)을 받드는(亨之) 게 덕치의 근본(敎之至)이라 했지만, 실제로 권력(王)의 만세융창을 위한 장치로만 가동되었을 뿐 그 하늘을 두려워하지 않는 살육이 많았다.

서행은 침통한 마음으로 사당 앞에 엎드린다. 앞으로 피가 피를 부를 터이니 어찌하오리까. 아들 서익(徐翼)은 열 살이 채 안 되었다. 선대부터 내려오는 가르침을 따라 물을 건널 것인가. 원래 조상 대대로 자리 잡은 소머리산은 물 건너 쌍부와 한통이었다. 언젠가 아산만이 터질 때 갈라섰지만 바닷가 국화섬은 지금도 40여 리 쌍부 소속이다. 쌍부에는 길지라는 소름(소 울음)재가 있고, 원(뚝)을 막아 생긴 쉬(개간)논이 많아 약초 재배에 매우 편리하다.

서행은 고심 끝에 바다를 건넌다. 솔(소름)재 밑에 글방을 여니 과연 오래 전부터 도사들이 의견을 모은 대로 우명성이 낭자했다(牛鳴聲浪藉). 서행은 조용히 향을 사르고 축을 읽었다. 이미 도성에 전기가 들어 온 지 10년이 넘었으니 잡신들이 다 꼬리를 내린 뒤였다. 전등 아래서 제사 모시기를 꺼렸던 대갓집에서도 조상들이 밝은 세상을 좋아한다고 믿기 시작했다. 이제는 굿과 푸닥거리가 물러가고 오직 의학이요 축문과 소지였다.

서행은 10년 넘게 제자들을 가르치다 눈을 감는다. 역술 대가 원천강이나 서자평은 시대에 맞게 변형되어야 한다, 천문·지리는 어디까지나 국태민안이지 권력을 넘보거나 옹호하는 학문이 되어서는 안 된다, 좀처럼 일본의 지배를 벗어나기 힘들 것이니 향리에 안거하며 수시로 천제(天祭)를 열어 백성들이 조령(祖靈)을 굳게 믿고 새 귀신에 들지 않도록 금줄을 쳐야 한다, 서행이 아들에게 남긴 유훈이었다. 서익은 갈수록 어깨가 무거워졌다.

그러나 쌍부에도 벌써 죽음의 그림자가 어른거렸다. 경기도는 오랫동안의 과전제·직전제 영향으로 거의 고관들의 농장이었으며, 각종 특산물의 궁내 수요를 충족하기 위한 향(鄕)·소(所)·곡(曲)이 많았다. 주민들의 신분은 주로 천민을 겨우 벗어난 형편이었으며, 거기다 토지조사로 전답을 빼앗긴 농민이 많았다. 특히 쌍부만은 일찍이 일인들의 간척사업으로 동원된 천민들의 불만이 많았으며 전과자나 수배자가 끼어들어 분위기가 매우 거셌다.

그 틈으로 동학이 들어찬 것이다. 느지 연안의 기인 서인주와 도사 안교선이 씨를 뿌리고, 접주 이민도가 백성을 이끌어 신묘년에 벌써 농민 2백 명이 수원유수 관아를 습격했고, 여세를 몰아 갑오기포에도 수천 명이 가세했다. 쌍부에만 전교실이 여덟이요 전교사·접주·교구장 간부들도 수두룩했다. 성미 납부 전국 1위에 특별 성미로 전답을 바치는 경우도 여럿이었다. 마침 도성서 만세가 터지니 이민도의 아들 이병헌이 수원에 내려와 운동을 지휘한다.

조용했던 쌍부가 흉흉해졌다. 서익은 그래도 솔재 밑까지는 안 올 것으로 내다봤지만 제자들에게는 경거망동하지 말 것을 은밀히 당부했다. 어제 주재소로 몰려갔던 제자들에게 자세한 보고를 들었다. 천 명 넘게 몰려들었다니 쌍부가 총동원된 셈이었다. 모두 총살주검과 타살주검을 목도하고 치를 떨었다. 다들 제정신이 아니었다. 청년들을 돌려보낸 후 서익은 깊은 시름에 빠졌다. 놈들의 보복으로 또 얼마나 많은 목숨이 피를 흘리랴.

서익은 지금 그걸 고민하고 있는 것이다 .열 살도 채 안 된 아들 승(昇)이 글방에서 돌아왔다. 두 손으로 머리를 감싼 채 오열인지 주문인지 중얼거리던 그는 승을 끌어안았다. 승의 앞날이 너무 험해서였다. 백성이 모두 당할 일이었기에 어쩔 수는 없다 해도 아버지가 겨우 삼칠일이 지난 손주의 이름을 지어주시면서 난세를 평정할 인물이라고 하신 말씀이 뇌리를 맴돌아서였다. 바로 운명하셨기에 늘 유언처럼 가슴에 담고 살았다.

집을 자주 비웠지만 돌아다닌 곳도 조상 대대로 천문을 바라봤던 느지였다. 그리고 내친 김에 공주 충현서원이었다. 이미 나라를 지키던 영웅바위는 일군의 포화로 온데간데없고 무심한 조수만 들락거렸다. 영인산 정기는 여지없이 짓밟혀 맥을 쓰지 못했다. 그러나 희여울은 여전히 배를 뒤틀며 으르렁거렸다. 외세에 이를 갈았다. 서익은 저들이 몰고 온 살귀를 걱정한다. 장차 나라를 뒤덮을 살귀들을 어찌 몽땅 불사른단 말인가 막막할 뿐이다.

일제의 두렁바위(堤岩) 만행을 목도한 뒤 서익은 다시 느지를 찾았다. 하늘을 바라본다. 늘 높이 떠 있던 태극 위로 무언가 새로운 광망이 서린다. 어인 일인가 하는 순간 광망은 스스로 바퀴가 되어 돌면서 점점 환한 빛을 내뿜는다. 그 빛 속으로 태극이 숨는다. 그러지 않아도 요즈음 태극이 양의(兩儀)를 품기 전에 그 원(圓)을 뱉어낸 누군가가 있을 것 아닌가 하는 생각을 했었다. 그리하여 지금까지 양의가 풀지 못한 천수(天數)를 그 분은 풀지 않을까.

수천 년 동안 많이도 천천(天天)했지만 천은 성(性)이었지 능(能)은 아니지 않았는가. 서익이 다시 느지 하늘을 바라보니 그 새로운 빛이 자기에게 쏟아져 내려와 알 수 없는 희열과 벅찬 희망으로 가슴을 부풀게 했다. 하느님에게 홀린 듯했다. 그리고는 하느님에게 홀리고 나서야 귀신을 쫓아낼 수 있는 게 아닌가 하는 감당하기 어려운 자신감에 몸을 떨었다. 어린 승이가 떠올랐다. 승이의 짐이 가벼워질 것 같았다. 빨리 집에 돌아가 향을 사르리라.

조선족은 오래 전부터 하느님에게 소원을 빌었다. 왕과 귀족들은 천제·상제·천신이니, 옥황대제·옥황상제니 해서 왕이나 황제의 더 윗분에 제사를 지냈지만 백성들이 줄창 매달리는 하느님은 한문 표기도 없이 무시당했다. 서익은 그래서 백성들의 소망을 가납하는 하느님을 천상(天常)으로 해야 옳을 것 같았다. 서학을 흉내 내서 천주라 하는 것도 마땅치 않았다. 하늘의 주인이 아니라 하늘 자체였다. 오직 하나시며 언제부터 늘 계신 분 아니신가.

서승의 나이 십유오였다. 아버지는 옆에 끼고 사는 사서삼경 외로 천상을 가르쳤다. 여기서부터 천문·지리의 좌표를 잡아야 한다. 승은 아버지의 새로운 역학과 명리학을 비교하며 밤새우기를 여러 날 여러 해 하느님 천상님께 올리는 제사와 제문을 유신했다. 제는 소제와 대제였다. 소제는 징 하나로 열고 하늘에 닿을 만한 함성으로 축을 마감토록 했다. 푸닥거리와 굿은 제로 통합되고, 다만 때로 한을 푸는 절절한 소리를 제단에 곁들이기로 했다.

다음은 소(疏)였다. 소두는 때때로 목숨까지 각오해야 한다. 또한 아무것도 모르는 백성을 끌어들여선 안 된다. 개화를 반대하는 만인소가 있었다. 진정성이 있었는가. 왕이 가납하기 어려운 소는 천상에 올려야 한다. 시 3백이 거의 다 소라고 했지만, 왜 그 성현들의 발분(發憤)이 시객들의 자미(刺美)를 돋우었을 뿐 3천년 동안 공허하게 공전하고 말았는가를 따져야 한다. 그래서 대제다. 천상을 소로 감동시켜야 한다. 지성감천이 바로 그 뜻 아닌가.

또한 서경(書經)의 시일갈상(時日害傷)이나 시경의 불소찬혜(不素餐兮)는 아직도 폭군을 질타하고 있지만 왜 조신들은 끄떡도 안하는가. 나라란 권(權)이요, 권은 원래 형평을 잡아주는 저울대다. 백성과 고통을 함께 하고(仁), 백성들이 서로 사랑(禮)하게 하는 것이다. 그렇지 못하면 군자가 먹는 녹은 소찬(공밥)이 된다. 그래도 모든 군자가 녹을 먹으려 걸걸한다. 권에 귀신이 붙어 권력이 되기 때문이다. 귀신이 아니면 어찌 벼슬이 돈이 되겠는가.

권귀는 권력에 당한 원혼만이 쫓아낼 수 있다. 원혼을 먹고 사는 게 권력이고, 권귀가 권력을 살리기 때문이다. 그래서 원혼을 달래어 떠나가게 하면 권귀는 아사하고 권력은 돈 버는 재미를 잃는다. 벼슬이 더 이상 돈이 되지 않고 인과 예를 임무로 하는 원위치로 돌아간다. 군자들이 그 많은 세월 인의예지를 인성지강(人性之綱)이라 외쳤지만, 권귀를 내쫓는 일을 외면한 것은 그들이 너나없이 벼슬이요 부귀영화를 누리려했기 때문이다.

권귀는 백성에게도 붙기를 좋아 한다. 왕후장상을 꿈꾸는 자들에게 들어가 역모를 꾸민다. 많은 백성이 현혹되어 그 권귀에 놀아난다. 최근만 해도 이인좌의 난, 홍경래의 난, 임오군란에 멋도 모르고 개죽음을 당한 백성이 얼마나 많은가. 동학 봉기라 해서 별반 다를 게 없었다. 사람은 귀신이 들면 때로 죽음을 감수하려는 유혹에 빠져 몰려다닌다. 천상 하느님이 보시기에 딱하지만 스스로 헤어나기를 바라신다. 다만 제사를 받으시면 달라지신다.

결국 승은 아버지 익의 가르침에 따라 모든 귀신 특히 권귀를 몰아내기 위한 제단법과 제문·축문 그리고 소문을 바로잡아 나갔다. 그러나 서학을 업고 들어온 양귀가 판을 치고 일본도 양귀에 업혀 춤을 추고 있지 않은가. 양귀란 군함이요 박래품이었다. 익은 아들 승과 함께 양귀 몰아낼 궁리에 몰두한다. 청과 일이 실패했으니 쉬운 일이 아니었다. 먼저 양귀를 바로 알아야 한다. 승은 20이 다 되어 보통학교에 들어간다.

승은 서양을 배워야 하지만 빠져서는 안 되었다. 정신을 잃고 제 것을 다 내주는 것은 귀신 때문이다. 승은 서당 대신 강습소를 차리고 인근 학동에게 정신을 차리라 했다. 일본이 국어로 가르치라고 해도 학생들에게는 일본어였다. 국어는 조선어였다. 각종 행사에서도 만국기와 함께 태극기를 걸었다. 대문 문설주에도 태극을 달았다. 상량 일시도 단기를 썼다. 청결조사 나온 면서기가 뭐라 했지만 치지도외했다. 그러나 강습소는 끝내 문을 닫아야 했다.

승은 스물을 훌쩍 넘었다. 귀신을 쫓기 위해서는 누대로 내려오는 찰색(察色)에 더하여 찰신(察身)이 필요하다는 생각이 들었다. 이번 왜구가 업고 들어온 양귀는 몸 자체가 중국이나 일본과도 달랐다. 내심에 있는 서학도 하느님의 가르침일 것인데, 하느님이 병장기를 만들어 약자를 도륙 내라 하실 리는 없지 않은가. 이를 담고 있는 양인들의 골격에서 귀신 몰아낼 부적을 찾아야 한다. 승은 이들을 만나야 했다. 인천·서울·평양이었다.

그러나 마지막으로 찾아간 평양은 온통 민족주의였다. 들리느니 독립운동이요 임정 소식이었다. 만보산 사건이 터져 화교 상점은 쑥밭이 되었다. 일본의 이간질은 무서웠다. 일본은 또 다른 음모를 꾸며 만주 전역으로 지배권을 확대한다. 내전에 빠진 중국이라 독립군은 어디를 짚어도 허정이었다. 항일운동은 승산보다 명분이라 하지만 백성에게 희망은 주어야 한다. 독립군이 절망 끝에 찾아낸 것은 무정부주의였다. 백성을 보듬는 어머니 정부였다.

승은 권귀를 몰아낼 부적을 찾은 듯 기뻤다. 이 부적만 있으면 양귀를 문제 삼으랴. 갑자기 고향의 솔재가 떠올랐다. 소 울음은 어밀 찾는 울음이요, 십승지지란 어미 같은 나라를 뭉쳐낼 땅이 아닐까 하는 생각을 했었다. 승은 격양가를 부르는 백성을 꿈꾸며 귀향을 서둘렀다. 특히 무정부주의는 이 땅에 존재하는 모든 억압적 권력을 백성의 것으로 돌릴 수 있는 기막힌 타산(打算) 아닌가. 비록 시간이 걸리더라도 내게서 이 작업을 끝내야 한다.

책을 짊어지고 고향에 돌아온다. 일본인 고도꾸(幸德)와 오오스기(大杉)의 글들이었고, 특히 슈노(狩野)를 통해 알려진 안도(安藤)의 불경탐식(不耕貪食) 성인강도론(聖人强盜論)은 너무도 통쾌했다. 막부 최성기에 죽음을 각오하고 토해낸 소문(疏文)이었다. 아버지는 충현서원에 권귀를 몰아내자는 동학(同學)들이 많음을 상기시키시며 쉽게 동조하신다. 그 연줄에 신채호·유자명·안재홍과 이을규·이정규, 김좌진·김종진 양 형제 그리고 신현상·윤봉길이 있었다.

아버지는 삼한갑족으로서 거금을 마련해 무관학교를 세웠던 이회영 형제들이 어느새 무정부 사상에 중심에 서서 그 운동을 이끌고 있음에 매우 놀라시는 듯했다. 다만 사람을 상하고 시설을 파괴하는 짓은 얻는 것보다 잃는 것이 많다고 하셨다. 첫째도 둘째도 많은 사람이 일심으로 고사를 지내는 일이었고, 고사문으로 하느님을 감복시킴만 못하다는 생각이셨다. 아버지는 짐작되는 바가 많으셨지만 내내 침묵하시다가 이제야 깊은 뜻을 말씀하셨다.

무정부란 바로 왕도정치요, 지덕요도(至德要道)로 대동(大同)을 이루는 것이다. 조선에서도 멀리 8조 금법 시대가 있었고, 가까이는 서화담의 주기론이 그 꿈이다. 군자가 이(理)로 백성을 다스리는 게 아니라 생산자인 백성(氣)이 서로 잘 사는 길을 알기 때문에 군자는 백성의 지혜가 한껏 발휘되도록 그 길(理)을 터주면 된다고 했다. 그러나 성리학이 이기론으로 세월을 허송하자 왕양명이 다시 대동사회(異業同道)를 외치고 나오니 바로 무권국가였다.

당쟁과 공리공담에 염증을 느낀 선각자들은 자연 대동사회에 큰 관심을 가졌고, 나라가 기울자 이상사회를 꿈꾸며 만주로 넘어갔다. 이회영은 오래 전부터 무정부가 옳다는 것을 알고 있었다(今是昨是). 정부가 아니라 생산 단체의 자유 연합이면 충분하다. 권력(정부)이 있으면 아무리 군자라도 행도(行道)보다 양명(揚名)에 급급하기 때문이다. 이회영은 실권 없는 임정에서조차 지역별·인맥별 자리다툼이 심한 데 크게 실망하고 더욱 무정부 결속에 진력했다.

일제하에서도 뜻있는 수재들이 한결같이 고관되기를 희망하는 것은 다 권귀에 홀려 영화만 눈에 보이기 때문이다. 권귀는 얼마나 무서운지 세계를 다 집어삼키고 있다. 지금 조선에 고통을 안겨주는 제국주의도 바로 그 권귀에 다름아니다. 아프리카 침략에서 1천만, 신대륙 개발에서 5천만, 1차 대전에서 2천만을 죽였으니 권귀와 싸우는 일은 얼마나 어렵겠는가. 그러니 인류의 살 길은 반제에 나서는 길 밖에 없다. 조선이 그 앞장을 서야 한다.

왜 하필 조선이며, 이 좁은 조선이 어찌 그 무거운 것을 들 수 있겠는가. 하지만 조선같이 오랫동안(약 7천 년간) 농사를 지은 나라는 없다는 게 그 답이다. 중국은 2천년 동안 양자강 늪지대에서 살았기에 농사가 성하지 않았다. 황하 유역을 따라 농업을 일으킨 조선은 중국에 밀려 반도까지 물러났지만 우월한 농경문화를 이어 갈 수 있었고, 심정적으로 권력이 요구하는 세역·병역·노역에 동조할 수 없었다. 농사는 하늘과 땅이지 정치는 보탬이 되지 않았다.

격양가란 이런 농민의 바람이다. 중국은 처음부터 백성을 지배하는 왕국이었지만 조선은 나라도 나래(백성을 품는)였으며 임금도 도움이(쟁기잡이 君)였다. 조선이 침략에 맞서려고 왕국을 세운 것은 고작 2천년의 역사다. 그래도 백성은 약탈로 알고 세금을 안 내려고 했고 부역도 날자만 채우려고 했다. 관군보다 가족과 농토를 지키는 민군에 더 많이 가담했다. 대규모 토목·건축이 불가능했고, 불 탄 경복궁도 3백년 동안이나 복원할 수 없었다.

중국은 그 많은 고천제에서 왕권의 번영을 빌었지만 옛날 조선 백성들의 영고와 무천은 하느님께 드리는 감사 축제였다. 또한 권력은 한가위에 길쌈대회를 열었지만 백성들은 망월제에서 감사와 소망을 빌었다. 국가가 종묘사직을 위해 단을 쌓고 묘당을 치장하지만 조선 백성들의 가슴 속에는 하느님이 계셨고 때로는 부처님도 계셨다. 이제 제문을 가다듬어 7천년의 정성을 모으면 하느님이 어이 감동하지 않으시겠는가. 서승은 매진의 결의를 다진다.

결국 일본은 패망한다. 온 백성이 한 소리로 제를 올리는데 하느님이 굽어보시지 않겠는가. 한 줌도 안 되는 친일파들의 영화는 물거품이 되어 떠내려간다. 일본이 무어라 해도 우리는 우리말을 지켰고 부모님을 공경했다. 조상님께 제를 올리고 이웃의 어려움을 위로했다. 가족들의 순혈을 지켰고, 싸우기보다 양보를 미덕으로 삼았다. 조선의 조선다움을 잃지 않는다면 일제가 2차 대전에서 승리했다 해도 조선은 조선으로 남을 것이었다.

아버지의 예언대로 일제는 물러갔지만 다시 외세가 맞붙으니 승은 앞이 캄캄했다. 친미·친소 권귀들이 창궐하여 조선다움이 흔들리고 있다. 수재들은 권귀에 휘말려 모두 한 자리하기 바쁘다. 거기다가 물신(物神)까지 엉겨 붙으니 조선족의 진로는 암담해진다. 급기야 분단이다. 분단을 놔두고서는 조선은 없다. 전국 방방곡곡에서 분단방

색기원 대동제를 지내야 했는데 제꾼들이 모두 미·소 진영으로 몰려 갔으니 허사가 될 것 아닌가.

독립 전선에 섰던 많은 인재들도 속수무책이었다. 6·25가 터졌다. 서승은 쌍부에 칩거하며 난리를 넘겼다. 아버지는 여전히 노구를 이끌고 느지를 맴도신다. 외귀를 몰아내고 조선을 회복하랴, 물신을 내쫓고 강토를 보전하랴 노심초사 하신다. 귀신을 내쫓아야 한다. 하느님의 심부름이다. 그러기 위해서는 제단·제문·제객 관리를 더욱 장려하게 가다듬어야 한다. 승은 설교 제사를 구상한다. 조용한 숫자가 많아야 한다. 시끄러우면 또 살귀가 날뛴다.

Ⅳ. 安亞樂 선생

　한반도 형상을 놓고 여러 가지 생각을 굴리는 가운데 대륙을 향해 웅크리고 있는 모습을 본다. 서한만의 대동강으로 문물을 받아드리고, 경기만의 한강에서 이를 소화한다. 소화된 활력이 단전(丹田)으로 모이니 아산만 연안이다. 이 일대 들판을 가르며 깊숙이 들어오는 바닷물을 따라 뱃길이 열리고 곳곳에 나루가 생겨 안개(內浦)로 아우러진다. 단전을 이어 받고 골골이 흐르는 안성천·삽교천·광천천이 많은 인물을 쏟아내니 대륙인들 어찌 멀겠는가.

　하여 내포 땅에는 눈앞에 영리보다 나라의 장래를 생각하는 선비들이 많이 태어났다. 최근에만 해도 동학군, 의병장, 독립투사, 혁명가들이 줄줄이 이어졌다. 특히 아산만은 사리와 조금의 차이가 열 길이나 되고, 이들이 모두 달의 차고 이지러짐(盈虧)에 따라 나타나는 현상이었기에 천간지지로 사람의 운명이나 나라의 안위를 따지는 천문학자들이 많이 배출되었다. 저마다 서당을 차려놓고 밤하늘을 응시하며 내일을 실험하기 바빴다.

　내포를 지나 금강을 넘으면 공주가 있다. 가렴주구의 본거지로 특히 관수물자를 생산하는 노예들이 많아 고려 때부터 반란이 잦았다. 동남으로 우뚝 솟은 계룡산 기슭에는 과거를 준비하는 서생뿐 아니라 새 세상을 꿈꾸는 역술가들이 들끓었다. 그러나 그게 다가 아니었다. 관도의 실체가 부패 특권임을 깨달은 선비들이 모여들어 진정한 민생의 길을 열려고 애썼다. 의(醫)술·복(卜)술·무(巫)술을 연마하여 백성의 건강을 챙기고 안정과 희망을 불어넣었다.

권력이 주는 민안(民安)이란 애초에 없었다. 태조가 고려를 뒤엎었지만 또 다른 폭군이었다. 처음부터 골육상쟁이었다. 태종은 왕권 강화를 위해 자신의 처족과 세자의 처족까지 몰살한다. 개혁적 유생들이 많이 참여했지만 강권정치에 앞잡이가 될 뿐이었다. 성군이라는 세종도 북방으로 강제 이주당한 백성들의 통곡소리를 외면했다. 화폐 유통을 강행했지만 물물교환의 벽을 넘을 수 없었다. 태장소리가 요란하고 읍소하는 백성까지 처벌하기에 이른다.

권력이 학자 유생을 우대할수록 호가호위만 부추길 뿐 백성의 고통을 더는 일은 손대지 않는다. 어린 단종이 걸어가기엔 앞길이 너무 험난한데 등극을 걱정하는 중신들은 없었다. 불안을 털기 위해 쉽게 쓸 수 있는 방법이 (세조의) 철권이었다. 권력은 계속 허둥댔다. 어미를 죽이고 그 아들(연산군)을 왕위에 올리면 어찌 되겠는가. 명나라에 무거운 조공을 받치고 칙사 대접만 잘하면 그만인가. 그렇듯 대신들은 동서로 갈려 싸우기 바빴다.

임진왜란을 왜 몰랐을까. 이태 전 정여립 모반으로 동인 선비들이 대거 숙청되었고, 2천 명이 넘는 호남 유생들이 살해되었다. 십대홍문(十代紅門) 출신 이발의 80 노모도 압슬형으로 죽어야 했다. 4년 후 이몽학 난 때도 그 나마의 호남 유생들이 희생을 당했으며, 호남 의병장 김덕령은 선조의 친국(親鞫)으로 사망했다. 50년 전에 삼포

거주 왜인 3천 여 명이 난을 일으켰고, 40년 전에는 경복궁이 전소됐다. 30년 전에 의적 임거정이 횡횡했다.

20년 전에 백호가 나타나 가축이 상하고 낙동강이 말라 민심이 흉흉한데 궁중은 서로 노려보기 바빴다. 10년 전에 모처럼 십만양병이 나왔으나 여지없이 거절되고, 3년 전에는 조헌(임란시 의병장)이 광구책을 내놨으나 광론(狂論)으로 몰려 귀양 간다. 명나라 관보에 잘못 기록된 이성계 가계를 바로잡기 위해 70년간 10여 차례 특사를 보낸 끝에 결실을 맺자, 왕이 모화관에 나아가 명사(明使)를 접견하고 20명 가까운 공신을 책훈한 것이 2년 전이었다.

권력 주변은 늘 승평일구(昇平日久) 천하태평이었다. 너무 태평해서 오히려 노역과 병역을 꺼리는 백성들의 원망소리가 걱정될 뿐이었다. 왜군이 입성할 때 왜 서울이 불탔는가. 개경에서는 누가 왕에게 돌을 던졌는가. 왜 왕자를 잡아 왜군에게 넘겼는가. 조선 백성 천만이 7백만으로 줄었다는데 그들은 다 어디에 묻혔는가. 명군과 왜군의 강화교섭에서 국토의 분할이 논의되는데 조선의 목소리는 왜 없는가. 당대 명신 유성룡의 승평이란 누구의 승평인가.

그래도 인재들은 권력 주변으로 몰려들었다. 가문의 영광은 최우선의 가치였다. 모두 승자가 되어 패자의 고초를 비켜가려고 했다. 조락을 노리는 많은 적수들의 광분이 훤히 보이기에 더욱 더 감시의 불을 켜고 귀동냥에 여념이 없었다. 그러나 개국 2백년에 골육상쟁, 권세 다툼, 각종 민란으로 한 해도 거르지 않고 피보라를 뿌려대다 왜란을 맞았으니 선비들은 매우 혼란스러웠다. 진정 도탄에 빠진 민생을 구해낼 지혜와 용기를 가진 자 누구인가.

임난 후 벼슬을 마다하고 천문·지리·의술로 민생을 챙겨 온 후예들이 아산만에 곧 많이 터를 잡았다. 약재를 걸고 농사를 지으며, 제

安亞樂 선생····53

자를 가르치고 원근의 동학(同學)들과 교류하며 민생 안정을 위한 지혜를 갈고 닦았다. 그러나 병자호란을 겪으면서도 조정은 한 치의 반성도 없이 권력 다툼, 사색당쟁, 세도 싸움이었고 민생은 점점 더 도탄에 빠졌다. 견디지 못한 백성은 여기저기서 항쟁을 벌였다. 고종 재위 40년은 거의 대소 민란의 세월이었다.

동학란은 엄청난 기세였다. 아산만의 향사들은 제자들을 많이 단속했지만 이미 귀신이 들어 뿔뿔이 흩어졌다. 갑오왜란이 오래가자 많은 지사들은 세거지를 떠났다. 더러는 압록·두만을 넘었고, 더러는 십승지지를 찾아 은거했다. 안아락 선생의 할아버지도 경기 쌍부의 소울음산(솔재)으로 옮겨와 진인(眞人)을 기다렸다. 글방을 열어 아희들을 가르치고 손수 심은 약재로 백성들의 병을 다스렸다. 침과 뜸이요 끝에는 굿으로 마음을 안정시켰다.

아버지가 가업을 이었으나 이미 보통학교가 생겨 전 같지가 않았다. 아버지는 세상 변화에 대처하기 위해 마음의 고향 내포를 자주 찾으셨다. 고심 끝에 스물이 다 된 아들을 학교에 보낸다. 이미 사서삼경을 통달하고 가정까지 가진 아들이지만 서양을 이해하지 않고는 앞날을 내다보기 어렵다는 결론이었다. 아들은 보통학교를 졸업하고 서양 문물이 자리 잡은 인천·서울·평양을 돌아본다. 평양은 인천·서울과는 딴판이었다. 온통 민족주의요 무정부주의였다.

중국의 많은 지식인들도 무정부에 동조한다니 내용이 궁금했다. 조선이나 중국이나 백성을 위한다면서 실제 한 일은 무엇인가. 백성을 인의로 다스려야 한다면서 수천 년 동안 왕과 신하는 무엇을 했는가. 자기들을 위해서 권력을 하늘 같이 섬겨 왔을 뿐 외적이 넘볼 때까지도 영화를 누리기 급급했다. 태평천국이요, 의화단이요, 조선에서의 동학란이 그 반발 아닌가. 이제 나라가 망하는 마당에 지식인들은 무엇을 고민해야 하는가.

백성을 뜯어먹는 정부를 다시 세울 것인가. 당연 백성을 하늘 같이 아는 나라가 떠올랐다. 유생이라 해도 너나없이 관문의 틈만 엿보며 정작 백성의 고통을 외면했으니, 과거를 준비하는 열의와 정성으로 백성을 위한 일거리를 찾았다면 벌써 많은 것이 달라졌을 것이다. 농사가 유일한 생업이었던 시대였으니 농자천하지대본이라 할 만했지만, 정작 고관들은 이를 천시했으니 다 농민이 되라는 게 아니라 최소한 농민을 괴롭히지는 말아야 했다.

백성들의 부담을 줄이는 것이 첩경이었는데도 만만찮은 권력자의 부귀영화 비용을 짜내기 바빴으니 백성의 시름은 잘 날이 없었다. 그럴수록 하늘로 머리를 둔 자들은 권문에 들어가 백성으로서의 아픔을 벗어던지기를 염원했다. 향사라도 조금이나마 탐학을 막을 길이 없지는 않았지만 그런 지사(志士)는 매우 드물었다. 화제(和劑)를 내주고 병을 고치기는 했지만 백성들의 탄원(歎願)을 도와주고 또 연소(連訴)에 앞장서는 경우는 매우 드물었다.

고작 지방 유생들이 때때로 올리는 상소는 속내가 뻔한 것들이었다. 동학란 직전에 올린 만인소만 해도 김홍집이 올린 '조선책략'을 비난하는 어처구니없는 내용이었다. 개화를 반대하는 선비들이었다. 50년 전 아편전쟁, 3년 전 청일전쟁으로 대국이 망해 가는데 재야 선비의 안목은 고작 그랬다. 개화는 노복을 풀어주고, 상투를 자르고, 과거제를 없앴다. 여전히 소중화(小中華)를 꿈꾸는 유생들은 의병에 가담했다. 정부인들 갈피를 잡을 수 있었겠는가.

다 자업자득이었다. 청나라 사신조차 지기들의 용기(龍旗)를 닮은 국기를 제안하며 개화를 권했을 때 고종은 실력자 이홍장에게 그 허락을 받고자 했다. 그렇게 탄생한 태극기였다. 누가 이런 속국에 안주

해 왔는가. 개화 반대파는 다시 친로파가 되어 왕을 아관에 피신시킨
다. 고종은 김홍집을 죽이라 하고 창 너머로 그 주검을 내다본다. 환
궁하여 대한제국을 선포한다. 무슨 제국인가. 8년 후 보호조약, 2년
후 군대 해산, 다시 3년 후 합방이었다.

　동학란 직전에 도성 가까운 수원에서 민란이 있었다. 전 승지, 전
군수의 가렴주구를 못 견뎌서였다. 연이어 사도세자 능참봉의 탐학
으로 인한 민란이었다. 향사·유생·학인들은 오로지 과것길에만 관
심이었다. 그들이 백성의 고통을 해결하려 했다면 민란까지 가기 전
에 막을 수 있는 경우도 허다했을 것이다. 또 실제로 지방 한사(寒士)
들이 소소한 민원을 해결한 경우도 적지 않았다. 서원·향교라도 버
팀목이 돼줬으면 하는 것이 한사들의 아쉬움이었다.

　의로운 사람들 그렇게 수천 년을 대망해 온 인재들이 한숨짓고 아
쉬워하며 끝내는 역적으로, 민란으로 목숨을 잃었지만 백성의 고통
은 날로 심해지고 좀처럼 개선될 조짐은 보이지 않았다. 왜 이런 일
이 이리도 끈질긴 것일까. 귀신이었다. 다 권귀에 홀리기 때문이다.
이제 권귀를 내쫓는 일이 급선무다. 무정부운동이 이 아닌가. 수재들
이 이 일을 주선하고 앞장서면 하늘(님)도 제대로 된 길로 들어섬을
칭찬하시고 기꺼이 맞이해 주실 것이 분명하다.

　안아락은 무정부의 아나르키를 음차한 것이지만 아락(亞樂), 즉 동
락에 만족하자는 뜻도 된다. 임정도 삼균(三均)을 선포하니 모두 공
동체를 위한 욕망의 절제다. 마음에 도사린 아귀(餓鬼)를 쫓아내야
한다. 늘 걸걸대며 큰 죄를 저지르고 있다. 권도가 형평을 잡지 못하
고 부귀영화를 위해 온갖 죄악을 저지르는 것도 이 때문이다. 귀신은
하느님이 쫓으셔야 한다. 많은 제자들이 모여 제를 올리고, 절절한
제문과 소(疏)문으로 하느님을 울려(共鳴)야 한다.

안아락은 더 이상 고향 소울음(솔)재에 머물지 않았다. 솔재가 길(吉)지라 함은 어미를 부르는 소리가 요란한 땅이라서가 아니라 어미가 알을 품듯(卵翼) 백성을 기르는 나라를 깨우쳐주는 땅이 아니겠는가. 안아락은 할아버지의 솔재를 뒤로 하고 아산만이 훤히 내려다보이는 길마 턱에 난익당을 짓는다. 중국에 요순시대가 있다면 조선에는 단기(檀箕)시대가 있다. 권력(律令)국가가 나타나기 전이었으니 무권(無權)국가의 전형(典型)을 삼을 만했다.

난익당은 과중한 세역·부역·병역 대신 백성을 품어 기르는 나라를 꿈꾸는 전(殿)이었으니, 예서 우선 하느님께 빌면 일본의 제(帝)권도 물리칠 수 있을 것 같았다. 권귀가 무섭다 하더라도 손톱 하나만 빼내면 종당 간에 쓰러지게 되어 있다. 조선이 먼저 빼내야 한다. 왜 조선인가. 집안에 내려오는 산수가림다(古文史册)에 의하면 조선족이 제일 먼저 농사를 시작했고 벼농사를 개발했다. 처음 기장(黍)과 피(稷)였으며 마지막으로 벼쌀(米)이었다.

나라 이름도 부여(벼)라고 했다. 농사에는 하느님이 계셨다. 하느님 없이는 농사를 지을 수가 없다. 조선족의 기록은 음양과 복서(卜筮)·제축문이 다였다. 중국도 말로는 하느님이라 했다. 우주적 순환 기운이요 그 행함(天行)이 귀신이라 했다. 그리하여 하느님을 받드는 것(合鬼與神而亨之)이 교화의 으뜸(敎之至)이라 했다. 그러나 제사는 늘 권력(王)의 만세 융창을 위한 장치로만 가동되었을 뿐이다. 애민 성군이 돼야 한다고 하면 죽임을 당했다.

조선조만 해도 건국 100여 년에 인현을 내세운 조광조가 서른일곱에 사사된다. 그를 지극히 아끼던 중종은 그가 읽던 소학에 치를 떨었고, 소학은 100년간이나 금서가 된다. 그래서 어진 하느님을 받드는 제사는 백성들인 농군들 손에서 겨우 맥을 이어갔다. 하늘에 순종

하는 길이 풍년이었다. 그런 백성들의 염원이 하늘에 사무치게 하려
면 하느님이 만족할 정도로 제주·제단·제문에 공을 들여야 한다. 관
도에 들겠다는 집념이 끼어들면 부정을 탄다.

부귀영화를 누리겠다는 열망과 열정이면 무엇을 못하겠는가. 탐관
오리를 척결할 용기로 이를 전용해야 한다. 인재들이 힘을 모아 백성
의 부담을 덜고 억울함을 줄이는 정권(正權)을 세워야 한다. 어렵지
만 사람이 어질러 놓은 것을 쉽게 치어주실 하느님이 아니시지 않는
가. 선생은 굳은 신념을 가지고 하느님을 받들기로 한다. 감농(監農)
에 머물렀던 논밭 일에 뛰어들어 백성의 고통을 가까이 체험한다.
그래야 하느님께 절절히 아뢸 수 있기 때문이다.

주체할 수 없는 땀과 끊어질듯 한 허리 벼 포기에 팔뚝이 베어나가
고 손목엔 자가품이다. 거머리가 줄줄이 피를 빨고 까라기로 등덜미
는 자꾸 깔끄럽다. 가뭄 장마에 물 고생은 또 얼마인고. 선생은 다시
난익당에 오른다. 아산만은 언제나 무엇인가를 꿈꾸게 한다. 멀리 입
파섬·도리섬 위로 섬놀이(신기루)가 한참이다. 큰 기와집이다. 제단
아니겠는가. 물동이를 이고 아낙네들이 분주하다. 제수 준비다. 그
뒤로 희미하게 갓을 쓴 어르신네가 울렁거린다.

몇 안 되는 제자들이 글을 읽는 사이로 선생은 슬그머니 여러 번
손질해 둔 고(告)문을 읊조린다. 이윽고 물안개가 걷히면 바닷물은
지는 해로 수없는 금빛을 조각내며 나문재를 자주 빛으로 불태운다.
먼저 일본을 내쫓아야 한다. 3백 년 전에도 온 땅을 들쑤셨다. 제국주
의 시대라 더 큰 탐욕의 발동이었다. 백성은 늘 총칼귀신 일본을 저
주해왔다. 부귀영화는 여전히 친일이지만 지성감천이라 왜란 때는
최고사령관의 급사요 일제는 원자탄이었다.

특권에 홀린 자들은 그 특권이 승자에게 쥐어주는 당연한 영화로,

대를 이어갈 자랑스러운 성공으로, 사회 발전을 위해 꼭 있어야 할 보편적 진리로 착각한다. 권당(權黨)과 권당 안에서의 자기 이익을 위해서라면 백성들의 행복한 공동체를 외면하고 스스럼없이 강자 편에 선다. 과거(科擧)의 사대와 친일이 그랬고, 오늘의 친미·친소가 그렇다. 영귀 세력은 외세를 배경으로 두 개의 권력을 수립한다. 말은 안 하지만 백성은 밥일 뿐이다.

권력을 물리치는 일이 더 어려워졌다. 그러나 또 지성감천이다. 통일을 기원해야 한다. 여세를 몰아 권력을 옆으로 뉘여야 한다. 통일의 길도 열릴 것이다. 북한은 병영이니 백성의 저주를 받아 무너질 것이다. 그때야 하느님이 어미 정부를 세우는 일을 도와주실 것이다. 남한은 정상(政商)귀신이다. 백성의 힘으로 내쫓아야 한다. 부패 특권에 희생된 원귀를 앞세워야 한다. 특권귀신은 원귀를 제일 무서워한다. 피해자가 직접 보복에 나서기 때문이다.

오늘도 선생은 난익당에 오른다. 원상으로 계신 최영 장군부터 남이 장군, 조광조·김구·여운형·조봉암·장준하·조용수·전태일·박종철·이한열·강경대 신위가 멀리 아산만에 너울거린다. 향을 사르고 제문을 읽는다. 열사·지사들의 한숨과 울부짖음이 귓전을 때리면 권귀는 힘이 빠진다. 강신굿을 벌여 원혼들의 질타를 육성으로 들려준다. 심금을 울리도록 무당들의 사설도 다듬어야 한다. 노을 진 바다 위로 솟아오른 열사들이 마이크를 달라고 손을 흔드신다.

V. 사 박사와 주 박사

1. 사라선

　사라선 박사는 일찍이 목숨의 신비를 캐는 데 관심을 가지고 아인슈타인으로 유명한 프린스턴 대학에서 슈뢰딩거의 생명학을 공부하고 있다. 우주만물은 절대 균형(무질서)을 향하여 죽어가고 있다는 것이 엔트로피 법칙이다. 물과 열은 높은 데서 낮은 데로 흐르면서 에너지를 잃고, 자원도 쓰고 나면 쓰레기가 된다. 생명만이 이를 역행하여 에너지(불균형)를 유지한다. 햇빛으로 식물이 살고 동물은 식물을 먹으니 태양이 모든 영양(에너지)의 원천이다.

　그러나 삶도 역학적으로 평형(죽음)에 이르고 만다. 그럼에도 사람은 장수를 희망하고 죽은 다음에도 삶을 누리려 한다. 그러나 곧 덧없음을 깨닫고 생각을 달리한다. 더 큰 질서 속으로 들어가 삶을 보호받는 것이다. 그 큰 질서는 종교(신나라)일 수도 있고 공동체(가족 또는 사회)일 수도 있다. 저절로 되는 게 아니라 바로 욕망의 절제가 필수다. 절제란 자유와 평등을 향한 노력이며, 그런 어진 사람으로 기억되는 것이 곧 장수의 비결이 된다.

이는 인간 생명의 역학적 현상인데 사람의 두뇌는 살기 편한 세상을 향해 꾸준히 진화하면서 이를 터득한다. 생명이란 질서 정연한 물리적 구조이며, 그 최고 정밀 질서가 사람이다. 사람은 다른 동물과 달리 기억장치에 데이터가 쌓이면 불리한 데이터는 곧 버림으로써 삶의 유리한 질서를 보강해 나간다. 또 유리한 데이터가 일정한 수준을 넘으면 더 유리한 데이터를 찾아 헤맨다. 마침내 새로운 삶의 질서가 탄생한다. 곧 윤리도덕의 진화다.

다만 사라선 박사는 자유·평등이라는 근세의 진화 과정이 왜 서양에서 빨랐는가에 의문을 갖는다. 이것이 두뇌적 내생적 차이냐, 아니면 환경적 외생적 장애냐에 생각이 이르러 박사는 한계에 부딪친다. 마침 동양사학을 전공하고 박사 과정을 밟고 있는 박구세 군이 있었다. 사회 변동은 군의 최대 관심 분야다. 사 박사의 설명을 들은 박 군은 대뜸 과거시험 얘기를 꺼낸다. 인도에서 지독한 신분제가 정신적 진화를 가로막은 사실과 같다고 했다.

중국과 한국에서는 우수한 인재들이 과거를 통해 부패 특권에 진입하여 부귀영화를 누림으로써 그들이 필사적으로 연찬한 학문적 가치는 공리공담으로 전락한다. 이를 차단할 영재들이 나올 여지가 없었고, 설령 있다 해도 공공의 적으로 몰려 처단되었다. 인도가 대중의 현세적 행복을 무욕 선행(善行)을 통하여 내세적으로 환생하는 행복으로 치환하는 억지를 쓰는 동안 대중의 침묵 속에 그 사회의 총체적 진화력은 사장되었다는 것이 박 군의 설명이었다.

진화심리학이 발견한 진화의 창발력이 기를 펴지 못한 세상은 한심하다. 생명학으로 보면 삶과 죽음의 과학적 의미를 포착하는데 실패한 동양은 고대소설 '요순시대'를 읽는 것이 유일한 낙이었다. 민생을 노예화 한 권력의 역사가 생명과학의 힘으로 무너져 내린 판에 동양은 오랫동안 암흑시대를 산 셈이다. 특히 중국과 한국이 인재를 바늘구멍으로 통과시켜 부패 특권을 향유케 함으로서 많은 낙방생들의 창발력을 사장시켜 온 기제(機制)는 탁월했다.

그 기제는 권력이 공유화(민주화) 된 뒤에도 이 지역에 먹구름을 드리우고 있어 대중은 여전히 고달프다. 어떻게 이 먹구름을 걷어내고 진정으로 광명한 세상을 만들 것인가. 사 박사와 박 군은 연구실 창밖을 내다본다. 연구소를 감도는 골프장이 가을 햇살에 눈부시다. 조선에서 이벽·정약용이 겨우 강학회(천주교)를 열다 철퇴를 맞던 때, 기독교인들은 이곳에 프린스턴 대학을 세우고 영리와 관련(법대·의대·경영대)없는 순수 학문의 요람으로 키워왔다.

한국 유학생들은 생물학·물리학·화학·공학 분야에 많았지만, 역사학·고고학·경제학·정치학에도 있을 만큼은 있었다. 동양사료관의 방대한 자료는 각처에서 많은 연구자들을 끌어들였고, 서양인들이 동양 고전을 원문으로 읽고 있어 유학생들을 깊이 자극했다. 사 박사는 박 군의 안내로 이곳에 자주 들려 유학생들과 격의 없는 대화를 나누었다. 고관이 되라는 아버지의 반대를 무릅쓰고 과학을 택한 사 박사였기에 어떤 사명감이 작동하기도 했다.

사정을 짐작한 박 군은 가정교육의 중요성을 크게 입증한다. 부모들은 자녀들이 우수한 싹을 보이면 법과대학이요 고관이요 검판사로 그들의 장래를 묶는다. 대대로 내려오는 족보의 명령이다. 족보가 약할수록 가문의 영광을 위하여 자녀들의 진로를 중앙청이나 법원이나 국회로 몰아간다. 주위에서도 한 마디 거들 기회가 오면 아무쪼록 그리 가라 한다. 아직 어려서 모르지만 경험 많은 어른들을 들여야 한다고 한다. 의식 전환의 계기는 잘려나간다.

어떡하면 진화의 길을 활짝 열어 새로운 윤리도덕으로 물리적·관존적 욕망을 공동체화 할 수 있는가. 그렇다고 2천년 동안 활개 쳐 온 관존민비 권력국가와 이에 기생하는 가부장제를 하루아침에 뜯어고칠 수도 없지 않은가. 사 박사는 그래도 과학이었다. 이 어려운 일을 과학이 못하면 아무도 못한다. 또한 과학이 들어 해결을 보면 관료주의 만리장성도 허물어질 것이며, 나아가 도처에 잔존하고 있는 특권 국가의 잔해까지 모두 무너질 것이다.

이제 민족적 과제가 세기적 과제와 동행하는 것이다. 사 박사는 무거운 마음으로 진화심리학을 전공하는 손발래 군을 쳐다본다. 한국에서 케케묵은 뇌 오염을 빨아내면 모든 나라의 반민중적 관행들이 몸을 떨 것이다. 손 군은 다만 인재들의 귀족(신분) 진입이 오랫동안 불가능했던 서양에서는 민중을 대변할 지도자가 숙성될 수 있었으나, 동양에서는 반란 지도자가 있었을 뿐 개혁 지도자는 없었기에 그만큼 특단의 처방이 모색돼야 한다고 했다.

서양과 다른 함성과 절규가 있어야 하며 하늘에 닿을 듯 손을 펴야 하고 땅이 꺼질 듯 발을 굴러야 한다. 사상자가 생기면 리듬이 엉뚱한 데로 흘러 의식 전환 효과가 반감되기 때문에 어디까지나 평화적 열기로 고양시켜야 한다. 프랑스혁명이 100년 만에 빛을 본 것이나, 러시아와 중국에서 수천만이 희생되고도 실패한 사례를 거울로 삼아야 한다. 손 군의 패기는 하늘(신령)을 향해 있기에 전혀 위험하지 않았고 오히려 자신감으로 보였다.

손 군은 권력의 굴레를 해체할 과학자가 많으면 된다고 생각한다. 독가스를 만드는 관존민비 생체과학을 완벽하게 밀어내고, 한국인의 태생적 의식구조를 정화할 과학자가 나와 진화의 방향을 바로잡아야 한다. 과학자란 실험실에만 있어야 되지 않는다. 꼭 논문이 필요하지도 않다. 한국사회의 병리현상만 정확히 제시하면 치료법은 예상외로 쉽게 개발될 수 있다. 부패 특권의 불륜적 잉태 과정을 폭로하고 그 척결의 당위성을 역설하는 것이 급선무다.

손 군의 얘기는 국민이 그렇게도 청산되기를 바라는 부정부패가 국민의 침묵 속에서 자행되어 왔음으로, 국민이 제대로 깨어나기만 하면 공정한 사회가 될 것이라는 단순 논리였다. 결국 권력의 진화가 늦은 것은 그들의 부귀영화 의식보다 퇴화된 국민 의식구조가 더 문제라는 것이다. 이를 위해 국민이 하늘에 대고 소리치라는 것은 자기를 향해 소리치라는 것이며, 그 소리가 결국 하늘에 부딪혀 내려오며 권력의 귀를 뚫을 것이라는 것이다.

사 박사와 박 군, 손 군이 굳게 손잡고 파이팅을 외쳤으나 하늘을 절절히 움직일 말은 어떤 말이어야 하고 누구의 목소리여야 하는가. 지금까지 외친 말과 소리로는 꿈쩍도 하지 않으니 그 방법과 차원을 달리하지 않으면 권력의 이혈(耳穴)을 자극할 수 없을 것이었다. 손 군이 역대 개과천선을 설명한다. 옛날 많은 사람들이 꿈에 나타난 조상이나 유령으로부터 경고를 받고 완전히 다른 사람이 되어 선을 베풀고 사랑을 나누는 장면이다.

물론 역사가 죄인을 불러내어 심판하고 있지만 산 사람들이 정신을 차리기엔 역부족이다. 최후의 심판이 있을 것이라는 경고만으로 하느님의 뜻이 땅에서 이루어지기는 힘들다. 어떤 성경은 죽음과 동시에 내려지는 심판을 언급하고 있지만, 그 실제 평가를 내놓지 않고는 사람은 눈도 깜짝 안한다. 아무리 무당들의 사설이 구슬퍼도 불쌍하다는 생각 외로 분노는 유발하지 않는다. 어떻게 사람을 북적대게 모아 귀청이 떠나가는 호응을 얻겠는가.

박 군이 소리친다. 특권과 싸우다가 쓰러진 의사·열사·지사들의 원성을 쏟아 부어야 한다. 무엇이 잘못되고 그 피해가 얼마나 큰 것인지 함성을 내질러야 한다. 넋두리로 몸짓으로 간담을 서늘하게 해야 한다. 그동안 국민이 입은 피해가 막중한 걸 생각하면 서둘러야 한다. 박구세 군의 과학적 상상력은 씻김굿을 의식 진화의 원동력으로 활용한다. 그러나 모두 원한을 달래주는 해원제·신원제 뿐이었으니 원한을 갚아주는 복수제는 새로 꾸며야 한다.

최영 장군만 해도 사후 8년 만의 신원을 계기로 오랫동안 민간신앙의 원상 자리에 좌정하고 있지만, 충신을 기리고 권력 간의 뒤통수를 경계함으로서 왕권을 안보하자는 저의가 숨어 있다 할 것이다. 남이 장군 사당, 임경업 장군 사당도 그랬다. 충신들의 설분과는 거리가 멀었다. 무충 뿐 아니라 조광조로 대표되는 문충(文忠)도 사당으로 서원으로 향교로 끌려 다니지만 그들의 죽음에 무슨 위로가 되겠는가. 후에 생긴 신문고마저도 눈가림이라는 소이다.

사약이 내려지는 순간까지 유배지 능주에서 성상(聖上)의 노여움이 가라앉기를 고대했던 정암(靜菴)은 큰 한숨 한 번으로 불귀의 객이 되었지만, 저승에서 깨어난 그에게 마이크를 들이댄다면 어떤 포효가 나오겠는가. 반란이나 민란의 주모자들 또 그 추종자들은 얼마나 악담을 하고 나서겠는가. 어떡하면 죽은 사람의 생각을 그 사람의 육성으로 들을 수 있는가. 사라선 박사도 스스로의 상상력에 나래를 단다. 강령(降靈)술이었다.

의학박사 노칭의 강령술(theurgy)을 기초로 그 영매(ectoplasma) 개발에 나선다. 엔트로피(에너지 소멸) 법칙이 생물과 무생물의 한계, 정신과 물질, 마음과 육체의 교류에 관하여 설명해주고 있으므로 초자연생물학(occultbiology)의 최근 성과를 이용하면 어느 정도 그 개발이 가능할 것으로 보았다. 그러다가 사람이 죽어 영혼밖에 없겠는가에 생각이 미쳤다. 그는 목소리 박사가 떠올랐다. 사람의 목소리에는 각기 다른 성문(聲紋)이 있다고 했다.

말이 발음되는 순서대로 성문은 공중으로 날아간다. 아무리 뒤섞여도 그 성문엔 주파수가 있어서 어떤 수신장치로 그 성문을 말로 재생할 수 있을 것이다. 목 박사의 암시는 점점 초롱초롱하다. 혹시 성문에 다른 비밀은 없는가. 지문에는 DNA가 숨어 있다는데, 혹시 성문에는 선악 코드가 있는 것 아닌가. 하느님의 심판이란 그 분석 아닌가. 또 원혼이 저승으로 못가고 떠돈다면 그 성문이 회귀성을 띠는 것 아닌가. 사라선 박사는 흥분했다.

박사는 스탠퍼드 대학으로 달려갔다. 목소리 박사는 실리콘밸리에서 음성인지시스템을 개발하느라 정신이 없었다. 미리 연락을 드렸음으로 반갑게 맞이해 주셨으나 여전히 탐탁해 하지는 않으시다. 생물학과에서 목 박사가 생물물리학을 가르칠 때 사라선 군의 엉뚱한 질문으로 여러 번 곤욕을 치른 적이 있다. 생물이란 순전한 물리 현상 아니냐, 세포액이 영양분을 흡수하여 진한 농도를 유지하는 것이 생명 현상이므로 그 본질은 빨아들이는 욕망이다.

하느님이 감아놓은 태엽이 다 풀리면 세포 농도는 외부와 같아진다. 산다는 것은 차별(불평등)의 유지·확대임으로 자본주의는 삶의 본질을 가장 잘 반영한 생활방식이다. 윤리도덕이란 삶을 역행하는 것이다. 그런 그가 이제 와서 사람만이 불평등의 유한성을 깨닫고 평등지향적으로 진화했다니 이 무슨 역설인가. 또 동양의 늦은 진화를 인공적으로 촉진해야 하고 이를 위해 영혼을 불러야 한다니. 영혼을 과학적으로 입증하는 게 급선무라니 원 참·

사 박사는 매달리듯 목 박사의 연구실로 들어선다. 초로의 신사들이 한국에서 부귀영화를 누리는데 비하면 목 박사는 퍽 쓸쓸해 보였다. 관존민비 아닌가. 관이 높지 않으면 민이 낮게 보일 리 없을 터인데, 모든 인재가 관을 지향하고 있으니 한국의 과학이 실패할 수밖에 없지 않은가. 자식을 누가 공대에 보내겠는가. 공장은 다 변두리에 있는데 공대 나오면 다 변두리 인생이다. 이를 안 바꾸면 한국에 희망은 없다. 사 박사가 목을 매는 이유였다.

목 박사를 만나고 온 사 박사는 연구실에 틀어박혔다. 이리저리 유혹에 밀려다니는 뇌 속을 비집고 들어가 지어놓은 암자에서 박사는 무작정 사광(思光)을 기다렸다. 그것은 파동이었다. 그때마다 민감하게 전율하며 프로그램을 발전시켜 나갔다. 마침내 사 박사는 긴 터널을 빠져나왔다. 유장한 세월이 흐른 듯했다. 눈부신 햇살이 엄습해오는 피로를 태워버린다. 달랑 CD 한 장을 들고 나온 그의 손은 떨리고 있었다. 초혼장치가 완성된 것이다.

박구세 군과 손발래 군이 누구보다도 기뻐했다. 이제 한국의 정신사는 완전 달라진다. 그토록 인재들을 긴박하고 있던 관존의 굴레가 벗겨질 것이다. 많은 인재들이 보국안민을 고뇌했지만 관존을 뛰어넘는 단 한 번의 정신적 도약은 없었다. 다만 몇 번의 비상과 추락이 있었을 뿐이다. 부귀란 결국 출세 경쟁에서 이긴 자들의 몫이며, 탈락자들의 어떤 만회 시도도 어려운 경쟁시험을 떠올리면 그 비웃음 속으로 나가떨어져 비루하게 좌절되었었다.

민중의 기폭력은 동양이라 해서 약하지 않았다. 그런 물리현상은 어디서나 반란을 몰고 온다. 다만 권력을 잡겠다는 지도자가 아니라 권력을 철폐하겠다는 지도자의 출현이 없었을 뿐이다. 관직을 미리 나눠주고 권력을 잡으려 했던 태평천국(洪秀全)이나 부국강병을 내건 귀족 연합(명치유신)도 동시대를 산 링컨의 꿈을 거꾸로 꾼 셈이었다. 조선의 동학은 인간 해방으로 진일보하지만 왕권을 놔둔 채 하늘로 직행하려 할 만큼 군사부일체는 뿌리가 깊었다.

예부터 관재(煞, 貪, 虐) 입은 원혼이 많아 부정부패가 없어지지 않는다고 했다. 원혼들은 대개 소복에 산발하고 관아를 찾는다. 무서워서 벌벌 떠는 오리(汚吏)들을 정의의 바람이 훑고 지나간다. 이러한 설화는 공직자들에게 명예와 부에 대한 심각한 심적 갈등을 안겨준다. 합격과 당선을 축하하는 꽃다발과 술문 그러나 그들이 만든 청탁 시장에 뛰어들어야 영화를 누릴 수 있는 권력, 또 그들이 보내는 뇌물을 먹고서야 부귀를 누릴 수 있는 권력이었다.

그 권력이 지금도 민중 신음소리의 본산 아닌가. 사람들이 공권력을 넘보고 그에 빌붙어 부귀를 누리지만 이들에게는 자주 귀곡성이 들린다. 억울함을 당한 민중의 원한은 하늘 높지만 그들은 악몽을 떨쳐버리듯 애써 외면한다. 불안한 나머지 어디론가 도피를 꿈꾼다. 그러나 틈틈이 가문의 족보가 한 자리 하라고 더 높은 자리로 오르라고 외친다. 원한을 생산한 조상들이 자손들을 주장질하는데 어떻게 그 자손들이 원혼을 달랠 맘을 먹겠는가.

원혼의 청산이야말로 그를 포함한 그 가문의 영광을 점멸하는 짓이니 말이다. 그들은 최후까지 버틸 것이다. 그러니 부귀에서 탈락한 사람들은 숫제 공동체를 가꿀 의욕을 잃는다. 산업사회, 정보사회를 이끌 창의력은 어디서 나오는가. 창의력이 펄펄 뛰어도 시원찮은데 그 나마의 창의력도 자꾸 시들해진다. 창의력이 결핍된 경제가 더 나아갈 수 없음을 우리 경제는 입증한다. 수입 시설과 모방 기술에 의한 저부가 대량생산 체제의 말로라 할 수 있다.

문맹을 벗어난 사람들을 단순히 한 줄로 세워 도달하는 수준이다. 부정부패의 해악은 이렇게 엄청난 것이나 더 엄청난 여론 조작에 묻혀 잘 보이지 않는다. 영성(靈性) 대가 에바그리오스 폰티코스는 좌

절과 분노, 탐욕 속에서는 창의력이 자랄 수 없음을 오래 전에 갈파
했다. 우리 굿판이 최영 장군의 넋을 달래면서 시작되는 것은 우연이
아니다. 백성은 나름대로 막연하나마 억울한 세상, 눈꼴 틀리는 세상
이 되어서는 안 된다고 생각했던 것이다.

　우리 경제는 억울한 사회가 갈 수 있는 임계점에 와 있다는 것이
박 군과 손 군의 생각이다. 생각을 일신하면 새 길이 보인다. 죽은
자의 육성을 들려줘야 한다. 가끔 꿈에 나타나 호통을 치지만 꼼짝도
안했던 부패 특권이다. 마침 사 박사는 양자 마이크를 개발해서 억울
하게 돌아가신 의·열 지사들이 사자후를 토할 수 있게 한다. 어디에
서나 촛불집회를 열고 자랑스러운 원혼들께 마이크를 쥐어주어야 한
다. 얼마나 한이 많으셨는가.

　월드컵에서 붉은 악마가 보여준 패션·노래·구호 그리고 열기는
과거와의 단절이었다. 아무런 시나리오 없이 전개된 하나의 변화가
공진(共振, co-evolution)을 일으킴으로써 사상 유례가 없는 정신사의
도약을 예고하고 있다. 복잡계가 만들어내는 변곡점(bifurcation)을 지
나 푸른 악마의 차례가 오면 선열들이 우렁찬 진군나팔을 불어댈 될
것이다. 백성들이 몸을 떨며 깨어나 특권을 쳐낼 것이다. 도약의 물결
이 부패 특권층을 향하여 몰아닥칠 것이다.

2. 주거선

　방방곡곡에서 굿판이 벌어져 무당들의 응원가가 울려 퍼질 것이
다. 사라선 박사는 귀국에 앞서 신학대학의 주거선 박사를 만난다.
유학생회에서 안면을 튼 이래 주 박사와는 격의 없이 속 얘기를 주고

받는 사이다. 주 박사는 통성기도와 같이 눈물바다가 될 것이라고 격려한다. 주 박사는 설교학이 전공이었기에 성경 말씀을 감명 깊게 전하고자 심혈을 기울였다. 말씀으로 침을 만들어 형제를 깨우침으로서 모두 온몸으로 하느님 말씀을 궁행토록 하자였다.

사람이 다른 동물과 달리 살게 된 것은 언어능력에서 비롯되었고, 그것이 20만 년 전 FOX P2라는 유전자 변형에서 시작되었음이 밝혀졌다. 하느님은 말씀으로 세상을 창조하시면서 마지막에 자기를 닮아 그 말씀을 들을 수 있는 사람을 내시는데 큰 공을 들이셨다. 하느님은 말씀으로 존재하시기에 한 번도 얼굴을 보이신 적이 없다. 맨 처음 제사장 모세에게 뒷모습을 잠깐 보이신 게 다였다. 오히려 사람들에게 하느님을 보면 죽는다고 경고하신다.

하느님은 선지자와만 통화하시고 이를 많은 사람에게 전달토록 하신다. 그만큼 말씀이 하느님 자체라는 인식을 심고 교감하신다. 말씀은 많지만 어떻게 하나님 말씀임을 믿게 할 수 있단 말인가. 사람은 자신의 유한성을 의식하는 유일한 생명체로서 삶의 의욕과 죽음의 멸절을 통하여 선과 악을 체득할 수 있기에 욕심이 크게 준동하더라도 결국 애모(maternity)와 귀원(primitivity) 앞에 무릎을 꿇을 것이니 하느님 말씀임만 알면 쉽게 따를 것이다.

특히 조선 사람은 오래전부터 농사를 지으며 솟대를 모셨다. 솟대에 앉힌 새가 백성의 소망을 하느님께 고한다고 생각했다. 하느님의 말씀을 듣기 위해 태극산통을 흔들었다. 이웃과 다투지 않고 사이좋게 지내며 밝은 달을 사랑했기에 서로를 박달집안이라 했다. 그렇지 않은 사람을 만나면 오랑캐로 여겼다. 오랑캐가 보기에 박달집안은 옹기종기 땅을 일구며 하느님을 찬양하는 노래와 춤이었다.

조선은 오랫동안 공동체를 끌어안고 살았다. 하늘이 도와야 농사가 되고 이웃이 도와야 물고를 댈 수 있으니 자연스럽게 하늘을 받들고 이웃과 손잡았다. 야만이 쳐들어와도 조선공동체는 끊어질 듯 이어졌다. 어디 가나 마을(일터)을 중심으로 집안 어른(족장)이 있고, 그 어른이 솟대(제사)를 관리하며 집안 농사(두레)를 이끌었다. 마을 사이에 다툼이 생기면 족장이 나서서 심판을 보았다.

적이 쳐들어오면 마을들이 연합해서 물리쳤다. 겉으로는 강자에게 협조하지만 당골(솟대무당)들이 조상제·마을제·산신제를 지내며 구원을 간청했다. 언젠가는 억압이 풀릴 것을 믿으며 서로 손 잡고 5대 계명을 지켰다. 하느님을 의지한다. 서로 다투지 않고 어른을 공경하며 형제같이 어울려 함께 일한다. 오랑캐 야인과는 피를 섞지 않는다. 5계명은 곧 조선의 조선다움이었다.

황하 천년(겨레조선), 송화 아사달 천년(단군조선), 요동 압록 천년(기자조선)을 야인에게 쫓기면서도 조선계명은 좀처럼 흔들리지 않았다. 백성이 보기에 왕(권력국가)이란 백성을 뜯어먹는 강도다. 다른 종족을 정벌하여 그 땅을 취하고, 그 종족을 노예화하면서 탐욕이 점점 커진다. 농민은 그렇지 않은데 유목·수렵 채취를 일삼는 족속들은 그 짓을 잘해서 늘 조선(농민)을 괴롭힌다.

이에 대항하려면 상비군을 둬야 하는데 이는 백성의 땀이다. 조선은 차라리 내주거나 피하는 길을 택한다. 유목민이 마적으로 변하자 더 견디지 못하고 한강 이남으로 피신하여 기병과 대치한다. 왜와 혼성군을 만들어 대항하지만 역부족이었다. 고구려가 백제를 괴롭히고, 신라는 당을 끌어들여 백제를 점령한다. 결국 당의 요청으로 고구려를 협공한다. 이 짓들이 다 권력국가의 소행이다.

백성은 군수물자를 대느라 또 화살바지로 희생이 컸다. 고려에 와서는 숫제 농노로 전락하고 조선에서도 별반 나아진 게 없었다. 특히 과거제로 인재를 등용하니 권력에 대항할 지도자가 탄생할 여지는 사라진다. 백성의 일상은 늘 무거운 짐인데도 그들은 미약하나마 조선계명을 유지한다. 천문·지리로 또 다양한 제사와 굿 그리고 놀이로 하늘이 그 옛날의 태평성대를 이루어 주리라 굳게 믿는다.

그 총결산이 동학이다. 많은 수재들이 등을 돌린 반면 오히려 많은 혈사들의 호응은 컸다. 공리공담으로는 백성의 고달픔이 가시지 않는다고 생각하는 사람들이 점점 늘었기 때문이다. 그러나 조선계명을 회복하려 하지 않고 새로운 권력을 꿈꾸다 실패했다. 또 권력의 본질과 외세에 대한 판단이 불충분했기에 단지 또 하나의 반란으로 치부된다. 많은 희생을 내고 말았으나 조선다움을 입증한 쾌거였다.

구약에는 농사공동체에 대한 강한 집념을 가지고 단군조선과 비슷한 시기에 가나안에 들어갔던 에벨(헤브르)족 얘기가 나온다. 유목민으로 전락한 족장 아브라함은 쉽게 정착하지 못하고 방황한다. 아들 이삭에 이르러 농사에 성공하나 주위의 시기로 쫓기는 신세가 되고, 그 자손들은 애급(農王族)으로 이주한다. 400년간 겉돌다가 다시 가나안으로 출발한다. 지도자 모세는 한 달이면 갈 길을 40년간 빙빙 돌며 농사공동체를 실험한다. 그 과정에서 출발할 때 60만 장정을 다 잃는다.

새로 태어난 60만으로 가나안에 들어왔으나 주변 왕들과의 충돌로 뜻을 이루지 못한다. 백성들은 왕을 세우자고 아우성친다. 왕을 세웠지만 황제(강국)들에게 밀려 3백 년도 못 되어 망한다. 이때 지도자들은 왕조 복고에만 매달린다. 500년간 무모한 독립운동으로 많은 백성이 희생당한다. 시절이 바뀌고 생업이 다양하더라도 초지일관 공동체를 복원하는 길로 나서야 한다는 주장이 나온다. 예수가 그였다.

권력에 붙지도 말고 권력을 세우지도 말고 오직 서로 사랑하는 사회를 만들자고 외친다. 참다못한 사람들이 현상 타파를 시도한다. 꼭 때가 되면 그런 사람이 신바람을 일으키며 나타난다. 반란과 혁명이 줄줄이 이어지고 성공은 없다. 성공했어도 다시 권력이 된다. 권력에 동원된 백성의 피는 늘 애국애족으로 미화되지만, 권력을 능멸한 지도자와 그를 따른 백성은 늘 개죽음이 되었다.

더 이상은 안 된다. 그 개죽음으로 백성들의 삶은 조금도 나아지지 않는다. 민초들에게 하느님나라(공동체)에 대한 열망을 불어넣고 이를 바탕으로 권력과 대결해야 한다. 필요하면 십자가를 져야 한다고 예수는 외쳤다. 그러나 예수 사후에도 무저항과 비폭력은 얼른 자리 잡지 못했다. 맛사다의 비극과 바코크바의 반란으로 숱한 목숨이 덧없이 사라졌다. 예루살렘과 이스라엘은 완전 분해되었다.

꼭 농사가 없어서가 아니라 무모하게 대들다 파멸한 셈이다. 농사 지으며 왕을 세우지 않고 피해 다녔던 조선이 진정 하느님 말씀에 순종한 백성이다. 기독교가 들어와 많은 호응을 받았다. 하느님 말씀을 제대로 전하기만 하면 세계를 이끌 하느님의 심부름꾼이 속출할 것이었다. 주거선 목사는 사 박사의 양자마이크에 크게 고무된다. 사라선이 한국을 들썩이면 자기가 뒤따라 들어와 하나님의 음성으로 기도하리라 다짐한다.

하나님의 바라심은 하나님 말씀대로 사람이 의와 공도를 행하는 것이다. 그렇게만 하면 하나님이 언약하셨듯이 살기 좋은 세상을 만들어주실 것이다. '사람이 이 일에 보탬이 되고 죽으면 하나님 앞에 서서 고개를 들 수 있으리라.' 주거선 박사의 믿음이다. '사람은 하나님 앞에 서서 삶의 왕성한 욕심을 눌혀야 한다.' 사라선 박사의 집념이다. 집념과 믿음의 과학이 여기까지 온 것이었다.

주 박사는 사 박사가 활용한 성문이 영혼이 아닐까 하는 생각을 하게 된다. 또 성문이 어느 먼 공간에 모여 천당을 이루고 있는 게 아닌가. 상상은 거침없이 날개를 단다. 성문에 그 사람이 추구하는 선악과 미추(美醜)에 상응하는 코드가 입력되어 있다면 하나님 말씀을 소화해 낸 그 개인별 성적표를 천당에서 접수하고 이를 분류하는 것은 아닌지. 호기심으로 꽉 찼던 어린 시절을 뒤로 하고 신학을 전공하고 목사가 된 지난날이 숙명으로 떠오른다.

양자망원경 같은 것은 없을까. 영혼의 빛깔은 녹색일 것이다. 말씀을 듣기 전에 어머니 뱃속에서 양수(羊水)를 통해 먼저 보여주신 하나님의 빛깔 아닌가. 그 빛깔이 쌓이면서 거대한 녹착원반(綠着圓盤)을 이루고, 그 원반 위에서 녹색광자들은 이리저리 대오를 이루며 한가운데로 빨려 들어가 그린 홀이 된다. 그린 홀은 빛조차도 허용하지 않고 모든 것을 어둠의 칠흑 속으로 빨아들이는 블랙홀과 다르게 그 내부가 아름답게 들여다보인다.

진초록으로 시작해서 아래로 연두색을 띠며 흘러내리는 광대무변한 원구(圓球)라 하자. 녹착원반에 도달한 성문들은 사람마다 다른 음성으로 재생되고, 이들이 선행 정도에 따라 초록으로부터 연두색으로 채색된 타일에 내장되어 원구 내면을 장식한다. 전체적으로 원구 내부는 은은한 초록색으로 빛나는 궁궐일 것이었다. 하나님께서는 밑으로부터 위로 그리고 다시 위로부터 밑으로 원궁을 순행하시며 내장된 기도소리를 들으시고 이를 성령으로 이루신다.

하나님은 또 큰 상으로 핸드폰을 하사하신다. 멀리 지상과의 교신을 허락하신 것이다. 친지들의 안부를 묻고 그들의 어려움과 즐거움을 듣는다. 주 박사는 깜빡 잠에서 깨어나듯 자신에게 돌아온다. 내가 요한의 녹보석 무지개를 본 것은 아닌가. 영생이란 바로 성문의 끝자락에 마련된 하나님의 보궁 아닌가. 요한은 밧모 섬에 유배되어 있을 때 성령에 감동하여 큰소리를 들었으며, 그 쪽을 바라보니 금 촛대가 늘어서 있다고 했다.

그 사이에 인자가 서 있는데 가슴에 금띠를 두르고 머리와 수염은 눈같이 희며 눈은 불꽃같다고 했다. 또 하늘 보좌에 앉으신 그분의 얼굴은 홍보석이요 옷깃은 벽옥 같고, 보좌 주위에는 녹보석 무지개가 둘려 있는데 흰 옷에 금 면류관을 쓴 장로들이 보좌를 옹위하며 거문고를 뜯고 금 대접에 향을 피우고 있었다고도 했다. 주 박사는 생각했다. 내가 본 녹원궁을 지나면 하나님의 보좌가 나오고 수천수만의 천사가 어린 양을 찬송하는 소리가 들릴까.

또 아마겟돈에서 악인을 진멸하고 의인에게 승리를 안겨주는 모습이 보일까. 그러면 바울이 본 하늘나라는 어딘가. 바울도 부득불 하나님을 만난 것을 자랑할 때가 있었다. "셋째 하늘로 이끌려가 낙원에 이르렀으며 형언할 수 없는 많은 것을 보았으나 다만 말할 수 없을 뿐이다"라고 했으니, 초기 기독교는 큰 승리를 예감하고 천년 왕국을 믿었지만 역사는 이제 역사 밖에 있는 어떤 목표(과학)를 향해 전진하고 있음이 분명해지고 있지 않나.

사라선 박사에게서 연락이 왔다. 박구세·손발래 군이 함께 하고 있다 했다. 어디에서 첫 대동굿을 올릴 것인가. 처음 서울광장을 생각했으나 박구세·손발래 군의 생각은 달랐다. 지금 변화는 개벽이라야 한다. 이 나라 풍수·무당들이 아무리 오랜 세월 지령(地靈)을 위로하고 살풀이를 해댔지만 그들이 바라는 조선 세상은 쉽게 오지 않았다. 부패 특권이 끊임없이 원혼을 생산하고, 그 원혼들에 의하여 부패 특권이 강화되기 때문이었다.

식자들은 개탄만 했고 무당들은 흐느끼기만 했다. 부패 특권을 무너뜨릴 힘을 모으는 대신 힘이 있으면 부패 특권이 되려고만 했고 힘없는 백성은 늘 한이 서려 지냈다. 부패 특권을 걷어내지 않으면 산 자들 간의 갈등이 일상화 된다. 산 자끼리 화해하지 않으면 억울한 동패들이 눈을 감지 못하고 원혼이 되어 늘 부패 특권의 심사를 불안하게 한다. 이를 떨쳐버리기 위하여 부패 특권은 더 많은 사람을 괴롭히고 눈꼴시게 한다. 특권은 더 요새화 한다.

환골탈태라 하지만 원혼들의 말씀을 듣고도 부패 특권 세력이 여전히 부귀영화를 끼고 살며, 그들이 죽으면 그 잘난 조상에게로 천도(遷度)되어 억겁을 안락하게 지내리라 어금니를 물면 어찌 한단 말인가. 박·손 군의 생각은 치열하다. '이승의 모퉁이를 돌면 바로 저승이다.' 우리 조선족은 죽음을 삶의 연장으로 살아왔다. 아직도 특권층은 이승에서의 부귀영화가 저승에서도 죽지 않는 것으로 태연하니 신원제는 얼마나 벽력이 나야 하는가.

기독교도 불교도 시민운동 세력이 참여해야 한다. 지도자들은 사제가 되어 무거운 짐을 져야 한다. 평평한 굿터로는 안 된다. 계속되는 촛불집회는 방방곡곡에서 의사·열사·지사 추모제로 이어가야 하지만 참 시작은 산이라야 한다. 호렙산이요 겟세마네요 골고다여야 한다. 설산이요 녹야원이요 쌍림이어야 한다. 이 날 양자마이크를 든 영령들이 나와 권력을 질타하고 백성을 깨우치며 흘리는 통한의 눈물이 도도한 물결 되게 해야 한다.

김구 선생 마이크 잡다

푸른 밤송이로 태어난 나는 항상 담대하고 거칠 것 없는 몸가짐을 좋아했으며, 내 안으로 이글거리는 적성(赤誠)의 밤톨이 차오르고 있음을 느끼며 자랐다. 어머님의 태몽을 들을 때마다 범상치 않은 미래가 펼쳐지는 듯했다. 그러나 나를 먼저 가로막고 나서는 것은 상놈의 신분이었다. 아버지는 양반들과 자주 쟁투를 벌이셨고, 1년이면 몇 번씩이나 관아를 들락거리셨다. 삼촌도 솟증을 죽이지 못하고 늘 술에 취해 양반들과 으르렁거렸다. 이 모두가 상놈이 된 때문이었다.

나의 꿈은 먼저 상놈의 신세를 벗어나는 것이었다. 집안 분위기에 휩싸여 나도 또래 양반 자식들과 대결하기 일쑤였다. 힘이 달리면 부엌칼을 들고 나와 설쳤다. 양반과 섞여 글방에 다닐 때는 글로써 이겨보리라 얼굴을 책에 묻었다. 성적이 꽤 올라갔고 양반들의 시기도 따라 올랐다. 그러나 근본적인 변화는 없었다. 어른들에게 상놈을 벗어나는 길을 물으니 과거에 급제해야 한다고 했다.

16세에 응시하려다 연로하신 아버지께 기회를 들이고 물러선다. 그때 이미 과장은 막장이었다. 설쳐대는 탐관오리들의 옆모습을 지켜보며 나는 양반의 길을 접고 독불장군을 다짐했다. 상서(相書)·지서(地書)·술서(術書)를 빌어다 탐독하면서 결국 적선지가 필유여경을 깨닫는다. 수도 입덕에 열을 올리고 있을 즈음 동학 소식이 들려왔다. 반상귀천·빈부격차 없는 개벽 세상에 마음이 끌려 보은으로 내려가 최해월 선사를 알현한다.

직첩을 받아들고 황해도접주가 되어 많은 동지(聯臂)들과 함께 해주성 공략에 선봉을 섰다. 일군의 총기 난사로 겁을 먹은 사령부가 갑자기 퇴각 명령을 내린다. 제대로 싸워보지도 못하고 물러나 다음을 기약하며 군사들을 조련시킬 수밖에 없었다. 구월산 패업사에 진을 치고 있을 때 동학군을 일탈한 폭도들의 공격을 받아 많은 동지를 잃었다. 엄동설한에 홍역을 앓는 몸으로 어머님이 손수 지어주신 명주 군복을 벗어 동지들의 주검을 감싸 묻으며 의를 위해 목숨을 바치리라 재삼 다짐한다.

잠시 안 진사(중근의 부친)에게 몸을 의탁하면서 왜적과 싸울 결의를 다진다. 백두산 기슭을 돌며 독립기지 건설을 물색하고 돌아오는 길에 국모 시해 소식을 듣고 의병에 가담한다. 치하포에서 변복한 일인을 알아채고 칼을 빼앗아 그를 난자한다. 국모 보수를 내세웠지만 일인들의 눈치를 보던 사법 당국에 체포된다. 벌써 초죽음이 되어 인천감옥으로 이감되는 아들을 따라오시며, 차라리 물에 몸을 던져 함께 고기밥이 되자는 어머님께 옳은 일을 했으니 하늘이 보살피시리라 위로 말씀을 드린다.

외적이 들어와 나라의 상징인 대궐을 범하고 친일 주구들과 작당해서 왕후를 죽였다면, 백성들이 너나없이 들고 일어나 왜인을 닥치는 대로 척살했어야 맞다. 대대로 영화를 누리던 삼한갑족과 당대의 권문세가들은 무엇을 했단 말인가. 잡혀간 지 3년 만에 고향을 찾았을 때 모두들 장한 일을 했다고 환영했으며, 11년 후 다시 안악사건으로 검거됐을 때도 왜경들이 나의 전과를 까맣게 모르고 있을 정도로 나를 응원하는 백성들의 마음은 한결 같았다.

일인 타살은 그만큼 민족의 애국심을 크게 일깨웠던 것이다. 고향에서 애국지사로 떠받들려 후진 양성에 전력할 수 있었던 것도 나의 성의가 많은 사람들을 움직였기 때문이었다. 희망이 없는 곳에 희망을 거는 것이 혁명가의 길이라면 정의한의 입지 또한 희망을 만들어내는 것이다. 그러나 무모한 충돌로 힘을 낭비하는 것은 극히 삼가는 일이었다. 나의 과단성에 의지하여 항일운동을 하자는 제의가 여러 번 있었으나 모두 자중자애하기를 권했다.

이재명이 비감을 못 이겨 총을 뻥 뻥 쏠 때 노백린 형과 나는 한 사람의 결기로는 오히려 일을 그르치기 쉽다고 총을 빼앗았다. 후에 이재명이 이완용을 척살하려다 실패했을 때 우리 둘이는 크게 후회했지만서도, 안중근의 종제 명근이 울분을 토하며 날뛸 때 힘을 비축했다가 효과적으로 써야 한다고 만류했다. 무조건 신중을 기하자는 것이 아니라 성과가 확실할 때 움직여야 한다는 것이며, 나아가 희생을 최소화하고 그들의 넋을 위로할 자신이 있어야 한다는 생각이었다.

두 번째 갇혀 죽을 고비를 넘기고 풀려난 나는 고향을 지키며 장기전에 들어갔다. 간간이 들려오는 만주·연해주·상해에서의 동지들 소식은 가슴을 설레게 했지만, 청일·로일 양 전쟁에 승리한 일본의 기세는 만만치가 않았으니 이에 합당한 전략을 궁리하다 보면 울울답답이 밀려와 잠을 설치기 일쑤였다. 다만 농장관리를 맡아 생활터전이 잡히면서 모처럼 단란한 가정을 이루니 큰 위안이었다. 결혼해 10여 년 간 고생만 한 아내와의 사이에 아들을 얻으니 나이 마흔을 넘어 찾아 온 농장지경(弄璋之慶)이었다.

바로 3·1이 터졌다. 가정사에 연연할 내가 아니었지만 반가움에 앞서 잔인한 왜놈들에게 도륙당할 백성들이 큰 걱정이었다. 어차피 격동을 휘어잡고 운동 역량을 키워나갈 중심에 서야 했으니 나 자신 몸을 사릴 수 없었다. 나는 상해로 뛰었다. 신민회에서 알게 된 혁명선배들이 반가이 맞아주었다. 나는 독립 정부의 수위나 청소부가 되겠다는 심정으로 지나친 자리다툼이나 지역 대립을 완화하려 애썼으며, 어떤 갈등도 민족 우선으로 봉합할 수 있다고 생각했다.

많은 사람이 소망하는 재산에 대해서도 나는 탐관오리의 축재는 미워했지만, 절약하고 뼛심으로 모은 재산은 존중되어야 한다는 생각이었다. 탈옥 후 삼남을 돌며 여기저기서 지주와 농민이 대립하고 타협하는 모습을 눈여겨보았으며, 농장을 맡으면서는 일부 농민들의 나태와 작폐를 직접 체험하기도 했다. 임정이 건국강령을 만들 때 나는 이런 점을 망라하고자 애썼다. 이제 일제만 물리치면 온 국민에게 희망찬 대도가 열릴 것이었다. 가장 주장이 센 공산당도 나라를 세운 후에 경제정책으로 타협하면 될 것으로 보았다.

모든 이해관계를 민족 지붕 밑으로 끌어들이는 일이 중요했고, 또 그 방면의 큰 진전도 있었다. 그러나 조국의 앞날이 미·소의 분할 점령으로 캄캄해지니 26년 전 상해로 떠날 때와 다름없이 초조하고 갈피를 잡을 수 없었다. 아무 발언권도 얻지 못한 임정 앞에 때를 만난 듯 불나비와 쥐새끼들(飛蟲鳴梟)이 친미와 친소로 갈려 쟁투를 벌인다. 나오느니 한숨이요 터지느니 탄식이라 이 노릇을 어쩌면 좋단 말인가. 다들 새 나라의 동량이 돼 주리라 기대했던 인재들이었다.

어찌 강대국을 물리친단 말인가. 이제부터가 진정한 독립운동이었다. 그런데 강대국 틈바구니에서 독립이 가능한가. 그동안 보아온 월남을 생각한다. 일본이 물러간들 또 불란서가 들어올 것 아닌가. 다시 독립국가를 생각한다. 의문은 꼬리에 꼬리를 물었다. 선량한 강대국은 없는 것인가. 악의 강대국을 내쫓아야 한다던 강대국이 스스로 그 자리를 차지하는 셈 아닌가. 아니면 건국강령까지 마련한 임정을 방해하고 자기들의 구미에 맞는 정권을 세우려는 저의가 무엇인가.

우리의 살 길은 무엇이고 어디로 가야 하는가. 옷깃을 여미고 하나님 앞에 선다. 스물다섯에 주위의 권유로 하나님을 믿었다. 사랑과 평화, 이웃과 더불어 걷는 삶, 최후의 심판과 영생, 속죄로 복을 받는 기쁨 등등 많은 설교가 있었으나 내 속으로 들어온 십자가는 이웃사랑이요, 이웃사랑을 방해하는 불의와의 싸움이요 최후의 승리가 정의에 있다는 확신이었다. 늘 절망의 순간에 희망을 안겨주시는 분은 하나님이셨다. 나는 하나님 앞에 무릎을 꿇었다. 맥박이 요동쳤다.

혁명 난류가 심장에 쏘아 박은 탄환이 아직도 맥박을 따라 자꾸 뒤척인다. 지금 미·소 두 강대국 밑에서 각각 나라를 세운다면, 그것은 온전한 나라가 아니라 속국이요 우리의 자주성과 독립성은 요원히 물러가는 것이다. 나라는 영영 쪼개지고, 민족도 쪼개지고 종당 간에는 민족문화의 파멸과 함께 민족이 소멸되는 것이다. 민족이란 민족문화 그 자체이기 때문이다. 남의 문화 변방에서 그 나라에 종속되어 사는 것이며, 자기 민족의 번영을 위해 마음대로 외치는 자유인은 죽는 것이다.

문화의 중요성을 모를 때에는 나라에 충성, 부모에 효도가 우리의 가장 빛나는 미덕으로 알았다. 자식들에게 1차 유언으로 일지를 정리할 때만 해도 그랬다. 혁명 용사들이 나라를 세우고 친일주구를 처단하고 나면 백성들이 편안한 마음으로 가정을 지키며 나라를 받들게 될 것이니 시화연풍·태평성대 아니겠는가 했다. 미·소가 이빨을 드러내고 침을 흘리고 있는 이상 우리가 가장 먼저 챙겨야 할 것은 우리 문화 아니겠는가. 이를 중심으로 대동단결함이 활로 아니겠는가. 그 첫 단계가 외군 철수였다. 하나님의 응답이었다.

신탁통치에 매달리기 전에 완전한 독립 투쟁을 벌이는 일이었다. 반만년 역사요 조선조만 해도 500년 아닌가. 무슨 자치 능력이 부족하단 말인가. 왜 신탁통치가 선행되어야 하는가. 우리는 작은 나라이기 때문에 군사대국을 지향할 수도 없다. 경제대국을 지향할 수도 없다. 아니 있어도 다른 나라에 힘을 행사해서 자기를, 자기 문화를 강권해서 소리 없이 남의 소산을 거저 또는 싸게 가져 갈 대한이 아니며 또 그럴 생각도 없다. 우리는 우리 것을 갈고 닦아 남이 본받게 할 따름이다.

그래서 우리 민족이 나아갈 길은 우리 문화를 선양해서 모든 나라들이 우리를 따라 화목하게 살 수 있도록 앞장서는 것이다. 우리의 전통인 평화를 지키며 이웃과 서로 협동하는 것이요, 어른을 공경하는 것이요, 세계 민족이 저마다 나라를 세우도록 하고 서로 우의를 다지자는 것이다. 나라는 이미 사라졌으니 문화의 동질성을 내세워 민족문화를 회복하는 일이 독립을 쟁취하는 첫걸음이 된다. 이 본말이 전도되어 지금 우리의 주체성과 정체성이 얼마나 훼손되고 있는가.

북한은 비판이 허용되지 않는 곳, 국가 권력에 시달리는 인민들이 그 고통을 호소할 길이 막혀있는 독선국가다. 그러면 남한은 어떤가. 부익부의 빈부격차, 최악의 실업률 , 최고의 자살률, 날로 더해가는 오염 강산, 교육을 따라가기 바쁜 가정 경제의 파탄과 그렇게 훈련된 강병들에게 쪼들림을 당하는 약졸, 땅이 꺼지는 패배자들의 한숨, 태어난 자리에서 보고 배운 지식으로 자기를 부요케 할 방도를 찾기 대신 남의 무기로 남의 기술로 이웃을 겨누는 사냥꾼들이 우리의 희망인가.

귀족들만의 전유물인 자유·평등을 모든 국민이 고루 누리도록 하자는 게 근대화의 핵심인데, 부자는 여전히 귀족이고 쌍놈을 없앴다고 하나 새로운 쌍놈이 생기면 그게 진정한 근대화요 해방인가. 우리가 일제를 거부한 것은 총독부 건물을 인수하여 그 안을 우리의 귀족으로 채우려고 한 짓이 아니지 않는가. 소수만 잘 사는 나라는 언제나 있었다. 그 권력 국가는 백성의 착취를 헌법화 한다. 꼭 강대국의 지배 논리를 제 나라에 대입하는 것이다. 경찰과 군대로 귀족의 방패를 든든히 하는 것이다.

이제는 그게 아니라 어느 구석에 있든 많은 국민이 살맛을 느끼도록 해야 하며, 나아가 우리의 구순한 사회 환경을 온 세계가 따라 배우도록 하는 것이 우리에게 가장 합당한 독립운동이다. 강대국의 약육강식 논리를 배격하고 안으로 더불어 사는 공동체 문화를 발전시켜 나가야 한다. 민족이란 영토요 그 지상 인민의 행복을 위해 존재 한다. 약육강식의 논리는 민족을 파멸하는 것이다. 민족이 없어지며, 민족문화가 말살되며, 민족이 강약·빈부·남북으로 분열되고 있음이 그 입증이다.

44세에 고국을 떠나 70세에 환국한 나. 상놈의 추억 대신 임정주석의 영광을 안았으니 그냥 죽어도 한이 없을 터였다. 그러나 나만의 영광이 아니라 민족의 영광이 목숨을 이어온 목표였고, 또 더 삶을 주시는 하나님께 드리는 영광일 것이었다. 작은 나라가 큰 나라 되는 길이 문화임을 보여주시는 하나님 아니신가. 문화란 단순한 민속놀이가 아니요 싸움을 독려하는 나팔소리와 북소리가 아니다. 두레반으로 민족을 불러 모으는 초혼의 노래이며 온정을 나누는 살비빔이다.

같이 하는 산하가 있어 민족이요, 함께 하는 일터가 있어 민족이요, 더불어 쉬는 그늘이 있어 민족이다. 제 땅에서 나는 소출로 배불리 먹지 못하면 민족이 안 된다. 유무상통은 있어야겠지만 자급자족이 민족 생명의 근본이다. 사람을 팔고 금수강산까지 팔아서 잘 사는 민족은 이미 죽은 민족이다. 후손들의 건전한 삶을 방해하는 오늘의 여하한 여유와 만족도 민족을 죽이는 것이다. 간디의 물레는 단순한 비폭력 반제운동이 아니라 민족자존의 영존운동이었다.

우리에겐 그런 지도자 왜 없는가. 제국(帝國)에서 공부하며 그 제국과 싸울 채비를 갖추기는 쉽지 않을 것이지만 우리 독립운동 진영에 그런 사람이 꽤 많았다. 그러나 새로 나타난 제국을 안이하게 보는 과오에 빠져 있음은 안타깝다. 많이 배운 사람이 귀족이 되려고 해서는 안 된다. 급제한 사람이 귀족이 되어 백성을 핍박하던 과거와 무엇이 다르랴. 정절은 끝까지 지키기 어려워 정절이며, 누구나 고생을 내려놓고 싶은 게 상정이기에 영화를 놓치기 싫은 것이다. 더욱이

새 제국에 맞서야 별 희망이 안 보이니 더 그랬다. 아무나 할 일이
아니었다.

그러나 독립운동도 멀리보고 뛰어든 것 아닌가. 희망은 만들어가
는 것이라며 모든 고난을 참아오지 않았는가. 오늘 문화 강국의 희망
은 훨씬 뚜렷한 그림이다. 자주 독립, 민족 화합은 왜 지금도 휘발성
이 강한가. 약육강식에 다 젖어든 것 같지만 사람은 사람이기 때문에
부지불식간에 동물을 떠나 사람으로 회귀한다. 외세 의존, 빈부 심화
에 사람의 심사는 늘 뒤집혀 있다. 그래서 이를 막으려 강대국은 위
세문화, 강자문화, 빈부당연문화를 강화하기에 혈안이 되고 있는 것
이다.

강대국이 밖을 침략하여 박수를 유도할 때 약한 나라는 높은 인
간애·민족애·동포애로 안을 무장해 밖을 대항하고 그 손아귀를 벗
어나야 한다. 그렇지 못하면 남이 우습게보고 수작을 부린다. 아무
리 외형을 불려 강대국을 따라가기로 민중적 삶이 피곤해서는 점점
저들만의 귀족놀음으로 전락한다. 일제 때도 친일파들은 남부럽지
않게 살았다. 조선조의 양반을 더 낫다고 할 수 있는가. 그 끝은
매국이었다. 다수가 따분함을 느낄수록 그 사회의 경쟁력은 물거품
이 되어 간다.

날 보고 국제정세에 어두웠다고 한다. 물론 배운바 지식도 적고
세상을 내다 볼 식견도 많지 않다. 그러나 신탁통치를 미국이 고려하
고 있다는 얘기는 종전 6개월 전에 알았고, 미국에 끌려가선 안 된다
는 생각을 그때부터 했다. 소련이 나중에 끼어들었지만 외세에 의존
하는 정부는 독립정부가 아니라는 생각에 변함이 없었다. 3년이고
5년이고 하지만 그건 우리가 결정하는 게 아니어서 그 간에 이미 나
라와 국민은 친미·친소로 갈라져 있을 것이었다.

또 임정을 고집했다고 하나 권세를 누리겠다고 한 게 아니라 구심점이 되어야 정국이 수습된다는 것이다. 사실 곱던 밉던 임정만한 정통이 없었기에 당시의 인재들은 다 임정의 품에 안겨야 했으며 그랬다면 분단을 감수했겠는가. 시불리로 분단이 됐다 하더라도 임정이 있어 얼마든지 연대가 가능하고 재결합을 이루었을 것이다. 권력에 눈먼 사람이 아니라면 당시의 지식인 선언과 같이 다 분단의 비극을 예측할 수 있었다. 결국 비극은 현실화 됐다.

남한이 미·일을 등에 업고 국가자본주의를 성공시켰다 하나 국가자본주의는 처음부터 백성을 위한 정치가 아니었다. 특히 외자 성장이란 외자 좋은 일만 하고, 그들에게 생산기지를 제공하는 외에 민족이 영구 번영할 수 있는 기반은 어렵다고 보는 견해도 있다. 깊이 따지기는 어렵지만 남미·동남아를 보면 그렇기도 하다. 원료는 그렇다 치고 막대한 생산재를 수입하고서는 국내 노동소득이 커질 수 없다. 오늘 민중의 생활고를 악화시키는 주범 아닌가.

또한 통제자본주의는 아무리 통제해도 아랫목만 설설 끓고 윗목은 냉랭하다. 아랫목 사람만 가지고는 경제가 제대로 안 될 뿐 아니라 윗목 사람들의 창의력은 사장된다. 통제 교육·통제 경영 때문만이 아니라 (윗목을 제쳐놓고) 자기들만 살려는 마음가짐으로는 아랫목 창의력도 쉽게 솟아나기 힘들다. 있는 창의력도 시들고 고갈된다. 역대 어느 창의력도 돈만 많이 벌려는 사람에게서 나온 적이 없다. 왜냐하면 창조주와의 대화가 필요하기 때문이다.

근대화·산업화의 역사를 볼 때 1등은 영·미·불이요, 2등은 독일과 일본이다. 스페인과 이태리도 모방했지만 많이 불안하다. 러시아는 공산주의로 한 몫 보려 했지만 실패했다. 요는 창발력을 발휘해서 기계·기술·원료의 자급도를 높여야 한다. 그래야 안정된 일자리가 늘어난다. 지금 누가 3등을 할 것인가. 중국·인도는 전통이 복잡 강고하다. 일본을 따라잡는 데는 우리가 적격이다. 주춧돌을 잘 놓아야 한다. 정의감 없는 사회, 억압된 사회는 창의력 없다.

군부 독재 30년은 많은 신화를 창조했다. 그러나 저고용·빈부격차·환경 파괴의 부작용을 남겼다. 이 노릇을 어쩌랴. 그 해결책이 안 보인다. 신화를 깨지 않고는 공리공담일 뿐이다. 무엇보다 국민 창의력을 크게 신장시켜야 한다. 북한과의 적대 관계 해소가 급선무다. 증오가 충만한 북한의 창의력이 보잘 것 없듯이 맞대응하는 남한도 큰 장애가 걸린다. 공동체의식도 창의력의 한 축을 이룬다. 다른 나라와도 공동체를 말하면서 북한을 놔둬서는 안 된다.

신화는 박정희로 포장되었을 뿐 내용은 내로라하는 지식인 전문가의 두뇌로 채워져 있다. 마치 조선조 500년이 등과한 인재들의 작품이듯 말이다. 서울대학이요, 외국 박사요 다 수재들이다. 그들은 지닌 바 지식으로 불꽃을 태웠다. 그러나 기초가 부실해서 기울어지고 있다. 늦기 전에 버팀목을 세워야 한다. 중소기업 육성, 공정한 납품질서, 토지수용 확대, 무상기술교육, 극빈자 생활보장 다 급하다. 모두가 느슨하게나마 한 가족으로 사는 것이 국력이다.

국민 위에 떠 있는 산업화는 허구다. 포철을 생각한다. 이 땅에 세워진 거대 시설, 거대 기업은 점점 다국적 기업으로 둔갑한다. 외국인 또 외국 박사 고용도 는다. 많은 한국인이 일하지만 그 덩치만큼 전체 고용과 소득에 기여하지 못한다. 일본·미국의 거대 시설은 파급효과가 직접고용의 3~4배나 된다고 한다. 시설·기자재·원료 3방향으로 퍼진다. 우리도 이제 자체 개발을 늘려 간접고용을 극대화해야 한다. 대책이 늦으면 이제 더 성장은 어렵다.

밤을 패가며 땀과 악취와 독취와 싸우는 날품팔이 모작꾼들이 많아서는 안 된다. 야릇한 등불 아래 억지웃음을 파는 논다니들이 들끓어도 안 된다. 떡대로 깡으로 빗나간 의리로 갈취를 일삼는 왈짜들이 거리를 활보해도 안 된다. 세계에서 제일 많은 어린이를 양자 보내는 나라, 일본에서, 미국에서 몸으로 먹고 사는 조선 여자들이 많아서야 옛날 정신대를 나무랄 수 있는가. 외국인 노동자, 외국인 신부가 몰려드는 것도 민족적 화근을 심는 일이다.

VI. 좌파 25시

1. 추도사(追悼辭)

그는 공산주의는 진리이기 때문에 비록 현실 사회주의가 흔들리고 있다 해도 곧 제자리를 찾을 것이라고 장담했다. 숫제 무어나 시몽 같은 공상주의에 불과하다, 소설일 뿐이다 하지 않고 자꾸 생산시설의 공유화, 집산주의, 노동 우선주의가 인류 역사 발전 단계상 반드시 오고야 마는 필연적 귀결이기 때문에 모든 과학자는 그날을 앞당기기 위하여 부단히 노력해야 한다는, 그래서 그는 아직도 그날이 꼭 오고야 말 것이라는 확신에 차 있다.

그가 갔다. 마지막 공산주의자는 추억의 가을, 사색의 가을, 봄·여름의 성장을 결산하는 가을에, 그리하여 모든 자연이 바로 분배의 정의를 가르치고 있는 계절에 그는 떠났다. 깊은 밤 낙산자락에서 가쁜 숨을 몰아쉬니 골짜기마다 스산한 바람이 일더란다. 어느 쌈지엔가 끼어 있는 전화번호를 겨우 내보이며 그는 눈을 감았다. 아들은 찾기 어려운 동네니 창신역까지 나와 있겠다고 했다. 꼭 모셔야 한다고 하셨다면서 도리를 다해 올리는 듯했다.

날은 저문데 아들을 따라 비집듯 올라가는 골목은 구절양장이었
다. 산 너머에서 하숙을 하던 나는 대학 2년에 접어들어 처음 민법총
론을 사서 읽었다. 내가 그와 1년 넘게 나눈 대화로 보면 학문 같지도
않은 이런 책을 몇 권이나 몇 번이나 독파해야 한단 말인가. 나는
차라리 변호사의 꿈을 접고 달리 살 궁리를 하리라 맘먹고 야밤에
산을 넘어 그의 집으로 기어든 적이 있다. 옛날 거기가 어드멘가 둘
러볼 틈도 없이 시방 숨이 턱에 와 닿는다.

내가 그를 처음 만난 것은 옥인동 네거리 펌프장에서였다. 휴전하
던 해에 겨우 복교해서 1년간 대입 준비에 몰두하던 때였다. 나는
같이 하숙하던 김 군과 함께 학교를 오가며 보아 두었던 펌프장으로
빨래를 하러 갔다. 집들이 폭격을 맞아 허물어진 빈터였지만 창피하
다는 생각이 들어 밤을 이용하기로 했다. 비누도 변변하지 않은 시절
이어서 한 놈은 펌프질을 하고, 한 놈은 시멘트 바닥에 쌓아놓은 빨
래를 발로 이죽이죽 밟고 돌았다.

그때 어둠 속에서 한 녀석이 불쑥 나타나더니 "야, 너 누구 아냐?"
하고 대드는 게 아닌가. 자세히 보니 어디선가 본 듯한 명색이었다.
그는 나를 데리고 골목으로 들어섰다. 전란으로 처진 유급생과 그
통에 전입한 타교생으로 하여 알쏭달쏭한 경우가 많았음으로 나는
긴가민가 그를 따랐다. 김 군은 타교생이기에 따로 처신해도 상관없
었다. 문간방에 들어 선 그와 나를 그의 어머니가 반갑게 맞아주셨고
인사를 하는 둥 마는 둥 나는 자리를 잡고 앉았다.

차차 알게 된 사정이지만 그는 어머니와 단 둘이 세 들어 살았다.
어머니는 옥인시장 안 어느 추녀 끝에서 포대 한 장을 깔고 푸성귀를
팔며 생계를 이었다. 꼭 전란 때문만은 아닌 것 같고 아버지가 가끔

그를 불러내어 학비를 주는 듯했다. 그는 일본 책을 읽으며 모모가 뭔지 아느냐고 했다. 복숭아를 애송이로 내려 보며 넓적다리라 했다. 걸상에 앉아 발로 어깨를 툭툭 친다. 내가 "이 자식이!" 했더니 크게 되려면 모욕을 참아야 한다고 했다.

남들은 시험문제 풀기도 바쁜데 그는 철학이라 했다. 대낮에 사직 공원을 오르다 갑자기 "저 달 봐라!" 한다. 멀쩡한 해를 가리키며. 나는 이놈이 미쳤나 했다. 그는 태연히 저 걸 달이라 하자며 어머니를 닮아 깊이 파인 주름으로 얼굴을 가득히 채우며 크게 웃었다. 그리고는 유물론 얘기였고 벌써 변증법이었다. 인류가 오늘까지 내려오면서 몇 번의 혁명이 있었다. 폭군이 폭민에 의해서 넘어졌다. 다만 남한 폭군은 북한 폭민을 초토화하고 의기양양하다.

국제 압력으로 재기 불능에 빠진 북한을 대신해서 남한 폭민이 일어난다. 한국은 폭민을 끝까지 응징할 것이다. 경찰로 안 되면 군을 동원해서라도 작살낼 수 있는 행운을 얻은 것이다. 한국에서는 무슨 수를 써서라도 지배계급이 되어야 한다. 자기는 영웅이 되기보다 시인이 되겠다고 했다. 한국의 노동자들이 자기 죽는 줄 모르고, 아니 이길 틈이 있는 줄 알고 도전하지만 비참한 최후를 맞는다. 자기는 그 패배를 알기에 미리 노래로 보답할 것이다.

그날 내가 법학을 포기하고 새 길을 찾겠다고 했을 때 그는 단호히 말했다. 너는 이 나라의 지배계급이 되어야 한다. 집안도 넉넉하니 준비만 잘하면 어렵지 않을 것이다. 내가 택한 철학은 잘해야 대학 교수다. 아는 걸 죽이고 고등학교 선생으로 만족해야 한다. 그게 그와의 마지막 대화였다. 그가 어느 시골 고등학교 선생을 한다는 얘기는 들었지만, 우리는 너무 길이 달랐음으로 연락은 없었다. 그리고 25년이 흘렀다. 10·26이 난 지 얼마 후였다.

그가 느닷없이 내 사무실에 나타났다. 나는 비서가 넘겨주는 명함을 보고서야 그가 그동안 대학을 전전하고 있었음을 알고, 한편 무심했던 과거가 후회되면서도 자기가 도달할 수 있는 지경까지 가보려고 고심한 그의 흔적이 퍽 측은해 보였다. 나는 고관을 지내면서도 민주화에 관심이 높았다. 그 방면의 인사들과 표 안 나게 교류하며 운동권 소식을 들었다. 말을 안 했지만 나는 그게 필요하다는 생각이었고 그걸 암암리에 격려하고 싶어서였다.

그는 내 얘기를 듣더니 부질없는 짓이라 했다. 이미 오래 전에 결론이 난 얘기라 했다. 왜 안 믿었느냐, 왜 잊었느냐, 옛날 시인의 얘기라 했지 않느냐, 그는 앞으로 군인이 또 쿠데타를 일으키리라 했다. 나는 여하간 너무 반가웠음으로 내가 다녀 본 최고급 살롱에 걸터앉아 그와 함께 양주 한 병을 비웠다. 나는 우리 경제가 독재로는 더 갈 수 없는 단계에 와 있다고 했다. 빈부격차와 모방 생산이 그것이요 그 해결은 민주화뿐이라고 했다.

그는 술김에도 머리를 절레절레 흔들며 단호히 거듭 부질없다고 했다. 제국주의 도움으로 성장한다는 것은 곧 그런 딜레마에 빠진다는 것이다. 근본적으로 사유재산을 없애야 하며, 모든 인민이 한마음으로 공익을 생각할 때 창조가 일어난다고 했다. 나는 러시아와 북한을 예로 들었다. 그는 러시아는 군사대국의 길로 들어서면서 제대로 소비에트의 장점을 살리지 못했고, 북한은 미국에 혼쭐이 나서 군국주의로 나갈 수밖에 없었다고 판단했다.

그와 헤어지면서 나는 그가 왜 이 시점에서 나를 찾았는지를 곰곰이 생각했다. 자기도 대학에 적을 걸었다는 신고였나. 본격적으로 시를 쓰겠다는 선언이었나. 아니면 어디선가 내 소식을 듣고 서울의 봄을 기대하지 말라는 경고였나. 4·19 때도 그랬다. 우리는 너무 나댔지 않았나. 대학원에서 논문을 쓰고 있는 내게 후배들이 쳐들어와 남북회담을 주창했다. 그때 퍽 대견해 하던 선배들은 다 서리를 맞고 오히려 쿠데타군에 협력하며 겨우 살아남았다.

또 25년이 흘렀다. 50년 만에 그의 판잣집을 더듬던 내가 이쯤이면 어지간히 올라왔지 하는 순간 그의 아들이 열린 대문을 가리킨다. 옛 자취란 온데간데없이 증·개축이 되었지만, 들어 선 빈소는 그와 나누던 대화가 아련하게 떠오를 만큼 세월을 무색하게 했다. 초라한 그의 마지막은 씁쓸하기까지 했다. 소복한 여인네가 홀로 지키고 있어 더 그랬다. 생김새로 보아 딸아이인 듯했다. 박사모를 쓴 그의 영정 앞으로 사과 하나, 배 하나가 덩그랬다.

요즘 들어 향도 꽂지 않고 서서 묵례만 하던 나의 문상은 여기서는 무릎을 꿇지 않을 수 없었다. 졸업 때 장래 희망을 모스크바 대학 총장이라 적어서 반장이 얼른 고쳐냈다는 얘기를 전해들은 적이 있다. 지금 그는 총장이나 진배없다고 편안한 얼굴로 나를 대하고 있다. 마지막까지 나를 꼭 한 번 만나봐야겠다고 했다는 얘기를 임종을 지켜 본 딸아이가 눈물로 글썽인다. 너는 영웅이 되었지만 나는 너와의 약속대로 시를 쓰다 간다는 얘기일 것이었다.

오래 지체할 수가 없었다. 유족들은 아버지가 바라시던 바를 손에 쥐어드리니 조금이나마 위로를 드린 폭이 되겠지만, 나에겐 오래 전 친구의 마지막을 이렇게 얼떨결에 맞이한 거북함을 속히 벗어나고 싶었던 솔직한 감정이 도사리고 있었다. 또한 조객이 없는 상가를 빠져 나오기도 퍽 내키지 않았기에 나는 따라 나오는 상주에게 한 번 들리라고 했다. 어색한 자리를 마무리할 겸 무엇인가 친구에게 못 다한 우정을 조금이나마 풀어 볼 심사도 곁들였다.

아들은 서른다섯이라 했다. 도와주셔서 장례를 잘 모셨다는 인사치례도 할 줄 알았다. 대학 졸업 후 공장 근무가 10년을 넘었다면서 일요일에 뵙자고 해서 죄송하다고 했다. 도곡역 다방에서 3시에 만나 6시까지 얘기가 길어진 것은 그의 노조활동 덕분이었다. 아버지가 노조를 쓸데없는 짓이라고 우겨서 내색은 안했다고 했다. 제대로 하려면 탄압 받을 것이고 안하면 어용이라고 말씀하셨단다. 나는 노조 설립이 자유화 되었을 때 민주화의 끝이라고 했다.

민주화운동은 그때부터 노동운동으로 날개를 달 터이니 말이다. 노동자들의 지위 향상은 이제 저들의 노력으로 스스로 따내야 할 과제 아닌가. 노조운동 한다고 잡혀갈 일은 없을 것이었다. 민주화는 실상 노동자들과 지식인, 노학연대, 위장 취업을 마다하지 않은 학생들의 노동운동 지원 등등의 값진 승리 아닌가. 노동자의 최후 승리를 노리는 아버지에게, 그러나 아들은 형편 나아지는 노동 현실을 자랑할 수 없었다. 대체 비타협적 노동운동의 끝은 어딘가.

다시 그가 임종이 가까워지면서 나를 찾게 된 사연을 천착한다. 아들과의 대화에서 자꾸 그가 나와의 대화를 이어가고자 애쓴 단서가 자주 포착되기 때문이었다. 결국 그는 아들의 손을 들어주고 싶어서였을 것이다. 자기가 평생을 흔들리지 않고 지켜 온 지조를 그는 버리기로 결심한 것 아닐까. 아니 아닐지도 모른다. 그러나 세계 경제의 순환이 정지되어 기업인들이 파업에 들어가지 않는 한 노동자가 기업인을 완전 대체할 수는 없지 않은가.

25년 전, 25년 만에 만났을 때도 그는 에피고넨의 시대를 비웃었다. 사실 내가 노동운동을 하겠다고 연인까지 과감하게 내던진 전력을 알고 있는 그가 보기에 나의 고관은 가소로울 것이었다. 그는 사람의 출신 성분을 무시할 수 없는 법이라며 너는 노동운동에 투신해도 결국 배신자가 될 것이라고 했었다. 그런 내가 또 민주화를 역설하다

보기 좋게 관직에서 쫓겨나다니 그에게 있어 나는 분명 에피큐러스였다. 별난 미식가였을 것이었다.

그렇더라도 나가떨어진 나를 위로차라도 한 번 찾을 법했는데 그는 계속 소식을 끊었고, 나는 안하던 짓을 하는 성싶어 그를 찾지 않았다. 그러나 내가 그의 예언대로 민주화, 민주화 하다가 망하고만 만 게 아니었다. 나아가 그의 예언대로 다시 쿠데타와 학살이 있었지만 이를 씹어 뱉고 민주화는 얼마나 많은 것을 성취했는가. 그는 처음에는 그의 예언이 맞아 들어감을 내심 만족했을지도 모른다. 그러나 죽음은 단순히 죽음으로 끝나는 게 아니었다.

학살의 현장을 설명하는 증심사 골짜기의 허름한 여관 종업원은 하늘도 무심하게 벌어진 참상을 설명하면서 자주 말을 잇지 못했다. 빌딩 옥상에서는 기관총이 불을 뿜는데 그래도 집집마다 나가려는 자녀들과 이를 막으려는 부모가 뒤엉켜 통곡하는 장면은 지금 떠올려도 차라리 연옥이라 했다. 억울한 죽음은 자꾸 1주기에 떠오르고, 주기를 거듭할수록 처절하게 몸부림친다. 서울서 국풍(國風)으로 하늘을 가리려 해도 해골비는 주르륵 내리고 있었다.

누구는 무등산에 석풍이 분다고 했다. 초연/ 피비린 내/ 설마하다 부릅뜬 주검/ 이럴 수 있느냐고/ 형아 아우야/ 우짖고 달려든/ 겹겹의 성깔/ 모주 먹은 들개들의/ 미친 이빨에/ 경향도 아저새끼/ 악머구리 대련/ 아/ 지금은/ 조용히/ 펄럭이는/ 을씨년의 충장로/ 상기 지지 않는/ 용화의 꿈/ 하늘만이/ 피밭을 일구는가/ 장한 어둠에 이는/ 개벽/ 우리 모두의/ 고향을 라도로/ 깃발이 오를 때까지. 광주는 많은 사람의 심금을 저리며 저미며 퍼져나갔다.

그는 놀랐으리라. 탄압으로 모든 것이 끝나리라던 그였다. 나라는 반공국가로 출발했고, 6·25를 거치며 멸공국가로 강화됐다. 독재는 불가피했고 반공은 끊임없이 독재를 유혹했다. 그러나 10·26과 5·18 까지가 그랬다. 그 많은 희생을 무릅쓰고 6·10 항쟁과 6·29 항복이 있었다. 그는 깊은 고민에 빠졌으리라. 민주가 뿌리내리고 민주사회 도 내다보이지 않던가. 그는 나의 알량 맞은 민주화에도 손을 들어주 고 싶었다. 죽어서야 날 찾은 이유였으리라.

그러나 그는 빠르게 전개되는 앞날에 두려움을 느꼈으리라. 어디 까지 갈 것인가. 벌써 군정 종식이요 의회 회복 아닌가. 물론 금방 달라지지 않는다. 다들 출세놀음이니 거기가 거기였다. 안기부 폐지 다 검찰 독립이다 잘 안 되는 것도 그 때문이다. 그러나 민주화운동, 노동운동하는 사람, 정부를 혹평하는 사람도 빨갱이로 잡아가지는 못한다. 다시 총칼이 또 난무할지라도 이젠 절대 오래 못한다. 그래서 민주화란 많은 사람의 갈망이었다.

나는 아들에게 말했다. 나를 아버지 죽음 앞으로 나오게 한 것은 결국 너를 칭찬하고 싶어서였다. 비록 늦었지만 네가 활발하게 여러 조직을 묶어세우고 서로 연대해 나가도록 격려하고 싶어서였다. 노 동조합이 커져서 의회를 장악할 수도 있고, 그러면 노동자들의 처지 도 얼마나 당당하고 튼튼해지겠는가. 아니 기업가를 몰아내고 공장 을 차지한들 이보다 마음 편한 생활을 보장 받겠는가. 그 날을 차지 하는 것은 운동가의 몫이요 앞으로의 과제다.

나는 아들과의 대화를 마무리하면서 이것까지도 그가 그려 놓은 그림 속을 걷고 있는 게 아닌가 하는 기막힌 짐작에 빠져든다. 그래 서 몇 마디 훈수를 잃지 않았다. 우린 오랜 관존민비의 영향으로 모 든 인재들이 관을 지향한다. 지금도 모든 인재들은 과거(시험, 출마, 연줄)를 준비한다. 온통 사회는 계급사회다. 회사도 직급·직명이 인 품을 좌우한다. 노조는 달라야 한다. 철저히 감투운동이어서는 안 된다. 어느 노동자와도 형제애를 나누어야 한다.

나는 차라리 박차버리듯 아들과 헤어졌다. 현장과는 동떨어진 얘기인지 모른다는 생각에서였지만 나는 사장이 되어 노조와 처음 맞닥뜨렸던 기억을 생생하게 아들에게 놓고 나왔다. 그들은 취임기념으로 기사가 딸린 전용차를 배정해 달라고 했다. 노동 현장에서 노동 냄새가 전혀 안 나는 직급과 직명으로 호칭을 바꿔달라고도 했다. 나는 얼마 후 고향 친구로부터 자기 친구의 사위가 네 회사 위원장이라며 해대는 자랑을 들어야 했다. 돈이 꽤 들었다면서.

나는 돌아서면서 몇 번이나 그의 어비츄어리를 잘 못 쓴 게 아닌가, 오히려 그를 공산주의자로 죽게 버려둘 걸 그랬다는 생각이 들었다. 한국에서의 어떠한 사회주의운동도 도로가 될 것이라고 한 그가 특히 세계적으로 불고 있는 신자유주의를 어떻게 바라볼까 짐작이 어렵다. 고임 정규노동자와 저임 임시노동자의 차별을 극대화함으로서 대다수의 노동자가 노동운동의 도구로 전락하는 현실을 목도하고, 그는 오히려 소신을 굳혔는지도 모르지 않는가.

그렇더라도 노동자의 처지는 노동운동에 의해서만 개선될 수 있는 것 또한 엄연한 현실이기에 나는 그를 옳게 보았다고 생각한다. 공산당이 절망과 증오로 꿈꾸는 공동체는 대체 무엇인가. 사형장으로 끌려가는 선배 당원은 후배 당원의 이기지 못한 슬픔을 꾸짖었다. 슬퍼할 시간이 있으면 차라리 원수를 증오하라. 선배의 냉엄한 훈시였다. 어느 전향한 공산당원은 증오만 남고 과학은 실종되었기에 공산 낙원은 불가능하다고 실토했다.

그러나 그가 나에게 민주적 사회주의자로 전향했음을 선언했다 해도 그에게 쏟아질 빨갱이 세례는 여전할 것이었다. 그게 그거요 하면 아니란 설명이 장황하고 쉽게 낭패감·모욕감·왕따감에 시달리게 된다. 부자가 피땀을 짜내 가로채는 파렴치한들이니 타도해야 한다고 하면 빨갱이 소리를 들어도 싸다. 그러나 이보다도 부자와 가난뱅이가 서로 지나치지 않게 지냄이 상책이라고 판단하는 사람이 많다. 그런데 그 말만 해도 눈총을 받는 형국이다.

나는 그에 대한 추도를 마치며 다시 빨갱이를 생각한다. 기업이나 기획사가 엄청난 프리미엄을 챙기더라도 그들이 치열한 경쟁을 뚫고, 또 천신만고 끝에 설치해 놓은 사업장에 들어가 어떻든 살 길을 챙기는 이용자의 입장에서는 시설자의 폭리를 배 아파 할 수는 있어도 언젠가 힘을 합하여 주인을 해코지 하리라 맘먹으면 배은망덕이 되는 것이고, 아주 그럴라치면 애시 당초 사업장에는 얼씬도 하지 말고 몽둥이나 질질 끌고다녀야 한다.

이런 폭력배가 빨갱이 아닌가. 남편이 영문도 모르고 모조품 판매 혐의로 검찰에 구속되자, 아는 사람이라고는 아무리 뒤져봐도 출판사 명함 몇 장 밖에 없는 사고무원의 작가가 급한 김에 검찰청을 찾아가 문전박대를 당한 경험을 글로 써냈는데, 그녀는 마지막에 울부짖듯 민주화가 되어 시민에게 많은 자유가 주어질 때 자기는 억울하지 않을 자유부터 제일 먼저 골라잡겠다고 선언했다. 민주화란 절박한 사람에겐 절박한 것이다. 민주화와 빨갱이는 다르다.

그 작가의 다른 소설 한 구절이다. 파출부의 됨됨이를 묘사하면서 일 잘하고 싹싹한데 아들이 노동운동을 하다 잡혀갔다는 대목에서 주인아주머니는 빨갱이를 연상한다. 남편이 요즈음 빨갱이가 어디 있느냐고 핀잔을 주니 빨갱이가 별거냐고 부자에게 앙심 먹으면 빨갱이 아니냐고 대드는 것을 홀애비가 되어 얹혀살려고 상경한 시아버지가 엿듣는다. 연일 방송에서 공산권이 무너지는 소식을 듣는 시아버지는 좀 다른 생각을 한다.

자기가 경험한 6·25 전후 빨갱이들의 극성을 상기하며 어이없어한다. 부자에 대한 시샘과 미움과 원한이 다 내력이 있는 것이어서그냥 부자가 배 아프다에서 출발하여 부자는 구두쇠로 못된 짓을 많이 한다, 부자들의 탈세·매수·폭리 등을 듣고는 그 새끼들 다 게워내야 한다로 빠진다. 누가 부자 되지 말랬나 하면서도 그러나 이왕부자가 됐으니 좀 베풀라고 한다. 순순히 내 놓겠냐, 정부가 세금을매겨서라도 가난한 자들에게 돌려야 한다고 한다.

한심한 것은 지금 과격한 생각들이 사라진 세상인데도 한국에서는가진 자들의 심기를 불편하게 하기만 하면 쉽게 빨갱이로 몰린다.파출부 아들이 부자를 해치려다 당한 불행이어서 고소하다는 며느리의 판단도 비슷하기는 매한가지다. 빨갱이가 더 악화된 것이다. 나만아니면 그만이라지만, 이 나라에선 그와 사생결단으로 싸운 적이 있기 때문에 빨갱이로 지목 받으면 바로 원수, 인종지말, 도저히 친구나친지가 될 수 없는 파충류로 몰리는 형국이다.

잃어버린 10년이 그렇다. 온통 좌파정권이 휘젓고 다닌 자리가 역겨워서 견딜 수 없다고 한다. 그게 아니란 변명은 입을 뻥끗하기조차겁난다. 아무리 봐도 부자들이 쪽을 못 쓰기는커녕 빈부격차가 더벌어져 부자들의 신바람이 살판 난 세상이었는데도 말이다. 좌파, 좌파란 말만 안했지 속내는 빨갱이로 가득 차 있다. 가난하고 힘없는사람들을 도와야 한다는 생각이 갸륵한 마음씨로 인정받지 못하는상황에서 복지가 설 땅은 거의 없어 보인다.

한국에서는 부자가 하고 싶은 복지 말고는 더 하라는 복지는 그래서 어렵다. 그런데 이는 또한 통일을 어렵게 만드는 요인도 된다. 북한의 복지를 생각하는 아량이 곧 남한의 복지와 내통하고 있다는 데서 그렇고, 북한에 대한 저주가 남한의 반 복지 정서를 부채질한다는 점에서 더 그렇다. 모두 남한의 기업가 세력을 약화시키려는 음모에 지나지 않는다고, 이런 5열을 박멸해야 한다고 한다. 그러나 세계가 공인하는 사회운동을 우리만 안 할 수 있는가.

　마찬가지로 복지는 안 해도 그만인가. 안 하면 부자에 대한 앙심이 늘게 마련이다. 앙심이 넘치는 세상은 불안하다. 남미를 생각한다. 많은 사람이 가난에 시달리며 술과 마약, 노름 문란에 빠져 있다. 성공한 소수만 삶을 구가하고 나머지의 삶은 박제된다. 자라나는 세대들이 사회에 대한 애착을 잃고 생산성이나 창의력은 고갈된다. 자기 나라를 떠나 다른 나라에 살기를 원한다. 부자들이 그렇게 소중히 여기는 국제 경쟁력은 꼬리를 내린다.

　그래서 어렵더라도 노사 화합, 산업 평화, 동반 상승이 중요하다. 세계가 다 복지를 지향하는데 우리라고 빨갱이로 이를 틀어막을 수는 없다. 자칫 사회주의가 되면 철천지원수 북한과 손을 잡을는지도 모른다. 미국에서 흑인 대통령이 당선됐다. 부시의 실정이 큰 몫을 했지만 백인들의 과반수가 흑인을 지지했다. 흑인은 누구인가. 옛날 부려먹던 종의 새끼들 아닌가. 겉으로만 그런지 아주 속까지 반성했는지는 모르지만 여하튼 하나의 혁명적 사건이었다.

　그런 오바마가 처음부터 복지를 들고 나왔다. 아니 미국과 같은 복지국가에서 뭘 더 할 게 있어 복지란 말인가. 금융 공황에도 불구하고 오바마는 그 극복을 위해 더 복지에 매달린다. 교육 개혁, 의료 개혁, 주택 개혁이 그것이다. 그러나 아무도 오바마를 불구대천의 빨갱이로 보지 않는다. 고작 큰 정부를 지향해서 자유주의와 배치된다거나 사회주의로 가는 게 아니냐 한다. 물론 시간이 지나면 반대 공격이 더 거세져 오바마가 곤경에 처할 수는 있다.

　그러나 오바마의 복지정책이 실패할지라도 그것은 미국이 아직 못

다한 복지가 남아 있다는 의미이며 계속 후진들의 멍에가 될 것이다. 우리의 복지는 그 수준에 훨씬 못 미치는 데도 복지를 거론하기가 이렇게 어려우니, 피비린내 나는 싸움을 벌인 끝에 다친 상처(트라우마)가 이렇게도 깊은가 하는 한숨이 절로 난다. 그렇다고 온 국민이 정신과 치료를 받을 수도 없을 것이고, 증오가 증오를 낳는 이 악순환을 어떻게 끊을 것인가 막막하다.

2. 소지(燒紙)

재유는 어릴 때부터 아버지의 당당한 세도를 느끼며 자랐다. 읍내에서 민방단 단장으로 활약하는 아버지가 큰 유세였다. 민방단은 일본 순사들과 한통속으로 돌아갔다. 재유네는 순사들에게 자주 음식 대접을 하며 친분을 쌓아 갔고, 때로 술 취한 순사들이 모자나 닛뽄도(칼)를 놓고 가는 경우가 있어 재유는 이를 놀잇감 삼으며 신바람이 났다. 아버지가 공판장에서 단원들을 훈련시킬 때 구경꾼이 몰려오곤 했는데 그때마다 재유는 으쓱해 했다.

해방이 된 것은 재유가 1학년 때였다. 물러가는 순사들을 풀죽어 따라가는 일본 애들이 퍽 측은해 보여 재유도 덩달아 힘이 빠지는 듯 했으나 아버지는 곧 소방대장이 되고 또 대동청년단장도 맡아 집안이 다시 시끌벅적 했다. 골칫거리는 불쑥 나타난 공산당이었다. 아무나 보고 동무라 하며 아희들도 모두 뺏어다가 탁아소에서 키운다. 그 우두머리는 김일성이요, 그가 북한에 들어 온 소련군을 업고 사람들을 마구잡이로 괴롭힌다고 했다.

졸업반이 되어 입시 준비에 여념이 없는데 공산당이 몰려왔다. 처음 우리 국군이 용감하게 물리쳤는데 어느새 지서는 다시 텅텅 비었고 아버지도 어디론지 사라졌다. 낯선 사람들이 지서를 차지하고 어머니는 빨갱이 세상이 되었다며 한숨만 푹푹 내쉬었다. 공판장에서는 무슨 애국지사 장례식을 한다고 법석을 떨었다. 재유는 풀이 죽어 그 좋았던 일본 시대를 자꾸 떠올렸다. 그런데 거기에 덕재 아버지가 있었다. 덕재는 한때 둘도 없는 동무였다.

덕재 아버지는 일제 때 독립운동을 하다가 퇴학당했다고 했다. 어느 날 보니 재유네 건너편에 농민조합이라는 간판이 내걸리고 대처에서 돌아왔다는 낯선 청년들이 자주 어울렸는데, 재유는 이때 처음으로 덕재 아버지를 보았고, 조합 청년들이 즐겨 부르는 독립행진곡이나 해방의 노래를 들었다. 등굣길 나뭇가지에 설탕 배급을 받지 말자는 쪽지가 붙어 있어 아버지께 여쭈었더니 앞날이 큰 걱정이라 하셨다. 그리고 오늘 덕재 아버지의 주검을 본다.

인민군이 들어오자 잠잠하던 보도연맹들이 날뛰기 시작한 것을 알고, 국군들이 이들을 미리 처단하는 자리에 덕재 아버지가 끼어 있었다. 제 발로 걸어 경찰로 향하면서 친지들에게 날이 더워 며칠 고생할 것 같다고 환하게 웃었다 했다. 애국지사 장례식은 애국자들의 약력 보고와 이승만 도당을 박멸하자는 결의문 그리고 어느 틈에 준비했는지 인민군 노래가 울려 퍼지고 조총 10여 발이 발사되면서 끝났다. 우는 사람도 많았지만 재유는 공포에 떨었다.

숨 쉴 틈도 없이 집안 분위기가 조여오더니 멀리 외가에서 잡혀오신 아버지가 그 당당해 하시던 지서 안에서 고문으로 돌아가셨다. 아버지의 부하들이 경찰과 함께 공산당을 잡으러 다녔고 더러는 그 가족들을 심하게 닦달했다고 했다. 아버지는 기회가 있을 때마다 내용도 모르고 분위기에 휩쓸렸으니 너그럽게 용서해야 한다고 하셨다

했다. 사실 6·25만 아니었다면 큰 문제없이 넘어갔지 않았겠나. 한 달 사이 재유와 덕재 양가는 쑥밭이 되었다.

해방이 되었을 때 썰렁했던 덕재네는 아버지를 찾는 손님으로 북적거렸다. 어머니는 가는 허리가 끊어질 듯 행주치마를 조여매고 손님들을 대접하느라 신바람이 났다. 어머니는 아버지를 애국지사라 했다. 독립운동을 하다가 일본 놈에게 잡혀가 고생을 했다고 했다. 처음 듣는 소리에 아버지가 갑자기 자랑스러웠다. 아버지가 동네 청년들에게 큰소리로 노래를 가르칠 때는 아버지가 더 멋있어 보였다. 나중에서야 학교에서도 그 노래를 가르쳤다.

얼마간의 세월이 흘렀다. 덕재네 사랑방은 다시 썰렁해졌다. 아버지는 집을 비웠고, 이번에는 조선 순사들이 야밤에 집을 들쑤시기 시작했다. 어머니는 머리채를 잡힌 채 비명을 질렀고 집안 어른들은 사시나무 떨듯 겁에 질려 있었다. 덕재는 창피하고 무서워서 이불을 뒤집어썼다. 그의 집은 염병만도 못해졌다. 아버지에 대해 캐물으면 어머니는 어른들 일이니 공부나 열심히 하란 말만 되풀이했다. 아버지가 그 무서운 공산당이라니 믿겨지지 않았다.

덕재네는 이 고장 제일의 부자였다. 멀리 떨어진 대처로 나가 보통학교를 다닌 아버지는 성적이 우수해 당시 농촌 출신 학생들이 선망했던 경성농업에 입학했다. 고학년이 되면서 반일운동에 가담했고, 반장을 빼놓지 않았던 아버지는 주모자로 몰려 여러 번 유치장 신세를 져야 했다. 거기까지는 좋았다. 그런데 어찌 공산당인가. 소직인도 아니고 가난하지도 않은데 왜 거기에 가담했단 말인가. 아버지가 옆에 계시면 당장 물어보고 싶었다.

어느 날 학교에서 돌아오니 어머니는 아버지가 돌아오셨다고 했다. 사랑에 나아가 아버지께 넙죽 인사를 드렸다. 아버지는 엊그제

아버지가 아니셨다. 오냐 하시는 말씀에 힘이 빠져 있었고 안쓰러운 눈초리에 깊은 한숨이 맺혀 있었다. 덕재는 피하듯 자리를 물러났다. 아버지로 가득차야 할 집안은 여전히 비어 있었고, 아버지가 전향하고 얻은 평안은 고요한 불안이었다. 그래도 오래 아버지 없이 자란 덕재는 든든했다. 그러다가 6·25가 터진 것이다.

재유는 차츰 덕재가 싫어졌다. 반장과 부반장을 번갈아하면서 껄끄러운 사이였는데, 6·25가 나면서 덕재가 반장으로 올라서니 더 그랬다. 몇 달 후 다시 반장이 되었지만 그러나 아버지를 죽인 민청 사람들은 다 의용군으로 나갔으니 미워할 건덕지도 없었다. 다만 아버지가 아무리 빨갱이라도 마구잡이로 해치지는 않을 것이라 믿고 멀리 도망가지 않은 것이 원망스러웠다. 재유 아버지는 덕재 아버지를 보도연맹에 가입시켰으니 누가 누굴 죽인 것인가.

덕재네는 유수의 대농이라 일본과 친해 있었다. 다만 선배들의 지시를 따라 반제동맹에 가입해 동맹휴학을 주도했다. 재유네는 중농이었다. 서당에 다니다가 늦게 보통학교에 진학하여 두각을 나타냈고, 약상시험에 합격하여 읍내에서 약국을 운영했다. 자연 주재소와 면소와는 자별한 사이가 됐다. 재유 아버지는 특별히 일인들과 친하게 지낼 생각은 없었으나 사업상 관리들과 어울렸고 또한 쉽게 지도력을 인정받아 기관장 반열에 오를 수 있었다.

강자와 쉽게 타협하는 성격이라서 일본에 저항한다는 것은 실이 많다는 생각을 갖고 민방단을 통해 유능한 후배들의 강제 징집을 막아보려 했다. 그러나 덕재 아버지처럼 상급학교에 진학했다면 그와 같은 길을 걸었는지도 모를 일이었다. 죽음귀신은 늘 아슬아슬하다. 사람은 귀신에 홀려 쉽게 죽음을 각오하기 때문에 많은 사람을 홀려 권력을 틀어쥐려는 욕심이 준동한다. 전쟁이 그렇고 혁명이 그렇다.

녹아나는 것은 내용 모르고 휩싸이는 혈기들이다.

6·25만 아니었으면 재유와 덕재는 고아가 될 이유가 없었다. 우리의 주검을 슬퍼마라고 외치면 원한이여 피에 맺힌 적군을 무찌르자고 대응한다. 서로 죽음을 부르는 짓이다. 공산당은 당원을 온통 증오로 무장시킨다. 우리 역사의 큰 줄기는 그때마다 요동치고 피비린내가 만연한다. 최근만 해도 여러 번의 반란과 정변이 있었고, 특히 동학란과 만세운동으로 많은 인명이 살상 당했다. 진정 누구를 위한 주검이었는지 따져 보는 사람은 많지 않다.

어떠한 명분으로도 자기의 생명을 넘어 남의 생명까지 끌어들이는 일을 정당화하기는 어렵다. 일장공성의 만골고라지만, 만골에게 물어보라. 만골이 소리 내어 우는 소리를 들어 보라. 그 장탄식을 육부로 느껴 보라. 동학을 생각한다. 재유와 덕재가 나고 자란 경기만 일대는 예부터 대궐 중심의 필수품을 생산·공급하는 중인들이 많았고, 농지 소유가 고관대작에게만 허용되어 있어 소작인도 많았지만 그들은 상전의 보호로 아전들의 탐학을 피할 수 있었다.

그들은 어느 정도의 생활 안정으로 자존심을 키웠고 지척에 있는 신분으로 상승하려는 욕구가 강했다. 한말 중앙의 힘이 빠지자 아전들이 득세했고, 나아가 일인시대로 바뀌자 억울함을 호소할 데가 없어진 상민들의 무원감은 이들 삶을 매우 불안한 골짜기로 몰아넣었다. 이 고장에서 동학이 기승하고 독립운동에서 많은 희생자를 낸 연유가 이와 무관하지 않다. 제암리 학살도 이 지방의 격렬한 독립운동을 탄압하는 과정에서 일제가 저지른 만행이었다.

쌍봉산 독립만세는 가구 수만큼 동원된 항쟁 규모도 그렇거니와 처벌 형량 최소 10년의 탄압도 전국 제일로 가혹했다. 간석지가 많아 쫓기는 의병과 동학꾼들이 많이 은신해 있었고, 간석 사업주인 일인들과 그 앞잡이 십장들의 가혹 행위와 농탕질이 빈번한 것도 큰 원인이었다. 만세운동으로 면민들은 한동안 공포와 실의와 허탈에 빠져들었다. 누구 하나 입을 열지 않았고 계속되는 기찰과 탄압에 이웃 간에도 묘한 심리적 갈등과 불신이 있었다.

만세 후를 수습하는 결애 선생이 계셨다. 보통학교를 나온 결애 선생은 상급학교 진학을 고민했으나 역시 일인들의 주구가 되는 길이었다. 일제의 국력을 감안할 때 독립운동은 희생만 클 것이었다. 그렇다고 주저앉으면 민족은 말살당할 것이었으나 달리 묘안을 찾기 어려웠다. 몇몇이 모여 궁리한 끝에 민족이란 인종과 지역에서 출발했지만 그 실체는 민족문화에 있다는 결론에 도달했다. 오랜 관습과 관례가 조선 사람을 공동체로 묶는 울타리였다.

이웃 중국과 일본과 달리 조선은 조선만의 신앙이 있다. 하느님이 계심을 믿고 두려워하는 것이다. 어른을 공경하고 싸움을 싫어한다. 두리반에 모여 함께 먹고 일한다. 연줄 혼으로 혈통을 정화한다. 5천년을 이어 온 이 5대 신조가 곧 조선다움 아니겠는가. 결애 선생은 동지들과 각기 자기 고장에서 강습소를 열어 민족의식을 고취하고자 했다. 가정 형편상 보통학교 입학을 놓친 학생들을 대상으로 국어·산수·지리 등 초등교육을 시켰다.

선생은 학생들을 가르치면서 말끝마다 우리 겨레, 우리 겨레 하셨다. 선생의 별호가 결애(結愛) 선생이 된 연유였다. 일본 순사들은 일본어를 국어로, 우리글은 조선어로 표기하기를 강요했다. 강습소 동지들은 눈치를 봐가며 시간표를 조정했다. 국사 시간은 우리 배달 역사였다. 일인들은 청결조사, 진흥회실 방문 등을 핑계로 구석구석 사찰을 강화했다. 끝내 운동회 때 내건 만국기에 태극기를 끼어 넣은 것이 화근이 되어 강습소는 문을 닫아야 했다.

결애 선생은 실망하지 않았다. 농촌을 지키는 것이 민족을 지키는 길이었다. 농촌 청년들을 위해 야학을 개설하고 한문과 국문을 가르쳤다. 이장 일도 보고 구장 일도 보면서 일본의 각종 개량농법을 장려했다. 10여 년 동안 일본에 협조할 것은 협조하면서 농촌과 농민 그리고 농촌문화를 보호했다. 한방 화제를 내고, 택일·택지·궁합은 물론 각종 제사를 주관하고 간단한 주문과 부적을 써 주었다. 주민의 소망과 고통은 무엇이나 외면하지 않았다.

해방이 되었을 때 독립운동에 나섰던 많은 주민들은 거의 후유증으로 세상을 떴고, 겁에 질려 있던 후손들은 오래 다문 입을 열려하지 않았다. 복수의 끓는 피 용솟음친다고 나대도 별로 꿈쩍하지 않았다. 다 부질없는 짓이었다. 죽음을 부채질하는 것 또한 귀신을 불러들이는 짓이었다. 귀신에 홀려 죽은 귀신이 많았기에 이 고장 사람들은 귀신을 경계했다. 지방 유지들은 어떻게 해서든지 좌우로 갈려 피싸움을 벌이는 짓은 막아야 했다.

그래서 치안대로 시작해서 건준으로, 다시 민전 족청으로 이어졌다. 공산당은 불법화되었고 처음 단정을 반대하던 세력들도 결국 찬성으로 돌아섰다. 유지들은 철없는 공산당을 나무라며 이들을 무마해서 보도연맹에 가입시켰다. 6·25만 안 났으면 모두 신생국가의 선량한 국민으로 또 역군으로 제 구실을 할 것이었다. 그러나 다시 귀신이 붙기 시작했다. 그 귀신에 홀려 재유 아버지와 덕재 아버지의 죽음을 불렀다. 무슨 불구대천의 원수란 말인가.

기가 막힌 것은 이 고장 평화 세력의 구심점이셨던 결애 선생이 사선을 헤맨 사연이었다. 좌익과 우익은 귀신에 홀려 서로 비좌·비우를 용납하지 않았다. 동지 아니면 적이었고 동지 아니면 모두 타도 대상이었다. 결애 선생이 해방 공간에서 활동한 평화 노력은 좌우에서 모두 박해를 받았다. 귀신에 쫓겨 피보라를 부르는 일은 말아야 한다고 한 일들은 모두 설 땅을 잃었다. 덕재 아버지가 불려갈 때 결애 선생은 제자의 귀띔으로 겨우 살아남을 수 있었다.

결애 선생은 먼 친척 집 움막에 들어가 석 달을 고생했다. 국군은 물러갔지만 대신 들어 온 인민군이 무슨 해코지를 할지 몰라서였다. 간간히 제자들이 소식을 날랐지만 정세 판단은 매우 어려웠다. 처음 분단이 불가피하게 되었을 때 무력 충돌을 크게 걱정했었다. 양쪽이 군대를 양성하니 그 개연성이 높았고, 미·소의 조종을 받으니 어떤 변고가 있을 것만 같았다. 특히 북은 전사들이 세운 나라 아닌가. 귀신들이 붙어먹기 좋은 환경이 조성되고 있었다.

한 번 총칼을 겨누고 나면 이젠 정말 불구대천이 된다. 한 쪽이 죽어야 한 쪽이 사는 형국이 되는 것이다. 힘없는 자를 공격할 때 쓰는 전술은 기상천외라서 실전 경험 말고는 전략이 없다고 하니 앞으로 어떤 예단이 가능하겠는가. 영국이 아프리카를 먹을 때 서로 싸움을 붙여가며 어부지리를 취했다는 역사가 있다. 어찌 그 속을 알겠는가. 한반도에 떠있는 증오는 한 쪽이 완전 승리할 때까지 몇 십 년 아니 몇 백 년이 걸릴지도 모르지 않는가.

수복이 되었지만 결애 선생은 고향에 선뜻 돌아갈 수 없었다. 독이 오른 사람들이 무슨 짓은 못 하겠는가. 전쟁이 끝나길 기다렸으나 다시 후퇴가 있었고 소강상태가 계속되었다. 양쪽이 죽은 만큼은 죽었고 죽일 만큼은 죽였다고 생각했다. 귀신도 배가 불러 게걸대지 않았다. 선생은 고향에 돌아왔고 휴전이 있었다. 귀신들은 당분간 한반도를 떠나 있을 것이었다. 그러나 평화 세력에 대한 박해는 계속된다. 증오를 되살려 정권을 잡으려는 자들이다.

휴전이라는 것이 남북 당사국과 미·소·중이 합의한 국제조약 아닌가. 누구도 일방적으로 파기할 수 없고 파기하면 전면전으로 확대된다. 미·소·중이 원하지 않으며, 원한다면 하필 한반도에서만 싸울 이유도 없다. 전면전이 아니라 신경전을 벌이려면 남한의 소위 친북 세력이 있다 해서 유·불리하지도 않다. 도대체 남한의 친북 세력은 무엇을 토대로, 무엇을 목적으로 또 어떤 방법으로 강화되고 있는가. 한국을 전복하고 공산화라니 가능한가. 말이 되는가.

그러나 문제는 역시 북한이다. 북한이 없으면 미워할 건덕지도 없지 않은가. 그래서 원초적으로 반도를 갈라놓은 강대국이 원망스럽고, 분할 점령이라 해도 증오로 분할된 반도의 기구한 운명을 탓할 수밖에 없다. 그렇다면 북한은 증오의 과학으로 망했는데 한국은 증오의 과학으로 성공했다 이건가. '무찌르자 공산당 때려잡자 김일성', '용공세력 박멸하자 친북인사 척결하자', '싸우며 건설하자 색출하자 파괴분자.' 그 덕으로 우리는 고도성장 아니었나.

그러나 금전만능과 빈부격차로 5대 신조를 기반으로 한 민족문화 민족공동체가 붕괴된다면 누구를 위한 경제개발이요 누구를 위한 증오였단 말인가. 잘 살게 되었다면 왜 고령자와 청소년 자살이 증가하는가. 결혼을 하는 것은 생리현상일지 모른다. 그러나 가정을 갖는 것은 사랑의 열매를 거두고 노년을 대비하는 것이다. 이런 인륜의 기본이 흔들리는데 더 기막힌 것은 이를 바로잡자 해도 이 또한 좌경으로 몰려 증오의 대상이 된다는 현실이다.

증오의 과학은 이렇게 무서운 후유증을 낳는다. 왜 일본을 배우자, 영·미를 따라가자 하면 안 되는가. 다 의회를 통한 사회주의가 고창되고 있고, 이들이 정권을 잡던 안 잡던 정책의 우열을 놓고 경쟁함으로서 국리민복은 창대하게 한다. 북한을 증오하는 것은 그렇다 치자. 그러나 북한의 공산당을 지지하는 것도 아닌데 어떠한 복지정책이나 공동체 복원 노력을 용공 친북으로 몰아 증오하는 실익은 많지 않다. 오히려 사회를 탈락시킬 우려가 크다 하겠다.

결국 남북이 갈렸고, 서로 다른 것을 믿게 되었고, 끝내 전쟁을 일으켰고, 서로의 증오가 극에 달하였고, 그 결과가 오늘인 것이다. 북한이 망할 것도 아니고 전쟁은 전쟁의 논리로 다스려야지 북한을 향해 국민을 증오의 골짜기로 몰아넣으면 소외된 국민의 아픔과 설음은 폭발할 것이고, 아니면 계속 번지는 사회악으로 깨끗한 거리, 명랑한 골목, 맑고 밝은 바깥사랑과 우애 존경이 배어나는 가정은 쇠퇴하고 우수와 실의와 한탄이 넘쳐날 것이다.

어디서부터 문제를 풀어야 하나. 북한에 대한 증오를 완화하자면 우리가 증오하는 것은 북한 인민이 아니라 그 지도부 공산당이라 하고, 도탄에 빠진 국민을 동정하자면 그것도 결국 빠뜨린 놈을 돕는 길이 될 것이니 시늉만 내자하고, 결국 북한이 있는 이상 미워하게 되고 미워하는 것은 북한 공산당이라 하면서도 또 다른 나라의 공산당은 인정하면서도 세계가 인정하는 사회주의 정책은 좋은 점이 있다하면서도 그러나 한국에서는 안 된다고 한다.

지나친 빈부격차와 개인주의로 나라가 망한다 하면 망하면 망하는 거지 도리가 없다고 한다. 사회주의 아니면 나라 망하느냐고 몰아부친다. 아, 정말 도리가 없는가. 공산주의라는 이상주의가 그 헛짚은 과오를 벗어나려 안간힘을 쓰고 있으나 한때 공산주의를 믿었다는 것을 죄악시 할 수는 없다. 우리가 지금 러시아인과 중국인을 미워하는가. 사실 우리가 아직도 북한과 총칼을 맞대고 있는 것은 국제질서가 만들어 준 관성의 법칙에 빠져 있기 때문이다.

그렇다고 해서 잘 나가던 남한이 나락으로 떨어져선 안 되지 않는가. 위기를 벗어나기 위해서는 모든 것을 들여다보고 그 장점을 살려야 한다. 사회주의에 대한 이해도 넓히고 혹시 야기될만한 것이 있는지 살펴야 한다. 북한을 증오하고 그 공산당을 미워하더라도 선진국이 인정하는 사회주의의 여러 장점까지 증오하는 것은 돌이킬 수 없는 우를 범하는 일이 될 수도 있다. 특히 사회의 일부 계층의 주도로 일을 그르치는 일은 없어야 한다.

사실 반공의 타당성은 충분히 있다. 다 같이 잘 살자는 것은 좋지만 이미 역사는 자유로운 약육강식의 방향으로 발전해 왔다. 특히 서로 많은 부를 차지하기 위해 피나는 경쟁을 벌이고 있고, 이미 승자는 고통을 추억삼아 부를 만끽하고 있는 게 현실이다. 이들에게 부를 양보하라는 것은 강도 아닌가. 문제는 이런 사람이 많으면 좋겠는데 불행하게도 승자는 적고 패자는 많다. 승자가 적다고 해서 승자의 쾌감이 배가된다면 패자의 울화는 더 끓는다.

한편 다수의 빈자는 문제가 간단치 않다. 부를 위협할 수도 있다. 민주국가라면 다수결로 부를 훑어 내릴 수 있다. 물론 부자가 될 수 있는 사람, 부자가 못되더라도 부를 마음껏 누리는 세상이 좋다고 생각하는 사람이 많으면 부자의 양보는 그리 크지 않아도 된다. 그런데 만일 적은 데도 부자들이 용역을 동원해서 부를 지키려 하면 문제 해결이 어렵고 그만큼 점점 커진다. 특히 친북 세력이요 빨갱이를 내세우면 충돌 위험이 높아지고 어떤 공격을 받을지 예측하기 어려워진다. 패자의 고통은 차치하고 호미로 막을 것을 가래로 막게 된다.

처음에는 부자들이 돈으로 선전으로 이기는 것 같지만 결국 그만큼 더 뺏기게 마련이다. 부자를 생각해서 뿐 아니라 사회적 비용을 줄이기 위해서도 접점을 찾아야 하고, 이를 찾을 수 있는 방안이 다각적으로 모색되어야 한다. 이 지점에 증오 대상인 북한이 있어 이를 이용해서 위험을 모면하려는 함정에 빠지기 쉽다. 지극히 어리석은 발상이다. 그러나 친북·종북 공세는 오늘도 계속되고 있고 또 다각적으로 개발되고 있어 문제가 더 악화된다.

그러니 이 노릇을 어쩌랴. 공산당을 이해하는 방식과 북한에 대한 증오의 실체를 올바르게 드러내야 한다. 공산당은 한 시대를 풍미했던 이상주의자들의 모임이다. 지금 이들의 과오는 판명되었지만 그렇다고 죄인은 아니다. 오히려 사회문제를 해결해 보려고 뛰어든 열정으로 이해할 수도 있다. 러시아가 세운 북한도 시절을 잘못 만나 죽을 쑤고 있는 것이다. 얼떨결에 전쟁까지 일으켜 쑥밭이 되고 남북 간의 증오만 절정으로 끌어올렸다.

딱한 북한을 동정은 할지언정 이에 동조한다는 것은 정신 이상이다. 사회주의의 한 분파가 공산주의지 공산당의 한 분파가 사회당이 아니다. 사회당은 당당해야 하고 그 이름조차 겁이나 진보정당이라 숨는 것은 민망할 지경이다. 이 정도 이해에 도달하면 공산당을 한 사람을 원수로 삼을 수는 없으며, 6·25사변 때 서로 죽임이 있었다 해도 알고 보면 다 불쌍하고 안쓰러울 뿐이지 50년이 지난 오늘까지 원수 될 일은 아니다. 이젠 풀어야 한다.

결애 선생은 오랜 장고 끝에 여기까지 만이라도 공감이 있었으면 소원이 없겠다고 내뱉는다. 애국지사 영결식에서 어린 덕재는 절규했다. 어여 자라서 아버지 원수를 갚으리라. 그 길이 어머니를 기쁘게 할 유일한 방도 아닌가. 어머니의 끈질긴 뒷받침으로 상급학교에 진학한 그에게 차츰 아버지에 대한 원망이 싹트고 있었다. 그 많은 재산을 날리고 온 집안의 앞길을 망쳤지 않은가. 그러나 나이 들수록 학문이 익어 갈수록 덕재는 아버지를 이해했다.

재유는 공산당이라면 이가 갈렸다. 특히 북한 공산당은 철천지원수였다. 그러나 그도 나이가 들면서 해방 공간을 이해하게 되었고,

우쭐대기 좋아하는 철부지들이 총칼을 함부로 휘둘러서 많은 희생자를 낸 것이 비운으로 여겨졌다. 그때를 살았던 젊은이들이 이리저리 패가 갈려 싸운 것은 시대의 불가피한 작란으로 보였다. 공산당을 증오하지만 더 이상 추궁할 가치는 없었다. 굳이 따지자면 약소국가의 얄팍한 지식이 저지른 대형사고였다.

피나게 공부하여 둘 다 변호사가 된 덕재와 재유. 물론 덕재는 오랫동안 남몰래 죄책감에 시달렸고, 재유도 어떤 정신병자에게 당한 재난보다 더 쓰라린 과거에 한동안 몸서리쳤다. 미친놈이 미친 것을 알 리는 없지만 재유는 미친놈이 정의와 진리를 내세웠다니 치가 떨렸었다. 그런 재유도 세월의 무게와 역사란 무엇인가를 알게 되면서 이해의 폭이 넓어지기 시작했다. 역사의 원동력에 치어 꽃잎처럼 떨어져나간 무수한 생명을 목도하고 원한을 풀었다.

덕재와 재유는 서로 둘이만 만난 적은 없었다. 서로 거북한 사이였고, 특히 덕재는 재유가 자기의 약점을 노출시키지 않을까 늘 불안했었다. 문민정부가 들어섰을 때 결애 선생은 덕재에게 한번 다녀가라는 기별을 넣었다. 약자를 비굴하게 만들어선 안 된다. 덕재가 재유에게 큰절을 올려가며 용서를 빌게 해서는 안 될 일이었다. 덕재의 죄도 아니지 않는가. 덕재는 무슨 자석에라도 끌린 것처럼 발길을 옮겼다. 무슨 탁방이 날 것 같은 예감이었다.

선생이 재유를 보자고 했을 때 재유는 망설였다. 무슨 사건 부탁은 아닐 것이고, 시국과 관련된 일이 아닐까. 한 번도 뵌 적은 없지만 어느새 재유도 선생을 원로로 받아들이고 있었다. 재유와 덕재가 결애 선생 앞에 나란히 섰을 때 재유는 덕재와의 악연을 쉽게 잊을 수 없다고 했다. 북한에서 양심 세력들이 당한 고초에 비하면 덕재는 할 말이 없었다. 선생은 독재와 비교해선 안 된다고 하셨다. 재유가 먼저 가슴을 풀고 악수를 청했다.

덕재와 재유가 손을 잡은 지 10년이 흘렀다. 그러나 아직도 이 나라에는 패거리 작폐가 여전하고 끈적끈적한 살기가 스멀거린다. 꾸부정 허리를 겨우 칼날 정강이에 얹은 선생은 탄식한다. 내가 너무 쉽게 생각했나. 50년의 세월은 길었지만 내가 한 일은 아무것도 없지 않은가. 선생은 겨우 기운을 차리고 모기 소리를 낸다. 망백의 나이로 끊어질 듯 이어지는 유언장을 쓴다. 둘이는 악수만 했을 뿐 덕재는 여전히 인권변호사였고 재유는 헌법 수호파였다.

헌법이 인권을 위해서 있는데 어찌 이렇게 갈리는가. 탐욕 때문이라면 차라리 낫겠다. 따지고 자시고도 없으니 말이다. 그러나 보다 나은 세상, 정의로운 세상, 많은 사람이 행복하게 사는 세상, 어머니의 사랑이 대충이라도 숨 쉬는 세상을 바란다면 이래서는 안 되는데. 남남 갈등이라 한다. 남북 갈등을 핑계대선 안 된다. 자꾸 과거를 끌어들인다. 과거를 불살라야 한다. 기도하듯 과거를 불살라야 한다. 마음속으로 수시 제사를 지내며 소지를 올려야 한다.

3. 평등자(平等子)

나의 이름은 평등자다. 나보다 먼저 태어난 형은 이름도 짓기 전에 요절했다. 굳이 붙이자면 균등자라고나 할까. 인류는 원활한 의사소통으로 생산과 방어를 위한 협동의 이점을 터득하면서 차츰 공동체를 만들었다. 그 핵심은 공동생산과 균등분배였으니 소위 원시 공산 사회였다. 그러나 전쟁으로 포로가 생기면서 이들이 노예화되고 또 힘 있고 지략 있는 자들이 설치자 사제와 같은 장로들에만 허용되던 불균등이 차츰 보편화되기 시작했다.

과거 균등을 일상으로 여기며 삶을 누리던 많은 사람들은 당연히 반항 대열로 몰려들었다. 뜸베질로 시작해서 폭동·반란으로 균등을 되돌리려 했지만 어림도 없었다. 그래서 이제는 평등이었다. 1789년 프랑스혁명 구호인 자유·평등·박애. 역사의 현장에 나를 선명하게 등장시킨 사람은 이보다 30여 년 전의 루소였다. 그는 불평등의 원인을 역사적으로 분석하고 이미 사유재산을 옹호하는 관습·법률·문화 등이 공고히 구축되었음을 상기시켰다.

이제는 법률이나 대표 간 합의를 통해 불평등을 완화하는 길 밖에 없다고 선언했다. 나의 활동 범위였다. 그동안 불균등을 위해 또는 불평등을 위해 이를 강화하려고 또는 이를 철폐하려고 많은 사람이 죽어나갔다. 지금까지 10억 이상이 억압과 반항 또 그 전쟁으로 목숨을 잃었다. 근세만 해도 신대륙 점령으로 원주민 5천만이 죽었다. 러시아에서 1천만, 중국에서 5천만, 양차대전으로 또 5천만이 죽었다. 우리도 남북전쟁에서 2백만이 죽었다.

지금도 도처에서 증오와 살의가 계속 강화된다. 저항하다 죽는 사람은 하루도 끊기는 날이 없다. 나는 나로 인한 많은 희생을 생각할 때 활동을 접고 싶지만 사람들이 멀리 경험한 균등을 어머니 품 같이 그리워하는 것을 어찌 막을 수는 있겠는가. 또한 눈 뜨면서 보이는 자연계가 끊임없이 균형에 이르려는 평형자의 지배를 받고 있어 생각이 깊은 사람들은 인간세계도 차츰 평등을 실현해야 한다는 결론에 도달함을 막을 수 없다.

나는 이제 역사를 움직이는 원동력이 되어 가고 있다. 나를 외면하면 폭력이 동원되고 역사의 격동을 피할 수 없으니 경계할 일이다. 잘못하면 아직도 균등자의 꿈이 꺼지지 않고 있어 불평등의 원인인

사유재산제를 철폐하자고 주장한다. 주요 생산수단만 국유화하자는 절충안도 나온다. 요즘은 복지사회로 한 목소리를 내기도 한다. 여전히 불평등이야 말로 문명의 본질이니 더 강화되어야 한다는 주장도 있다.

너나없이 강한 자가 되려고 노력하다보니 이 만큼의 개선이 있었다는 것이다. 그러나 선조들은 공평과 정의·사랑을 권했고, 약자를 돌보라며 문명의 한 축을 공고히 다졌다. 그렇게 누대를 내려오며 강자 강, 승자 승의 동물사회를 벗어나려는 나의 노력이 결실을 맺어 이제는 너나없이 평등사회를 진리로 받아들인다. 해방되었을 때 이 나라에도 자유·평등·평화·행복이 고창되면서 내가 활동할 공간이 넓어졌다.

반만년 역사라 하지만 2천년은 억압의 역사였고 그 만큼 민중의 한이 곧 많이 서려 있었다. 신라·고구려는 이질문화의 시대였으니 차치하고라도 고려는 숫제 노예사회였다. 망이·망소의 난이요, 만적의 난이었다. 그리고는 몽골의 침입으로 온 백성이 숫제 노예화되었다. 조선조에는 관료 지주와 영세 농민의 대결로 편할 날이 없었다. 가장 성군이라는 세종 때만 해도 양전(量田)으로 가렴주구에 여념이 없었다.

북방 변경으로의 강제 이민으로 백성의 원성이 치솟았으나 소(疏)를 올리는 등 조금만의 불평도 엄벌하였으니 백성은 배를 땅에 대고 기어 다닐 수밖에 없었다. 훈구세력과 신진사류들은 권력 싸움으로 나날을 지샜다. 양반 귀족들은 그들만의 잔치로 늘 풍성했으니 왜란과 호란을 겪으면서도 항상 성은은 망극한 법이었다. 이시애·정여립·이인좌·홍경래 그리고는 기독교 형평사에 대한 각종 박해와 드디어 동학란에 이르러 평등의 외침은 격랑을 일으켰다.

항일운동도 그 일환이었다. 그리고는 사회주의 공산주의요 제국주의 타도와 경자유전으로 이 나라 저항사는 만개를 선언한다. 임정이 토지와 기간산업의 국유화를 강령으로 내세웠으나 균등사회로 바로 가자는 공산당이 인기를 끌었다. 대타협을 내세운 새 줄기(新幹)란 바로 조선에서도 조선 평등자의 탄생을 예고함이었다. 나는 상당한 기대를 가지고 봄을 맞이했다.

여기저기서 새싹이 움트는 소리가 들렸다. 기호지방은 보고 듣는 것이 부패 특권의 횡포였기에 예부터 강한 비판의식이 넘쳤었다. 거기다가 토지가 관유로 되어 있어 양반 자재들의 능력 발휘가 어려웠으니 그들이 개혁적 지식인으로 전화되기 쉬웠다. 그 후손들이 조소앙(파주)·신석우(의정부)·권동진(포천)·여운형(양평)·안재홍(평택)·신채호(대덕)·홍명희(괴산) 등이라 할 수 있다. 특히 임정의 조소앙은 삼균주의를 제창하고 그 실천에 앞장섰다.

그의 반제 사회주의운동은 임정을 국제적으로 승인받는데 결정적 역할을 했다. 납북 중에도 굴하지 않고 중립화 통일운동을 벌일 수 있었다. 이 땅의 평등 세력은 해방 후 좌우 격돌 속에서도 평등·평화 운동에 앞장섰으며 토지개혁으로 경자유전을 관철하기에 이른다. 그러나 6·25로 평등은 중대한 위협을 받는다. 평등은 곧 이적으로 몰렸다. 수탈 없는 대중경제와 평화 통일을 외치던 진보당이 불법화 되었다.

전 공산당원 조봉암이 그리고 재일 민족주의 열혈 청년 민족일보 조용수가 처형된다. 5·16을 봄으로 알고 재집결했던 민자통이 된서리를 맞고 그 끝에 인혁당이 자리 잡는다. 루소는 자유와 평등이 자연 상태에서부터 있었다고 했지만 이는 주워진 깃일 뿐이다. 주장할 수 있는 권리로서의 자유란 재산 권력과 정치권력의 탄생으로부터 연유된다. 처음 기득권의 방어를 위해 그리고는 차츰 그 억압으로부터 벗어나기 위해 자유가 등장했으니 평등의 사촌쯤 되는 셈이다. 둘이는 쭉 역사 발전의 원동력이 되었고 프랑스혁명으로 크게 고무된다.

특히 파리코뮌의 성립으로 평등이 한껏 고조되었으나 결국 공화정의 기초를 닦는 선에서 절묘하게 조율된다. 사실 자유·평등이라 하지만 공화주의자들의 자유·평등은 사회 주도층에 한정하고 싶은 욕망이 강하다. 누가 물으면 드러내놓고 말은 못하면서도 모든 사람에게 허용될 수는 없다는 속내였다. 그래서 다시 과격파가 나오고 무정부주의와 공산주의로까지 달려가게 된 것이다. 그러나 공산주의가 망했다 해서 자유의 진화가 꺾인 것은 아니다.

또 그 진화를 거역하면 또 다른 혁명을 잉태하는 계기를 만들 뿐이다. 우리나라의 평등·평화 세력은 재심 무죄판결에도 불구하고 북한이 있는 한 아무리 복지사회 건설로 떼를 써도 여전히 빨갱이로 몰리는 곤욕을 벗기는 힘들다. 특히 오늘의 경제자유주의는 자유의 이름으로 국가 권력의 공공성까지 추방함으로서 다른 사람의 자유, 즉 평등에는 아랑곳하지 않는 극단적 이기주의로 치닫고 있다. 아주 당연한 역사적 귀결로 알고 기고만장이다.

그러나 보편적 자유에 대한 갈망을 외면하다가는 결국 혁명으로 자유가 심히 위축되었던 과거가 반복될 될 가능성이 높다. 유럽은 대체로 그 위험에 현명하게 대처하고 있으나 미국은 아직 제국(帝國)의 꿈으로 다른 나라의 자유를 막고 있다. 사실 미국은 억압에 시달리던 사람들이 세운 나라다. 이들이 또 다른 폭력을 세운 것은 매우 역설적이다. 누구나 기회가 주어지면 폭력을 휘두르고 싶은 충동에 빠진다. 다른 사람의 자유·평등을 짓밟고 싶어진다.

진화란 유전적 변형이다. 반복되는 여러 경험은 결국 자유의식을 확산시킨다. 독립 100년까지도 인디언을 도륙내고 백인끼리도 살육을 감행했던 미국이 지금은 점잖아지고 있다. 아직도 돈 버는 자유, 재산 처분 자유, 가난을 나태로 볼 자유를 주창하며 맛진 음식, 멋진 옷차림, 찰진 사랑을 위해 일생을 살아가길 원하는 대부분의 미국이지만 흑인 대통령을 뽑을 만큼 평등 세력이 진을 치고 있다. 허나 흑인만의 나아가 유색인종만의 승리로 될 일이 아니다.

배우라고 있는 역사를 외면한 사람은 경험하고도 터득할 줄 모르나 아는 사람은 안다. 그런데도 오늘의 한국에서 정글법칙이니 약육강식이니 하는 주술이 대놓고 횡행한다. 신자유주의는 한국에서 만개한다. 부정부패 억압(정권)을 치켜세우고 이들에 편승하여 무법천지를 만든 대기업을 옹호한다. 미국이 인디언 학살과 흑인 학대 총잡이 기업을 더 이상 자랑하지 않는 것과는 사뭇 다르다. 얼마나 세월이 지나고 부가 쌓여야 너그럽게 되는 것인가.

한국의 보수는 말한다. 재벌은 악덕이고 총수는 실덕이라면 재벌의 공헌은 어디서 찾는가. 글로벌 시장에서 브랜드로 추앙받는 사람들이 기가 꺾이고 있다고 개탄한다. 오히려 정권이 재벌의 억울한 사정을 국민에게 호소해주길 바란다. 특검이니 과거 청산이니 다 걷어치우고 긍정적인 사고를 갖자고 한다. 반복될 위험을 과소평가하거나 그런 것쯤은 옥의 티라는 생각이 깔려 있다. 돈 버는 데 유리한 법만 지키는 국민만으로 나라가 되겠는가.

재벌의 우는 소리는 여러 갈래로 퍼지며 국민을 겁주고 국민 뇌속을 좀 먹인다. 한국의 평등자는 외친다. 보수는 과거를 반성하는 모습으로 국민 앞에 서야 한다. 자기들과 생각을 달리하든 아니면 그런 사람들의 선동을 받았든 많은 사람들이 그걸 원하면 거기에 고개를 숙여야 한다. 재벌 타도를 필생의 사명으로 여기는 세력이라거나 모두 조무래기들처럼 자라야 균형이라면 등소평보다 모택동이 낫단 말인가 쏘아붙이면 안 된다.

언제나 이기는 사람이 장땡이니 너도 이기면 될 것 아니냐고 우쭐해 하면 보수는 고립을 자초한다. 나 평등자는 외친다. 노동자는 더 이상 성장 초기와 같이 처마 밑에서 거적을 쓰고 살면서 고향 부모에게 적금을 털어 보낼 만큼 순진하지 않다. 그들은 구사대의 폭력을 이겨내고 빨갱이로 몰리는 공포에도 끄떡없는 강인한 체질로 성장했다. 육신은 멍투성이가 되었지만 모진 것은 목숨이었다. 죽지 않고 살아남아 오늘도 틈만 나면 전태일을 읽는다.

더 나은 세상을 꿈꾸며 이를 위해 내일은 대학로·종로를 누빌 준비를 서두른다. 녀석들 덩치도 고도성장한다. 여기에다 대고 재벌이 온통 지뢰밭 철조망을 뚫고 탄생했다고 당당해선 안 된다. 반칙과 편법·불법도 불가피했다고 뻔뻔해선 안 된다. 한국적 재벌의 도전과 성취에 취해서도 안 된다. 열악한 노동조건, 종속적 중소기업 그렇게 마련된 이익을 사적으로 착복해서 회사를 키워 온 재벌이 적지 않은데 공만 내세운다고 전과가 없어지는가.

반성과 금도를 보여야 한다. 승자 오너에 대한 시선이 곱지 않은 법인데 재벌들은 더 조심해야 한다. 해외에 나가면 재벌이 곧 국가라는 생각이 든다고 하는 것은 매우 촌스럽다. 서울 가니 남대문이 크더라는 것과 무엇이 다른가. 약 50년 전 도요타 광고가 미국 TV에 나왔을 때 일본인들은 우쭐하지 않았다. 지금 도요타가 세계를 석권해도 그들에게 재벌이 국가라는 생각은 없다. 오히려 그 재벌이 한때 처절했던 노사 분규를 극복한 것을 기억한다.

나아가 가이젠 등 여러 경영 혁신을 이룩해 세계의 부러움을 사고 있는 점을 자랑한다. 우리 재벌들은 더 겸손해야 한다. 대놓고 상속세 완화를 주장하거나 터놓고 개발제한구역의 해제를 요구해서는 안 된다. 부동산 투자가 아니라 진정 기술 개발에 전념해야 한다. 우리 기술이 별 것 아니라는 것을 재벌이 더 잘 안다. 어렵고 오래 걸리더라도 그 길을 가야 고용이 늘어난다. 그러기 위해서도 말뿐 아니라 실제로 협력업체와 유대를 강화하는 것이 긴요하다.

국민 정서를 탓하지 말고 그게 곧 자유의 진화란 생각을 가져야 한다. 진화 없이는 창의력도 없다. 인류 역사가 자유·평등을 향해 발전해왔고, 또 앞으로도 발전할 것이라는 인식에서 진보주의는 출발한다. 자유는 평등을 실현하기 위한 필요조건이며, 신분 차별이 없어졌다 해도 아직 평등은 자유의 선행조건으로 된다. 모든 사람을 법 앞에 동등하게 대우해도 소득 수준이 다르면 그들이 누리는 자유는 제한적일 수밖에 없다.

그래서 자유·평등의 이상은 소득 평준화로 완성된다고 외친다. 반면 보수주의는, 역사는 꼭 자유·평등을 위해 발전하지 않는다고 주장한다. 역사는 힘(권력, 재력, 기술, 예능)이 지배해 왔으며, 그때 그때 승자가 형태를 바꿔가면서 약자와의 불평등을 유지·강화해 온 것 또한 사실이다. 불평등은 모든 생물의 피할 수 없는 법칙이다. 또 자유와 평등이 보편화되는 쪽으로 역사가 발전해 온 것은 사실이지만 기회 균등이 보장된 선에서 그 발전은 완결된다.

젊은 사람들은 진보주의자가 많다. 강자가 돼보지 않았기에 약자를 동정하는 마음이 강하다. 약자 편에 서는 것이 정의롭다는 호기도 있다. 과거에 약자들이 자유와 평등을 쟁취한 것처럼 앞으로도 계속 투쟁할 것이기에, 결국 부를 골고루 누리는 평등 세상이 올 것으로 내다본다. 진보주의자들이 평등 세상을 앞당기자고 뭉치면 진보 세력이 된다. 약자들이 강자에게 얻어내지 않으면 신세가 호전되기 어렵다고 그 동조자가 된다. 노동자·농민·영세민이다.

나이가 들고 세상 돌아가는 통박을 짐작해 보면 세상이 꼭 그런 것만은 아닌데, 또 고생을 딛고 성공해서 부와 명예를 거머쥐고 나니 세상이 그렇지 않으면 누가 열심히 일해서 성공하려 하겠는가. 생각이 바뀌고 나아가 세상은 평등하려고 해서 잘 사는 게 아니라 성공(불평등)하려고 경쟁하는 바람에 발전하는 것이다. 그러니 진보 세력의 헛된 꿈을 꺾고 이들과 맞서 재산과 명예를 보전하자고 한다. 보수 세력이다. 성공한 사람들과 그 후예들이 동조한다.

보수 세력은 가진 것 빼앗기지 않고 어떻게 해서든지 더 늘릴 수 있는 길을 보장받으며 약자가 의욕을 갖도록 격려하고, 약자가 실망한 나머지 (반란과 같은) 딴 생각을 못하도록 손을 쓴다. 진보 세력은 어느 속도로 평등을 추진할 것인가, 또 어느 만큼의 평등을 목표로 할 것인가에 따라 온건파와 급진파가 나뉘고, 능력 생산성에 따른 차등은 인정해야 한다에서 동일노동 동일보수 나아가 필요에 따른 분배를 주장하는 공산주의까지 간다.

보수는 힘을 가졌기에 궁극적으로는 힘으로 밀어붙이면 그 힘이 닿는 데까지 버틸 수 있다. 그러나 진보는 힘을 빼앗아야 하기 때문에 더 세련된 전략과 전술이 필요하다. 방어와 공격의 난이도를 가늠해야 한다. 하여 진보 세력은 일진일퇴, 임기응변, 시각 조정, 시선 변경을 구사한다. 그래도 여전히 선진권 진보 세력은 부등가교환(국제착취)으로 초과 이윤을 향유하고, 후진권 내부에서도 대기업과 중소기업 간 부등가교환으로 대기업 노동자들이 부당 이득을 본다.

이런 구조적 임금 격차로 진보 세력의 전략·전술은 다기화 된다. 따라서 이 구조적 문제도 긴 눈으로 보면 진보 세력을 약화시키지는 못한다. 대기업 노동자와 중소기업 노동자, 정규직과 비정규직의 대립은 보수 진영에 의해 과장된 면이 있다. 동반 상승을 위해 어차피 연대투쟁을 하게 되어 있다. 그렇지 않으면 사회적 총생산성이 낮아져 서로 공멸하는 상황으로 몰린다. 노동자들이 서로 득 될 것이 없음을 깨닫는 데는 그리 오랜 시간이 걸리지 않을 것이다.

문제는 사이비 진보 세력이 앞을 가리는 것이다. 평등을 내걸고 권력을 잡지만 막상 대안을 내놓지 못하고 방황하다 보수에 덜미를 잡힌다. 집권을 위해 내세운 진보가 실패함으로서 진보 세력에게 불명예를 안긴다. 거대 보수 언론은 진보를 표방하고 보수를 썼기 때문에 망했다고 한다. 그러나 진보를 썼으면 살았을까. 여지없이 좌파로 매도했을 것이다. 그래서 진보 세력이 되기 위해서는 그 기반을 명확하게 노동자·농민 등 약자 세력에 두어야 한다.

복지란 불평등을 위장하려는 보수의 방어 전략으로 출발했다. 이를 크게 내세우면 소위 리버랄이 된다. 그러나 리버랄은 무원칙한 인기영합에 빠져 곧 사방으로부터 공격을 받게 된다. 진보도 별 수 없다는 비난으로 진보를 궁지에 몬다. 그래서 아무거나 개혁한다고 진보가 되는 것은 아니다. 다만 리버랄들이 매도당하면서 노동자들은 간접선거에 쉽게 희망을 걸지 않고 더욱 가두로 나가 세를 불려야 한다는 전략을 굳히게 되니 보수의 자업자득이 된다.

한국의 평등자는 말한다. 종북 세력이 무어고 그 크기가 얼마나 되는데 평등만 말하면 빨갱이로 몰리는가. 북한을 이해하는 정도의 문제라면 당당히 맞서야 한다. 공산주의와 꼭 선을 그으려는 것은 잘못이다. 공산주의가 실패했지만 그 목표 중 더러는 아직도 가치가 있기 때문이다. 목표를 낮춰 잡을 수는 있지만 높이 잡은 목표를 적으로 돌리는 것은 온당치 않다. 다만 적이 아니라 해서 동지는 아니다. 그래서 그와의 내통은 어리석은 짓이다.

나 한국의 평등자는 감히 묻는다. 그간의 고난을 이겨내고 한국은 지금 얼마나 평등주의인가. 한국인은 대부분 사회주의를 공산주의와 비슷하게 받아들이고 또 공산당, 특히 북한의 공산당은 흉물로 대하고 있기에 한국인의 의식구조가 많이 평등주의적으로 변하고 있다고 하면 한국사회가 사악하게 물들고 있어 큰일이라는 개탄의 소리가 높아진다. 나아가 그 현상이 수그러들지 않는다면 이는 공산화가 임박했다는 두려운 경고로 받아들인다.

IMF를 겪은 한국인들은 빈부격차와 경쟁 격화를 우려하는 사람들이 최근까지의 13%에서 40%로 늘어났다. 또 우리의 경제적 평등도가 낮다고 보았던 사람들은 빈부 갈등이 심해졌다는 쪽으로 민감하게 반응한다. 하지만 40%에 가까운 사람들은 여전히 자본주의가 물질적 풍요를 보장한다고 생각한다. 주한 중국대사가 한국이 중국보다 더 사회주의적이라고 했다고 해서 걱정하는 사람들이 있다. 한국 국민의 반기업 정서를 말함이었을 것이다.

기업들의 이윤 추구가 국민 복지에 도움이 안 된다는 응답이 한국 60%, 중국 22%이다. 또 한국인들이 기업 활동의 주목적을 국가의 발전이라 했으나 중국은 이윤 추구가 제일의 목표라고 했다. 그렇다고 해서 망국적 현상으로 개탄할 일은 아니다. 또 기업이 이윤 극대화에 몰두한다지만 탈법·불법도 좋다는 얘기는 아니다. 한국은 어떻게 해서든 1등만 되면 너무도 큰 보상이 뒤따르는 사회라는 응답도 64%, 돈이면 안 되는 일이 없다는 응답도 61%다.

대기업(42%)보다 중소기업을 좋아한다(76%), 대기업을 싫어하고 (57%) 재벌을 싫어한다(52%), 반 대기업 중국 12%, 일본 53%. 대기업 반대 이유는 한국 족벌경영(28%), 일본 정경유착(76%), 중국 환경오염(32%)이다. 우리의 무엇이 죽일 사회주의란 말인가. 한국사회의 평등 욕구가 강하다고 해서 사회주의 공산주의로 몰 수는 없다. "언론조차 위화감을 들먹이니 눈치가 보여 부자들이 해외 소비로 간다"며 지식인들의 사회 통합 노력을 비판하기까지 한다.

심지어 자연스런 금융 수급을 왜 막느냐며 카드 발급 규제를 반대한다. 카드사가 부도나고 400만 신불자가 생겼다. 지금 정부가 이를 메워주려고 허덕이고 있지 않은가. 또 공대 안 가는 것, 법대·의대로 몰리는 것도 시장경제라 한다. 장래에 무책임한 것이 시장경제는 아니지 않는가. 또 우리 문화가 평등을 부추긴다고 한다. 고려 때 무장 호족들이 불교를 업고 사치를 극했다. 성리학도들이 들고 일어나 권력을 견제했다. 조선조가 평등인가.

하기야 민간은 아무리 부자라도 아흔아홉 칸 이상은 안 되었다. 부자는 되게 몸조심했다. 툭하면 돼지로 몰렸다. 재치기하면서 부자 누구 마누라 치마 속으로 들어가라고 소리쳤다. 순후한 기후조건으로 하여 동양 삼국에서조차 가장 천연자연류의 문화예술을 발전시킨 나라, 질박·소탈·수수한 한국미, 학문적 영역을 빼놓고는 치열한 경쟁이 없던 우리 문화는 우리 선조가 이룩한 큰 자산이다. 선조를 부정하지 말고 더 살려나갈 길을 찾아야 한다.

경쟁(생산성 향상)을 허용치 않았던 구순한 사회, 이러한 전통사회가 경쟁사회로 들어갈 때 어떤 장치를 마련해야 하나. 어떠해야 백성이 따르겠는가. 더 무조건 위(정치)는 맑아야 한다. 졸부가 아니라 청부라야 한다. 다음이라야 백성이 신나는 문화의 나라다. 그런 백성을 신명나게 하기는 쉽지가 않다. 엇박자로 울화를 풀어낸 4강 신화가 우리의 피를 흐른다. 피를 살려 펄펄 끓게 해야 하는데 평등자가 활동할 이 넓은 공간을 누가 한심하다 하는가.

평등자는 소위 장사꾼의 지혜를 꾸짖는다. 장사꾼은 말한다. 지식인들은 일반인에게 자신의 지혜가 늘 훌륭하다는 판단을 얻으려고 노력한다. 또 지식인들은 과거에도 지배자에게 아부했지만 자본주의 사회가 언론 자유를 탄생시키면서 지식인들은 불가피하게 자본주의 사회의 기반을 잠식하는 자유까지를 향유하게 되었으며, 이제는 다시 대중에게 아첨하여 자본주의를 쓰러뜨리려고 음모를 꾸민다. 그리하여 지식인들은 그 음모를 신념으로 만들려고 한다.

평등자는 장사꾼의 편견을 나무란다. 장사꾼은 말한다. 신념이 대중들에게 먹혀 들어가는 것은 그들이 신념을 쉽게 행동지침으로 삼을 만큼 설득력이 있기 때문이다. 대중들이 무식하다는 것이다. 대중은 평등을 선호해서 누군가 앞서가는 것을 싫어한다고 한다. 이는 오랜 공동체 가정 친족, 종족생활의 타성에서 비롯되었다니 그러면 우리는 모두 어미 애비를 부정하고 더불어 살 생각을 말아야 하는가. 뒤처진 사람들은 쓰레기인가 사회의 장식품인가.

있는 대로만 먹으라고 방치하면 반란을 일으키는데 그때 그때 진압한다고 되는가. 속 썩인다고 늘 몽둥이로 다스릴 수 있는가. 그러면 우리가 이렇게 살아남았겠으며 그 많은 발전·발명·발견이 개인의 장사 속으로만 이루어졌단 말인가. 또 차디찬 돈보다 따스한 정으로 왕래하기를 바라며 개인주의보다 대동단결을 외친다고 한다. 시장 개방을 반대한다고 해서 나온 소리다. 그러면 의병을 일으키고 국산품 장려와 금 모으기 운동을 할 때는 어떤가.

자꾸 잇속을 차릴 줄 모른다고 하지 마라. 궁극적으로 이익이 된다는 것을 모른다고 하지 마라. 한미무역협정을 두고 하는 말이다. 원시 공동사회도 아닌데 눈 감으면 코 베어 갈 세상인데 우리만 안 따지면 그만인가. 먹혀도 좋단 말인가. 고생스러운 생활에서 벗어나기를 희망하면서 왜 거꾸로 가려 하는가. 다시 전지전능한 힘에 의존하듯 정부보고 무슨 정책이던지 편히 살 수 있게 해달라고 하니 일을 적게 하고 먹을 것을 많이 달라는 짓 아닌가 한다.

평등자는 장사꾼의 무식을 폭로한다. 사람은 성장하면 누구나 자기 잇속을 차리려고 전전긍긍한다. 원인을 자세히 따지지 않고 남의 탓을 한다든지, 복잡한 설명보다는 단순하고 확실한 결론을 좋아하기 때문에 지식인들에게 걸려드는 게 아니다. 늘 현실을 극복하려고 노력하지 이를 단순화시키는 백일몽을 꾸지는 않는다. 또 그런 지식인이 있다 해도 원시시대의 샤먼처럼 그들의 주술이나 미신에 이끌릴 만큼 어리석지 않다.

우리나라에서 기업인들은 장사꾼으로 불리기를 싫어한다. 주인으로 올라선 이들이 옛 이름을 바꾸고 싶어 하는 것이다. 사람은 자라면서 지혜도 자란다. 눈썰미다. 묘득이다. 재산을 모으는 재주요 폭력을 이기는 꼼수다. 오늘로 보면 기업정신이요 자유정신이다. 이를 겸비한 인재가 장사꾼 말고 더 있는가. 굳이 사양할 일은 아닌 것 같다. 이런 장사꾼들은 장사꾼 세상을 당당하게 맞아야 하며 장사꾼임을 자랑으로 삼아야 한다.

그런데 이들 장사꾼들이 무슨 타산이 맞지 않아 파업이라도 한다면 어찌 되겠는가. 미국에서 성경 다음으로 많이 읽힌다는 아인 랜드의 소설 '지성인들의 파업(Atlas shrugged)'은 '장사꾼의 파업'으로 고쳐야 한다. 결국 장사꾼 세상을 만듦으로서 타결되었기 때문이다. 평등이란 명분으로 창의성을 죽이거나 개인보다 집단을 우선시하는 정부는 사라지고, 시장경제의 두 주역인 기업과 소비자를 동시에 보호하는 새로운 정부의 등장을 갈망한 것이다.

그러면 복지정책은 어떤가. 사실 심신장애자, 노약자 등은 언제나 있어 왔다. 기업들이 일자리를 창출함으로서 복지가 해결되고 있기 때문에 어느 때보다도 복지 걱정을 덜해도 되게 되어 있다. 물론 자본주의가 다 해결하는 것은 아니다. 그렇다고 복지 향상을 위해서 세금을 올리면 장사꾼의 사기가 꺾이고 새로운 불로소득이 임금 압력으로 작용할 수 있다. 임금은 생산성 향상과 미래 복지비용 절감 차원에서 늘 타협되고 조정되어야 하기 때문이다.

그래서 좌파라면 현재보다 더 세금을 걷고 노조를 더 강화하는 입법 활동을 말한다. 우파는 현상 유지에서 더 나아가 장사하기 좋도록 공권력의 간섭을 줄이는 것이다. 대개 공권력이란 장사꾼의 지혜가 모자라는 사람들(저생산성)의 소굴이다. 생산성을 따지면 말단에 머물러야 할 사람들이 큰소리를 치고 있기 때문이다. 그래서 행정개혁이란 늘 우파의 목소리다. 마음대로 장사해 먹도록 모든 규제를 풀라는 것이다.

반면 이 나라에선 희한하게도 투명경영을 요구하면 좌파로 몰린다. 장사꾼들은 정부와 짜고 불투명해야 제 실력이 나오는가. 이는 진정 장사꾼(우파)의 자세가 아니다. 또 지금 불로소득을 걱정할 정도로 복지정책을 쓰는가. 집권하기 위하여 노조와 제휴했다가도 노조 편을 들지 못하는 게 현실적인 진보정당의 한계 아닌가. 반기업정서, 시민단체의 압력, 전교조, 출자 제한, 의결권 제한 어느 것도 요즘 생긴 얘기가 아닌데 갑작스런 좌파 타령인가.

평등자는 장사꾼의 억지를 규탄한다. 지식인을 공격하는 것이다. 그 많은 책을 읽고 자료를 뒤적이며 고민에 고민을 거듭하는 지식인을 샤먼으로 몰다니. 샤먼들은 신경증이나 정신분열증 환자들이 많으며 환각제 마리화나 같은 것을 복용하고 집단 춤을 인도한다니. 계속 반복되는 리듬으로 대중을 최면 상태에 빠뜨린다니. 이때 현실을 직시하고 추리적으로 얻어낸 지식이 장사꾼 지식이요 참지식이라니. 윤리·도덕으로 채색된 거짓을 추방하자니.

평등자는 장사꾼의 교육관을 단죄한다. 아이들이 즐겨 읽는 동화도 권선징악이 중심이요, 약자를 돕고 강자를 물 먹이는 것이 인기가 있고, 어른들이 즐기는 소설도 사랑 놀음 아니면 대개 과거의 가치를 옹호하고 변화에 적응하지 못하는 자에 대한 연민이나 변화에 반항하는 자에 대한 찬양 일변도여서 강한 사회의 탄생을 가로막는다고 한탄한다. 변화와 경쟁보다 약자나 낙오자 보호 우선이라 비난하니 그런 인성교육이 사회악이요 장사를 망친다는 것인가.

장사꾼 지혜는 약 300년이다. 물론 그 전에도 장사꾼이 있었고 사기에도 화식열전이 있다. 그러나 본격적인 상업활동은 상품경제, 즉 대부분의 생산이 매매를 목적으로 이루어지는 근대에 이르러 개화했다. 상인들의 개척정신 돌파력은 오늘의 산업사회 원동력임에 틀림없다. 그러나 사람은 그런 성취욕만으로 살지 않는다. 모든 발명과 발견은 호기심과 탐구심을 바탕으로 한 창의력 덕분이며, 이는 부모·가족·지역 등 공동체의 칭찬(수월성)이 주효한다.

부모들은 자식들의 눈썰미만 칭찬하지 않는다. 사람들에게 도움을 주는 훌륭하고 장한 인격체로 자라기를 바란다. 그게 교육의 본질이요 보통교육의 출발점이다. 그래서 온정은 미덕이 된다. 장사꾼들은 온정주의가 사회관을 왜곡시킨다고 한다. 또 대중들의 취향에 맞는 교육만 시키면 대중에게 아부하는 자만이 성공할 수 있을 것 아닌가 한다. 지식인이 원시시대의 주술사와 무엇이 다른가 한다. 그러나 지식이란 그렇게 하찮게 적립되지 않는다.

평등자도 이런 장사꾼은 지지한다. 공부는 대학에 들어가기 위해서 한 것만도 지겹다. 무엇을 더 따지는가. 일반인들은 깊은 생각을 기피한다. 물론 절박한 생활상의 요구라면 따지고 들 것이다. 그러나 내가 따진다고 사회가 달라지겠는가. 그 시간에 재미있는 소설이나 읽자. 그래서 언론 매체나 지식인들의 주장이 먹혀들고 위력을 발휘한다. 언론도 시장을 얻고 독자는 입맛을 다신다고 한다. 그러나 바로 이게 교육을 시장에만 맡길 수 없는 이유다.

특히 언론은 독자들과 직접 이해가 부딪치는 것을 피해간다. 현실이 몇몇 나쁜 사람들 때문에 망가진다며 심층 분석을 안 한다. 집값 폭등도 복부인·투기꾼·재벌들 때문이라 한다. 많은 사람들이 집값이 오를 것이라고 예상하기 때문에 투기꾼이 된다. 소득 증가로 집 수요가 늘었고, 반면 집 공급이 딸리기 때문이다. 과거에도 화폐 소득이 급격한 증가가 있던 시기에만 집값이 올랐다. 사실 인플레 소득 증가는 정부나 국민 책임인데 몇몇 악덕을 들먹인다.

그러나 정부나 언론은 희생양을 원한다. 몇몇을 공개 처형하라며 국민을 흥분시키고 그만큼의 쾌감을 준다. 지식시장은 지식인들 사이에서 그 진가가 입증되는 이론이 경쟁력이 있어야지 대중의 입맛에 맞는다고 이겨서는 안 된다. 그러나 인간이 태내에서 터득한 둥실감(균형감)과 태어나서 익히는 엄마 품(사랑)의 본능을 외면하고 약자보호나 내국인 우대를 검증되지 않은 신념으로 또 대중의 반시장적 정서에 영합한다고 몰아붙여서는 안 된다.

공부도 못한 놈들이 출세하고 돈 벌었다는 지식인들, 자신의 불만도 공정하지는 않지만, 또 지식인들이 잘못된 신념으로 국민을 시원하게 할 뿐 그것을 받아들이는 사회적 비용은 생각지 않는다는 데도 동의하지만 40년대 이래의 사회주의 득세를 지식인 탓으로 돌릴 수는 없다. 무식한 사람들, 욕심꾸러기들, 불한당들, 잘못된 신앙인들의 죄악에 비하면 그 비용이 얼마나 됐든 약자를 끌어올리는데 기여한

공을 과소평가 할 일은 아니다.

장사꾼들의 억지는 더 계속된다. 자본주의는 국민들이 싫어해도 적응력이 있기에 살아가는데, 사회주의는 대중의 지지를 받지 못하고 시들어가지 않는가. 그런데도 대중이 사회주의의 본질인 정부 개입이나 통제를 통한 평등을 주장하는 것은 한마디로 무식하기 때문이란다. 그게 아니라 대중이 사회주의 그 이름은 싫어할지 모르지만 그 내용은 상당 부분 지지하기 때문 아니겠는가. 지금 좌우를 막론하고 복지 경쟁을 하는 이유가 무엇인가.

보수는 또 말한다. 왜 우리는 낭비적인 유행을 좋아하는가. 왜 우리는 바보상자를 즐기는가. 이런 불합리한 욕구는 얼마든지 있다. 그러나 불합리한 욕구야말로 삶의 목표일지 모른다. 그런 욕구들이 충족되는 사회를 우리는 풍요라 하지 않는가. 그런데 불합리한 욕구를 즐기려면 관람료를 내야 한다. 시장경제를 관람하면서 공감하지 않는 만큼의 비용을 정치적 간섭으로 해결하려면 단 것만 먹겠다는 얘기 아닌가. 세상에 그런 공짜는 없지 않은가.

시장경제의 장점만 즐기려 하면 안 된다. 비용을 감수해야 하며 나아가 비용 감소 노력이 병행돼야 한다. 사람들의 세상에 대한 판단은 공평하지 않다. 그러나 첨예한 이해관계가 걸려 있으면 사람은 철저하게 계산한다. 세상이 충분한 지식 없이도 유지되는 것은 어려서부터 편하게 믿고 따라가는 본능적 사고가 아니라 이 계산적 사고 때문이다. 자라면서 눈치로 배우는 지식은 체계적이고 이론적이 아니지만 세상을 해치는 중요한 지침이 됨에 틀림없다.

자전거 타는 법은 경험에 의해서만 터득한다는 것이 좋은 예다. 반면 학교 교육을 통해서 얻어지는 지식은 고상하게 문자나 언어에 의하여 전수되고 실용성이 없다. 그러나 이런 지식으로 오랫동안 사회가 운영되었음을 알아야 한다. 대부분의 사람들이 장사꾼으로 살아가는 시대는 그리 오래되지 않았다. 그 이전에는 그 몇 배나 다른 삶이 세상에 가득 차 있었다. 그 삶이 오늘에도 모든 창조의 어머니가 된다. 인문 교육이 쇠퇴함을 한탄하는 이유다.

물론 오늘의 상업사회에서 장사꾼의 지식은 더 중요하다. 그들의 지식은 스스로 설명할 수 없어 무식하다는 핀잔을 받기 쉽다. 그러나 성공한 기업가가 세상을 어떻게 이해하고 대처했는지 설명하기는 어려워도 그 지혜는 절대 불합리한 게 아니다. 오히려 경쟁을 통하여 그들의 지식은 담금질당하고 강해진다. 합리적 수단을 선택할 수 있는 분명하고 현명한 지식으로 자란다. 공동체를 앞세워 이들을 과소평가하면 경쟁사회의 패자만 양산한다.

나아가 집단의식에 근거한 사회는 나눔의 뿌리를 두고 있어 경쟁은 오히려 억제되는 경향이 있다. 그러나 사회가 통합되고 복잡화되면서 집단 전체의 움직임을 파악하는 것이 불가능해졌기 때문에 가격만이 가장 믿을만한 정보로 등장하고 가격 경쟁에 이긴 자만이 살아남게 된다. 약한 자는 경쟁을 싫어한다. 모두를 피곤하게 만드니 안 할 수 있으면 한다. 공동체 안에서 사이좋게 살고 싶어 한다. 그러나 이 시대 경쟁은 불가피하다. 아니면 몰락이다.

자기 자유로 시장에 참여하고 패배하면 책임져야 한다. 그러나 패배한 사람들은 고통을 해소해 줄 이론에 몸을 숨기려 한다. 자유주의 때문이라는 결론이 나온다. 이렇게 자유주의는 스스로 반자유주의를 잉태한다. 시장의 원리는 끊임없이 경쟁에 이기는 길을 탐구하는데, 반자유주의는 인간의 본능이 경쟁을 기피한다고 생각하고 실제 대중들의 정서 또한 시장원리와 충돌한다. 드디어 이를 자원으로 서서히 권력을 쥐려는 정치가 탄생한다.

정치가 시장에서 소중한 자유를 빼앗고 성공한 자들이 차지할 몫을 빼앗으면 시장은 활력을 잃고 사회는 침체한다. 시장은 한 나라만 있는 게 아니니 멍청하게 당할 뿐이다. 보수의 얘기는 옳은 때도 많다. 아이 랜드의 주장처럼 기업인이 반란을 일으키면 세상은 끝이다. 누구나 자신만을 위해 산다. 자신을 희생하는 것, 남을 위해 사는 것은 야만이다. 부족을 위해서 부족원을 제물로 바치거나 부족을 보호한다며 전쟁을 일으키는 것은 모두 폭력이다.

오늘도 대기업들은 권력화 된 관료와 지식인의 표적이 되고 있다. 부도덕하다는 것이다. 그러나 실상 대기업의 비난은 정부 규제(폭력)때문이다. 정부가 개입하지 않는다면 기업들은 자기들 마음대로 싸고 좋은 제품을 만들어 시장의 판단을 구할 것이기 때문에 소비자들은 엄청난 보호를 받게 된다. 사람들은 명성 얻기를 좋아해서 소비자의 시장 선택은 생산자의 정직성과 우수성을 확보하는 길이기도 하다.

인류가 시장을 통해서 편리한 제품을 얻고 사회의 도덕성까지 확보할 수 있는 길이 열린 것을 과소평가하면 안 된다. 사실 자본주의란 말도 자본의 부도덕성을 까발리려고 공산주의가 만들어낸 말이다. 돈벌이를 맘대로 할 수 있는 기업자유주의가 더 맞다. 온갖 시련을 겪고 자본주의만 남은 이유는 무엇인가. 사람은 자라면서 익히는 눈썰미다, 묘득이다 하는 재주로 재산을 모은다. 때로 꼼수로 이긴다. 자유기업정신이다.

그러니 장사꾼들은 장사꾼임을 자랑으로 삼아야 한다. 평등이란 명분으로 창의성을 죽이거나 개인보다 집단을 우선시하는 정부보다는 기업과 소비자를 동시에 보호하는 정부를 지지해야 한다. 그러나 문제는 복지다. 자본주의가 일자리를 늘리기 때문에 복지도 시장경제로 해결한다고 하지만 일자리로는 한계가 있다. 그런데 복지를 확대하자면 빨갱이로 몰린다. 놀고먹는다고 비난할 정도의 복지도 아닌데 엄살부터 부린다. 평등자는 뛸 공간이 없다.

평등자는 가쁜 숨을 몰아쉰다. 나를 가두고 있는 6·25 철옹성은 하늘에 닿을 듯 가물가물하다. 조금만 다가가도 너는 벌겋다 소리에 기겁을 한다. 이어 나올 소리는 너무도 뻔하다. 안보는 안중에도 없는 녀석. 길을 피해 낯 두꺼운 발자국을 옮기면 적어도 조선조 500년을 버텨 온 총 두뇌 집단 특권 관료들의 또 다른 철옹성이 있다. 애국을 누가 했는데. 이들의 지원으로 동원된 수많은 관변 세력은 나 평등자를 몰아붙이며 오늘도 혈서를 쓴다.

아, 이 딱한 노릇을 어쩌랴. 하느님 보살피소서. 5000년을 겨우 겨우 이어오다 찢어진 나라. 한쪽만이라도 잘 살아보려고 발버둥쳐도 자꾸 겉돌기만 하는 나라. 이 나라의 선열들이시여 한 말씀 하소서. '의열지사의 날'을 마련하였사오니 마이크 앞에 서 주십시오. 오늘의 현실을 따끔하게 꾸짖어 주십시오. 최영·남이·조광조·안중근·강우규·윤봉길·김구·여운형·조소앙·함석헌·전태일·장준하·김상진·김세진·박종철·이한열·강경대·김근태, 인혁당이시여.

VII. 배반의 장미

한 송이

아버지는 내가 대여섯 살 때 벽장 속에서 태어났다. 그때 아버지는 벽장에서 기어 나오다시피 비철거리며 내려왔다. 팔다리가 가늘고 눈은 멍했다. 어머니가 받쳐 들고 조심스럽게 바닥에 내려놓았다. 겨우 밥상머리에 무릎을 꺾고 앉은 아버지는 어머니가 떠주는 밥을 떨리는 입으로 받아먹었다. 이따금 내 얼굴을 흘끔거렸으나 눈만 나를 향했을 뿐 눈동자는 그저 내 옆을 스쳐갔다. 어머니의 부축을 받고 다시 다락방으로 올라가는 아버지였다.

아버지의 병환이 10여 년 만에 왜 다시 도졌는지 알 수 없었다. 할아버지의 장례를 치르고 저리됐으니 무슨 동티가 난 건지 아무래도 선생님 밖에는 아실 분이 없을 것 같아 찾아왔습니다. 그의 말이었다. 완규는 5년 전 좀 떨어진 한 뿌리에서 할아버지에 이끌려 날 찾아왔었다. 스무 살이 다 되어 보통학교를 졸업한 나는 곰곰이 생각한 끝에 아버지가 서당으로 쓰던 사랑방에 학교 못 간 아동들을 모아 놓고 국어·산수·지리·일본어 등을 가르칠 때였다.

열 살 때 어디선가 불한당들이 나타나 만세를 부르라고 청년들을 뒤졌다. 영문도 모르고 몇 사람이 따라나섰다. 나중에 들으니 가근방 주재소로 몰려가 이를 부수고 불을 질렀다고 한다. 일본 순사가 타살되고 동민들도 몇 명 죽었다고 했으나 집안 어른들은 쉬쉬했다. 10여 일 뒤 20여 리 떨어진 두렁바위에서 일제의 학살이 이어졌지만 어른들은 잠잠했다. 아버지는 왜놈들이 불을 지른다고 해서 가재도구를 담 밖으로 내다 멍석으로 가리셨다.

이때 나는 처음으로 왜놈들의 무서움을 알았다. 사서삼경을 읽어가며 누가 말 안 해도 세상 이치는 알만큼 알아졌다. 아버지는 왜놈 교육을 오랑캐 글이라 하셨기에 학교는 쳐다보지도 않았으나 어차피 쉽게 물러날 일본이 아니었다. 아버지를 졸라 보통학교를 간신히 마친다. 고등과는 엄두도 못 냈다. 그러나 고등과를 나온들 일본 종노릇하기는 매한가지 아니겠는가. 차라리 농촌을 지키며 아동들을 가르치는 게 훨씬 나을 것 같았다.

마침 신간회가 구석구석 파급되어 용기를 북돋고 있었다. 그러나 자꾸 일본어 과목을 국어로 쓰라고 했다. 나는 조선어를 국어로 가르쳤다. 글만 가르친다고 계몽이 되는 건 아니지 않는가. 나는 슬금슬금 조선사도 가르쳤다. 사실은 동몽선습에 다 있는 내용이었다. 또 운동회 때 내거는 만국기 속에 태극기를 집어넣었다. 옛날부터 내려오는 귀신 쫓는 부적이라 했다. 어떻게 알았는지 일인 교장이 내려와 재미없다고 했다. 더 나갈 수가 없었다.

막상 강습소를 접고 나니 망막했다. 의학강습소를 다니며 의사가 되고자 했다. 아버지도 허락하셨다. 그러나 어머니 병환이 위중하서 중동무이로 고향에 돌아온 후 마침 지방 약사시험이 있어 이에 합격하고 읍내에 약국을 차린다. 의사가 없는 벽지에서 나는 약사 겸 의사였다. 개업 2년차에 옛 제자 완규가 찾아온 것이다. 완규 아버지가 만세사건으로 반신불수가 된 지는 처음 알았다. 그때 많이들 고문당했고 징역살이도 꽤 오래했다고 들었다.

어른들이 자세한 얘기는 안 해줘도 철이 들면서 일본에 대한 분노가 자라나는 것은 정한 이치 아니겠는가. 나는 주재소 가까이서 소학교를 나왔고, 제암리(두렁바위) 근처에서 보통학교를 나왔기에 이리저리 얘기를 꿰맞추니 전모가 서서히 잡혀나갔다. 경기만에 인접한 서해평야는 토질이 비옥하고 궁성에서 가까워 고관대작들의 사전(私田)이 많았는데, 토지조사 때 일본이 몰수해가는 바람에 대대로 지어오던 땅을 빼앗긴 집들이 이를 갈고 있었다고 했다.

나중에 안 일이지만 이 고장 뿐 아니라 경기 직전(職田) 원칙에 따라 경기 일원이 다 그랬고, 그래서 경기지방의 만세운동이 제일 거셀 수밖에 없었다. 특히 갯벌을 따라 늘어선 염 벗(소금 가마솥)은 일본의 천일염과 경쟁이 안 될 뿐 아니라 서해안에 많은 염전이 개설됨에 따라 모든 재래시설이 폐허로 변했으니 일제에 대한 원한이 더 깊었다. 또 갯벌을 농지화하기 위해 많은 부역을 매겼고 사방에서 거친 인부들이 몰려와 농촌 평화가 크게 흔들렸다.

그렇다 해도 대대로 내려오는 양반들은 공신전(功臣田)을 끼고 있고, 이를 기반으로 사전을 확보해서 토지조사 때 다 소유권을 보장받을 수 있었고, 또 힘 있는 고관들도 관할지의 소유권을 확보하고 이를 매각한 경우에도 새 지주들이 마름을 두어 계속 소작을 허용했음으로 이들은 일본이 들어 왔어도 크게 흔들리지 않았다. 우리 집안 어른들이 만세에 소극적이었던 이유를 알만했다. 그랬어도 나는 철이 들면서 어딘가 자꾸 켕기는 구석이 스멀거렸다.

완규의 얘기론 자기 집은 서울 화동의 이참판 댁 땅을 대대로 붙여

먹었고 토지조사 때도 다행히 살아났다고 했다. 종전 같이 이참판 댁으로 도지만 보내면 나머지는 작인 차지였다. 다만 궁장토였던 염벗은 땅에 붙은 초가지붕이 줄줄이 새 들어가도 서울 칠궁에서는 아무 기별이 없어 할아버지는 틈만 나면 일본 놈 욕을 해대셨다. 그래도 완규 아버지가 이를 빌미로 나댈 정도는 아니었고, 더구나 끔찍한 일까지 저질렀으니 무슨 귀신에 홀린 게 분명했다.

문제는 성냥이었다. 할아버지는 쌀과 소금을 싣고 이웃 선창을 통해 인천을 왕래하는 길에 성냥을 사가지고 오셨는데 처음 생산되던 때라 매우 귀했다. 아버지는 통성냥에서 성냥개비를 몰래 빼내 성냥 딱지와 함께 가지고 다니며 동네 또래들과 함께 담배를 피웠다. 어려서부터 총기가 좋았던 아버지는 어른들, 특히 할머니가 들려주는 옛날 애기를 빠짐없이 옮겼고, 더러는 더 보태가면서 인기를 끌었다. 동네 사랑방은 늘 아버지 차지였다.

만세사건이 일어난 건 아버지가 스무 살 되던 해였다. 앞서 면사무소가 있는 압장리에서 갯고랑을 건너 우리 동네를 쳐들어 온 만세꾼들은 외떨어진 오두막을 몇 군데 뒤져나갔으나 원소골을 건너 달무지 고개를 넘어서서는 집집마다 꼭 한 사람씩 나오라고 주장질을 했으며 안 나오면 불을 지르겠다고 했다고도 한다. 늘 기활이 넘쳤던 아버지는 다소 주저했지만 청년들과 어울려 주재소로 합류했다. 벌써 화수리주재소 앞은 흰 사람들로 가득 차 있었다.

점점 사람들이 밀려와 인근 절간까지 뒤덮으며 만세소리가 진동하자 조선 순사는 도망을 가고 일본 순사는 만세꾼을 향해 총을 겨누었다. 앞에 섰던 몇 사람이 거꾸러지자 그 뒤가 일제히 함성을 지르며 돌팔매를 날렸다. 순사가 뒷문으로 도망가자 몇몇은 몽둥이를 들었고, 다른 몇몇은 주재소에 뛰어들어 서류 집기를 끄집어냈다. 어느 것이 먼저랄까. 안에서 연기가 나고 밖에서도 집단을 들고 불, 불하니 아버지가 괴춤에서 성냥을 꺼내 불을 댕겼다.

내 고장의 4·3 독립만세의 전모였다. 이틀이 지나 조선 순사로부터 보고를 받은 제암리 근처 발안주재소로 수원헌병대가 급파되었고 곧 바로 불탄 주재소로 들이닥쳤다. 인근 마을을 뒤졌으나 대부분 동민들은 눈치를 채고 갯가 원둑 밑으로 몸을 숨겼다. 헌병들은 온 동네를 불태우고 피신하지 못한 노약자를 마구잡이로 구타했다. 조선 순사를 앞세워 주동자 색출에 혈안이 되었으나 워낙 많은 사람이 여러 군데서 모였기에 좀처럼 분간하기 어려웠다.

면 직원들까지 닦달한 끝에 4~50명의 혐의자를 발안주재소로 끌고 갔다. 모진 고문이 소나기같이 내리꽂혔다. 먼저 순사를 때려죽이고 불 지른 자들을 가려내자 두 개 면사무소를 불 지른 경위도 속속 들어났다. 그 과정에서 헌병들은 다시 화수리를 쑥밭으로 만들었다. 그리고 귀대하는 길에 제암리 근처 수촌마을도 두 번에 걸쳐 잿더미로 만들었다. 불탄 주재소에서 수촌마을의 이름이 적힌 깃발이 나왔기 때문이었다.

이윽고 일제는 고문으로 실신한 면민들 30여 명을 발안천에 내다 버렸다. 한참 만에 깨어나서 엄금엄금 기어 나온 사람도 있지만 아버지는 한밤을 새우고도 늘어져 있었다. 무서워서 주재소에 근접도 못하고 장터 추녀 밑에서 밤을 새우기를 여러 날, 할아버지 할머니가 기별을 받고 달려갔을 때 아버지는 죽어 있었다. 할아버지가 아들을 들쳐 업고 할머니는 할아버지를 부축했다. 국밥집에 들어가려했으나 주인이 한사코 손사래를 친다.

할 수 없이 또 추녀 끝에 앉아 깨진 그릇에 담아 온 국물을 떠먹인다. 모두들 서로 눈치를 보며 산송장을 업고 슬금슬금 사라졌으나 아버지는 몸이 온통 깨지고 멍들어서 그런지 쉽게 깨어나지 않았다. 할아버지가 아들을 추스르며 한발 두발 걷는 동안 할머니는 걸음을 몰아 집으로 향했다. 쉴 틈도 없이 바로 되돌아서 끙개를 매고 소를 몰았다. 한밤중에 대청마루에 내려놓은 아버지는 간간이 신음을 토해낼 뿐 아직도 의식은 분명하지 않았다.

누군가 똥물을 먹이라 했다. 술병에 솔가지를 꽂아 똥통에 넣고 물을 받았다. 피멍이 든 데는 생지황을 찧어 발랐다. 상처가 깊은 데는 약쑥을 처맹고 오징어 뼈를 갈아 바르기도 했다. 시욱지 기름이 좋다고 해서 멀리까지 수소문했다. 달포가 지나자 장독은 얼추 풀렸으나 아버지는 머니(멍한 이)가 되고 있었다. 사람만 보면 무조건 빌었고 벽장을 기어올랐다. 어머니 할머니는 좀 덜 했으나 성냥 때문인지 할아버지까지도 가까이 오면 벌벌 떨었다.

여름이 되니 상처에 구더기가 낄까 봐 어머니 할머니가 교대로 부채질을 했다. 상처는 아물어 가는데 정신은 좀처럼 돌아오지 않았다. 불에 놀란 사람 부지깽이에도 놀란다는 격으로 낯선 사람이 문틈으로만 보여도 벌벌 떨고 도망갔다. 누구는 머리를 크게 다쳐 전신마비에 벙어리까지 되었다고 했다. 고통이 점점 사방으로 번지는 느낌이 들 거라 했다. 아무도 맥을 보거나 침도 놓지 않으려 했다. 모두 무서워서 얼씬 못했으니 폐가나 다름없었다.

아버지가 제대로 사람을 알아보고 바깥출입을 하게 된 것은 5년이 훨씬 지나서였다. 완규도 열 살을 넘겼다. 학교는 못 갔지만 강습소에 다니면서 조선 역사도 배우고 만세운동도 낌새를 챘다. 아버지에게 가끔 이것저것 물어봤으나 그 얘기만 나오면 입을 다물고 완규를 노려봤다. 겁이 나서 더 캐묻지 못했다. 시름시름 앓던 할아버지가 돌아가셨을 때 아버지는 너무 자주 곡을 하셨고 장례를 모신 후에도 오래 오래 잡수시질 못했다.

완규는 내게 매달리듯 말했다. 선생님이라면 고치실 것 같아요. 아니 못 고치시더라도 꼭 한 번 진맥이나 한 번 해주세요. 나는 막막했다. 10년 넘게 아무도 무서워서 못 갔다니, 내가 간들 아무 일 없을까 먼저 걱정이 됐다. 그러나 의원 행세를 하고 있는 내가 환자를 마다할 수는 없지 않은가. 거기다가 옛 제자의 간청이니. 이걸 무서워서 못 간다면 강습소는 왜 했는가. 생각이 겹쳐왔다. 나는 자전거에 왕진 가방을 달고 완규네 동네로 들어섰다.

완규의 안내를 받고 들어 선 내게 완규 아버지는 도망치지 않았다. 완규 아버지는 오래 된 친구가 찾아온 듯 자세를 곧추 앉으려 애를 썼다. 나는 완규 얘기를 꺼냈다. 강습소를 다닐 때 완규는 제일 똑똑했다. 하나를 가르치면 열을 알았다. 어르신네가 이렇게 몸이 불편하단 눈치는 하나도 없었다. 헤어진 지 5년이 지나서 얘기를 들었다. 안타깝고 솔직히 크게 자랑할 일이기도 하다. 그때 외지 사람들로 해서 문제가 더 어렵게 꼬였지만.

완규 아버지는 머리를 흔들면서도 매우 만족한 듯 입가에 엷은 미소가 어렸다. 아무에게도 듣지 못한 얘기라서 그럴까. 아버지까지도 거기는 왜 따라갔으며 성냥은 왜 갖고 다녔냐고 한탄하신 적이 여러 번이었다고 했다. 내가 아는 한의 솔직한 얘기를 했지만 의사로서 나는 먼저 환자를 안심시켜야 했다. 특히 완규 아버지 같이 만성적인 불안·공포·우울증에 시달리는 환자임에랴. 맞아 본 적도 없을 터인데 주사기를 꺼내도 놀라지 않았다.

나는 완규 아버지가 여간 고맙지 않았다. 나를 의사로 알아줘서뿐 아니라 완규 얘기를 여러 번 듣고 나에게 마음을 활짝 여는 듯해서 더 그랬다. 나는 완규 아버지 병환을 정성을 다해 고쳐보리라 마

음먹는다. 문 앞까지 따라 나와 연신 머리를 조아리는 완규에게 나는
걱정 말라고 했다. 분심기음(分心氣飮)이나 그 가미방(加味方)이 떠
올랐으나 나는 양·한방을 총동원해서라도 꼭 쾌차시키고야 말겠다
는 결의를 다졌다. 의사로서 또 민족적 양심으로서.

　약국에 돌아온 나는 최소한 인간임을 상실했던 환자에겐 고통의
내면을 깊이 이해하고 자주 위로하는 것 이상 치료법은 없다고 생각
을 고쳐먹는다. 권력은 자기들 욕망을 관철하기 위하여 장애물을 타
살 철거하지만 죽는 쪽에서는 죽는 길만 있는 게 아니지 않는가. 권
력에 대해서도 할 말은 하는 자세야 말로 멀리 보아 권력을 굴복시키
지 않겠는가. 권력은 나름대로 타당성 위에 서 있기 때문에 그 타당
성에 금이 가면 쉽게 무너지는 게 아닐까.

　조선을 합방할 때 왜 조선 민족이 이를 원했다고 억지를 부렸을까.
만주사변이나 상해사변도 중국에 책임을 떠넘기지 않았는가. 조선의
형편으로는 많은 사람이 만주나 상해로 가 무장투쟁을 벌일 수는 없
다. 또 독립자금을 지원하기도 무장투쟁만큼 어려운 일이다. 조선에
사는 조선인은 일제와 같이 살면서 무시당하지 않고, 그들의 잘못을
슬기롭게 지적할 만큼 세련된 지식을 닦아야 한다. 동족의 억울한
일을 도와줌으로서 그 뿌리를 육성해야 한다.

　언젠가 조선 민족이 무성해질 것이라는 희망을 갖고 일 보 아니
반 보라도 전진하면 그 날은 반드시 올 것이다. 밖에서 아무리 무장
투쟁을 해도 안이 썩으면 그 투쟁은 힘을 받지 못한다. 아무 보잘
것 없는 민족이라면 민족투쟁 자체가 업신여김을 당할 것이고 사기
가 떨어질 것은 당연하지 않은가. 무장투쟁은 무장투쟁의 일이고 평
화투쟁은 평화투쟁의 일이다. 어느 쪽의 우열도 가리기 힘들다. 각자
최선을 다 할 때 둘이는 한 군데서 만날 것이다.

근자 소방대가 경방단으로 개편되면서 주재소나 면소에서 날보고 단장을 맡으라 한다. 청년들을 모아 소방훈련을 시킨다고 하지만 유지로 여기저기 불려 다닐 일도 많을 것이었으나 나는 이를 수락했다. 만세사건 피해자들이 더 있다는 얘길 들었고, 또 이들이 치료를 원하면 응할 작정이었기 때문이다. 사실 주동자들 중에는 당시 전국 최고형인 15년에서 10여 년을 언도받기도 했지만, 이들을 가려내기 위한 고문으로 그 이상의 후유증을 앓는 사람이 더 많았을 것이다. 다들 집 안팎에서 구박덩어리로 한 많은 세월을 보내야 했다.

나는 경방단원은 징병이나 징용을 피할 수 있었기 때문에 유능한 후배들을 많이 보호할 수 있었다. 차츰 소문이 퍼져서 많은 사람들이 약을 지으려 들렀고 자연 은밀한 얘기도 주고받았다. 대처에 나가 있던 후배들도 방학이면 이 핑계 저 핑계로 약국을 찾았다. 식사도 같이 하고 용돈도 쥐어주었다. 다만 한 가지 원칙이 있었다. 위험한 데는 가지 말고 오로지 일제를 능가할 지식을 쌓으라는 것이었다. 여러 소요사건이 별 문제없이 이들을 넘어갔다.

일제가 만주로, 중국 내륙으로 또 동남아로 연달아 쳐들어가니 실로 파죽지세였다. 만세사건도 20년이 지났고 고문당했던 환자들은 하나 둘 숨을 거두었다. 조선이 죽지 않고 버틴들 빛을 볼 날은 쉽게 올 것 같지 않았다. 그러나 싱가포르 점령 기념으로 학생들에게 고무공을 배급한 게 엊그젠데 사이판이 점령당했다는 비보(?)가 들렀다. 읍내 나다니는 순사들도 기가 꺾였고 만나는 사람마다 곧 탈환하겠지 하는 희망을 담아 위로의 말을 건넸다.

방학 때 내려 온 후배들이 조심스럽게 건국동맹을 얘기한다. 그리고 1년. 해방이 되었을 때 이들은 자치대를 만들고 나를 대장으로 추대한다. 먼저 면민경축대회를 열어 목청껏 독립만세를 외친다. 신사를 불 지르고 순사들 집을 수색해서 무기를 압수했다. 이어 건국준비위원장이 된다. 여기저기서 친일분자(면서기, 구장 등)들이 수난을 당했다. 나는 불을 끄고 다니기 바빴다. 흥분한 주민들은 내게도 대들었다. 주위의 만류로 봉변을 면한 때도 있었다.

이듬해 군정이 실시되니 나는 의사 본업으로 돌아왔다. 군정에서 실시하는 지방의사시험에 합격하고 병원 간판을 걸었다. 군정에서 배급되는 의약품과 의료장비를 타기 위해 자주 수원을 들락거렸다. 조선 순사들이 다시 복귀해서 지난 자치대의 가택수색을 문제 삼고 늘어졌다. 남북분단 문제가 거론됐다. 어떻게 지켜 온 민족인데 분단이라니 기가 막혔다. 마침 민족청년단이 결성되어 지방조직을 서둘렀다. 나는 흔쾌히 지구단 단장을 맡았다.

5·10 선거 때 분단 문제로 족청은 다소 혼란스러웠으나 '오늘은 정부 수립, 내일은 남북통일'의 기치 아래 재단결했다. 정부 수립 후 모든 청년조직이 대한청년단으로 일원화되자 나는 다시 한청단장을 맡는다. 이어 내 말을 듣지 않고 남로당에 가입한 후배들이 여럿 나타났다. 보도연맹이 발족되고 나는 주의의 만류에도 불구하고 이들에게 전향 보증을 섰다. 누구나 전비를 뉘우치면 용서하는 게 도리 아닌가. 귀순한 적군도 포로로 대우하지 않는가.

일제 때 동맹휴학을 주도하다가 퇴학을 당해 고향에서 해방을 맞이한 후배가 있었다. 대지주라서 수원에서 보통학교를 나오고 서울 명문고에 진학하여 반장을 빼놓지 않았던 수재였다. 내가 자치대장을 할 때 시장판에서 소란을 일으켜 연행되어 왔었다. 나 같은 애국자를 너희들이 이렇게 대할 수 있느냐 하는 다소의 고자세로 내게 항의했었다. 나는 사실상 이 지역 지하 책임자였던 그를 위해서도 보증을 섰다. 이미 날개가 꺾여 날 수 없는 그였다.

6·25가 터지고 며칠 안 되어서였다. 그가 느닷없이 병원을 찾았다. 지서에서 오라고 해서 가는 길이라 했다. 말로만 듣던 예비검속이 아닌가하는 생각이 스쳤다. 그가 나간 지 한 시간 남짓 지났을까. 지서 주임이 날 찾는다는 기별이 온다. 나는 또 뭔가 부탁할 일이 생겼나 했다. 나는 경찰 후원 회장이었으므로 올라갔더니 수원까지 동행하자는 게 아닌가. 나는 다소 의아해 하면서 외출복으로 갈아입겠다고 지서를 나왔다. 사상 보증을 잘못 섰단 말인가.

나는 더위에 고생이 될 것 같아 우선 피하고 싶었다. 다시 왕진가방을 메고 자전거를 몰았다. 5·30 선거 때 힘을 보태준 국회의원을 찾았다. 수원 사무실에 들르니 벌써 여러 명의 의원들이 서울에서 내려와 거취를 의론하고 있었다. 미국이 한국을 쉽게 포기하겠는가에 생각이 모아지는 듯했다. 나는 전황이 급박해지고 있음을 알았다. 그래도 보도연맹이 몰살될 줄은 꿈에도 생각 못했다. 6·25가 없었다면 다 선량한 대한민국 국민일 것이었다.

수복될 때까지 피해 있다가 돌아왔으나 감시의 눈은 여전했다. 틈만 나면 경찰들이 불러다 시비를 걸었다. 나는 하는 수없이 반공청년단을 맡았다. 3·15 선거 때 나는 후배들이 창피해서 뒤돌아서서 뒷짐을 지었다. 결과는 뻔했다. 권력이란 무엇인가. 대체 국가란 무엇인가. 누구를 위한 핍박인가. 명분을 잃으면 무너지는데 이 나라는 맘에 안 들면 좌익으로 모는 것이 유일한 명분인가. 왜 남이 파놓은 함정 (분단 상쟁)에서 빠져나오지 못하는가.

일본도 결국 명분에서 진 것이다. 일본의 적개심은 아무리 조작해도 속까지 먹혀들지 못했다. 정신이 제대로 박혔다면 응당 그럴 것이다. 개전이고 작전이고 비정상일 수밖에 없었다. 만세운동은 일본의 명분을 치명적으로 파괴했다. 조선이 행복해 한다고 내외만방을 속였지 않은가. 내가 일본의 패망을 어렴풋이 내다본 것도 그 때문이었다. 다만 그렇다고 만세 폭력은 명분이 서는가. 고생을 각오하지 않은 많은 사람의 희생을 지켜본 나였다.

완규 아버지는 일본의 패망을 보지 못하고 눈을 감았다. 회한이 없을 수 없었으리라. 조금만 참았다면 또 폭력에 말려들지만 않았다면. 그때 생긴 골병으로 몇 사람이 더 20년 넘게 아무도 알아주지 않는, 아니 모두 슬슬 피하는 고통에 시달리다 세상을 마감했다. 아니 살아 있었어도 해방의 기쁨을 못 느꼈을 정도로 망가져 있었다. 자손들도 너무 오래 겁에 질려 일본을 저주하기조차 잊었고, 그들이 물러 갔어도 이렇다 하게 선뜻 나서지를 못했다.

내가 감격해마지 않던 해방. 그 이듬해부터 미약하나마 분단을 안 된다고 한 죄로 15년 험로를 걸어야 했던 나. 그 끝에서 죽어가며 나는 자주 내가 목격한 선열들의 고통을 떠올린다. 형을 살았거나 몸을 피해 형을 면한 선배들이 너무 어두운데서 너무 오래 몸을 뒤척이다 세상을 뜨셨기에 더욱 안타깝다. 민족의 자존심을 위해 일어섰고, 일제 패망을 위해 미약하나마 조종을 울리셨기에 이제는 고이 잠드시리라. 그러나 나의 비원은 어찌 되는가.

누구를 위한 분단이며 누구를 위한 탄압인가. 반공은 뭐고 반동은 뭔가. 무슨 소동이며 무슨 놀음인가. 설령 힘이 없어서 분단되었다고 해도 왜 하필 견원지간인가. 군대는 왜 양성하는가. 누굴 해치려 하는 가. 왜 강대국의 속내를 헤아리지 못하는가. 줄잡아 5백년을 한솥밥 먹은 처지다. 쓰러져도 그것을 밑천으로 다시 일어서려 한 민족 아닌 가. 남들은 억지로도 한 나라가 되려 하는데 주는 밥도 챙겨먹지 못 한단 말인가. 깔보이기 십상이다.

이제 나는 죽어가면서 국가 권력의 폭력성과 이들이 선의로 내보이는 위장술 그리고 많은 인재를 유인하는 화장술을 개탄한다. 국가를 원래 폭력조직으로 보는 시각은 폭력조직인 공산당 수법이지만, 국가 권력이 부패로부터 자유롭지 못한 것도 그 폭력성 때문이다. 정상적인 국가라면 비판 세력을 이해하고 설득해야 옳다. 그렇지 않으면 독재국가요, 이는 공산당과 진배없다. 반대가 자꾸 반대를 낳게 된다. 어디선가 음모가 꾸며지고 새로운 폭력이 등장한다.

권력과 대결한다는 게 쉽지 않다. 차라리 폭력을 쓰다 죽거나 형을 살면 편할지 모른다. 그러나 살며 살아가며 몸짓으로 말로 글로 대항하다 받는 고통은 또 다른 고문이다. 조심조심 세밀세밀 불의를 쪼아대며 한 편의 불온 작품을 완성하는 것은 불안하고 때로 피 말리는 작업이다. 어제 4·19를 겪었고, 오늘 5·16을 겪는다. 또 무슨 날벼락이 떨어질지 모른다. 나는 강습소 이래 아련히 간직했던 꿈을 되새긴다. 대화합의 날은 언제 올런가.

두 송이

나는 한의사가 되신 아버님을 따라 행림(杏林)의 길을 걸을 수도 있었지만 주변의 권유로 제창(濟蒼)의 길을 걷는다. 어릴 때부터 아무나 해내는 버릇 탓인지 법대에 들어가서도 내내 이승만 독재에 항거했다. 자유당이 몰락하자 민생부에 들어가 경제 관료의 꿈을 키운다. 군사 독재가 등장했을 때 나는 한동안 망설였으나 이내 고관의 신분으로 다시 반독재에 서서 은밀히 활동했다. 10·26이 나고, 서울의 봄이 왔을 때 나는 세상 만난 듯했다.

신군부는 그런 나를 놔두지 않고 숙청 대상 1호로 꼽았다. 떨려나니 오갈 때가 없었지만 독재 일선에서 싸운 고통에 비하면 아무것도 아니었다. 나는 사회 변화의 역동성이 배반자(retreationist)에서 나온다는 헤이건을 떠올렸다. 실제 배반의 장미는 나만 키우는 게 아니었다. 많은 장미가 쟁발(爭發)할 것이었다. 나는 재벌기업에 몸담고 있으면서도 여전히 독재와 맞섰다. 그런지 10년. 드디어 곳곳에 피어난 장미가 민주화를 더 아름답게 장식했다.

나는 그동안 축적된 경험과 여유로 오늘까지도 시속에 뿌리를 둔 개혁을 과제로 삼고 밀고 나간다. 나라가 망했을 때 상해의 임정이나 만주의 무장은 대일전선이었다. 그러나 이 땅에 모든 사람이 상해와 만주로 빠질 수는 없지 않은가. 많은 사람이 일제에 협력하거나 부역하며 살았다. 그러나 모두가 협력만 했다면 독립운동은 무슨 의미가 있고, 운동 역량은 어디서 나오겠는가. 상해와 만주는 그 배반의 뿌리가 돼준 데 더 큰 의미가 있다.

일제 치하에서 자란 유형무형의 줄기가 있어 장미가 필 수 있었다. 민중의 고통을 덜겠다는 몸부림은 언제나 어디서나 갸륵하고 소중한 힘이 되어 사회 변화를 이끌어왔다. 이런 시각에서 이 나라의 무수한 친일 논쟁을 보자. '장미를 키우지 않은 친일은 장미마을에서 숨을 죽여야 한다.' '모두 그때는 그게 옳았다거나 옳은 줄로 생각했다면, 일제가 쉽게 망하지 않고 오래 갔었던들 어떻게 무저항이나 불복종을 끌어냈겠는가.'

나는 같은 얘기를 이렇게 한다. "민주화가 고난 받을 때 독재가 불가피하다고 목청을 돋우던 사람들은 민주화 아래서 침묵해야 한다. 어떤 소리도 독재의 복원으로 들릴 뿐이다." 나는 또 이렇게도 말한다. "개발 독재를 구가한 경제학자들은 IMF 사태 하에서 자숙해야 한다. 어떤 소리도 제2의 사태를 부르기 때문이다." 내가 싸운 것은 독재만이 아니라 그 독재의 바탕도 허물고자 했다. 바로 모든 수재들의 무비판적 공권력(관변) 지향을 끊어야 했다.

나 자신은 뿌리 깊은 사·농·공상의 덕을 볼만큼 본 터였다. 관변은 이제나 저제나 부귀영화였으며, 특히 겉으로는 박봉에 시달리면서도 안으로 누리는 부와 명예는 수재들을 한껏 매혹시키기 충분했다. 나의 20년 공직생활의 마지막 월급을 20년 합쳐도 언감생심인 집도 장만했다. 거기에 일류대학 입학 수준의 네 아이와 애들의 자립을 도울만한 여유 재산을 확보했다. 한국적 부귀영화의 계산법이었다. 나는 그런 영화를 누리면서 자괴감이 없을 수 없었다.

나는 그 화수분을 깨버리지 않고는 나라가 될 수 없음을, 진정 백성을 위한 정부가 될 수 없음을 기회 있을 때마다 토설했다. 세기적 반항아로 추켜세워진 말론 브랜도는 나의 우상이었다. 브랜도는 반전운동에 참여하고 흑인 인권운동을 벌였다. 미국 영화산업이 인종차별을 한다는 이유로 오스카상 수상을 거부했다. "나는 한 번도 할리우드를 존경한 적이 없다. 탐욕·허욕·사기·우둔의 상징일 뿐이다"라고 공언했다.

할리우드를 통해서 가장 출세하고도 할리우드를 철저히 경멸했던 것이다. 오늘 브랜도는 죽어 없지만 나의 마음속에는 늘 불사조로 남아 있다. 꼭 남아 공권력을 바로 세우는 일, 누가 공직자가 되어야 하고, 공직자는 어떠해야 하는가를 위해서 또 공직을 부와 권세의 자리에서 끌어내리기 위해서 오늘도 비틀거리며 걷고 있는 나를 격려한다. 아울러 많은 선각자들이 자기희생과 고행을 통해 제시해주시는 인류의 보편적 진리가 늘 나를 엄호한다.

그런데 어느 날 아버님이 내 길을 가로막고 나서신다. 아버님이 돌아가신 지도 벌써 20년이 되었다. 서울서 200리 길이지만 눈이 오나 비가 오나 한 번도 빠지지 않고 제사를 지내러 내려갔다. 제사는 자정이 되어야 지내기 때문에 아무리 바빠도 참례할 수 있었다. 이번

제사는 20주기도 되고, 마침 시간도 있고 해서 일찍 내려가 저녁을 먹고 술도 몇 잔 걸치고 나니 잠이 스르르 노곤했다. 그런데 아버님이 들어오시는 게 아닌가.

나는 깜짝 놀랐다. 아니 돌아가신 지가 20년이 되었는데. 그것도 퍽 안 좋으신 얼굴로 나를 내려다보신다. 6·25 때 소식 없이 피신하셨다가 야밤에 문을 열어 제치고 들어오시며 아들의 이름을 부르시던 모습이 떠올랐다. 식구들이 달려 나가 붙잡고 울 때 아버님은 울지 않으셨다. 모두 무사한 것을 보고 얼마나 좋아하시든지. 그런 아버님이 '너 왜 법대를 안 가려느냐' '너 왜 애비 말을 그렇게 못 알아듣느냐' 하시며 꾸짖고 계시지 않으신가.

갑작스런 물으심이지만 나는 자식을 법대에 안 보내기로 하였으므로 얼른 그 생각이 났다. '아버님. 법대 나온 사람들이 세상을 다 망치고 있어요. 똑똑할수록 법대 보내면 안 됩니다.' 아버님은 '그래서 내가 여기까지 왔지 않느냐. 세상 물정도 모르면서 왜 네 맘대로 그런 결정을 내렸느냐. 참으로 딱하다.' 나는 더 드릴 말씀이 없어 머뭇거리다 잠이 깨었다. 꿈이라고 생각하니 얼핏 돌아가신 지 얼마 안 되어 아들의 살림집을 찾아오셨을 때가 생각났다.

아버님은 병원에 누워 계시면서도 결혼할 아들에게 사주신 그 살림집을 꼭 보고 싶어 하셨기에 그러셨나 했었다. 제사를 지내는 동안 아버님은 내내 그 말씀이셨다. 법대에 들어가고 나서 너는 좀 많은 친지들을 취직시키지 않았느냐. 삶의 터전을 만들어주는 것은 이 시대 제일의 덕목이니라. 민생부에 들어가 네가 꼬나준 사람의 수만 해도 대체 얼마냐. 쉰 명 가까운 사람들을 그것도 대부분 금융기관에 둥지를 틀게 했지 않느냐.

너로 해서 우리 가문이 친인척과 친지들이 대소사에 덕을 본 것이

어디 한두 번이냐. 거기다가 대출이요, 대출기간 연장이요, 예금 소개
요, 신원보증에 어디 걸린 것 빼주기까지. 내가 지금쯤 세상을 떴다면
얼마나 성대했겠느냐. 빈소를 온통 조화로 둘러치고, 영정은 크게 꽃
장식을 하고, 또 부의(賻儀)인들 얼마나 후하겠느냐. 네 자식들 결혼
을 시켜봐라. 축 화환이 먼저 잔치를 벌이고 축의금 행렬은 또 얼마
나 기나길 거냐.

철철이 들어오던 선물 꾸러미는 누구네로 갈 것이고, 하루 걸러
대접받던 술좌석에는 누가 앉을 것이며, 이러저러한 사연으로 꺼내
놓는 봉투는 누가 챙기겠느냐. 너 혼자 싫다고 그만 두면 어떡하냐.
어디 하나 어려운 일 해결할 길이 없고, 사람의 발길도 끊어지고 얼
마나 보잘것없는 집안이 되겠느냐. 예부터 빈객불래면 문호속(賓客
不來 門戶俗)이라 했거늘, 자식이 재목이 안 되면 모르겠거니와 그저
법대를 가야 한다. 네가 안가도 법대는 메어지느니라.

나는 잔을 올리며 아버님께 조아렸다. 아버님은 늘 훌륭한 사람이
되라고 하셨습니다. 정신없이 달리고 보니 그게 아니었습니다. 부패
특권층이 되는 것이었습니다. 아버님 말씀대로 줄줄이 서 있습니다.
고시를 통해서, 선거를 통해서 그것도 안 되면 그 근처에서 얼쩡거리
기라도 하려고요. 훌륭한 사람이란 올바른 세상을 만들어야 한다고
생각합니다. 그래야 많은 사람이 잘 살 수 있겠습니다. 이를 위해 아
버님도 일제에 항거하지 않으셨습니까.

그게 다 뼈대 있는 집안을 만들려는 짓 아니었느냐. 드러내놓고
독립운동 할 용기도 없었지만 자칫하다가는 패가망신만 당할 것 같
은 두려움이 앞섰느니라. 반일로 일제가 망하진 않겠지만 고분고분
하기보다 만만한 조선인이 안 되려고 다 안간힘을 쓰다 보면 왜놈들
이 조선을 완전히 먹지는 못하고 언젠가는 토해낼 줄 생각했다. 그

정도라도 해야 인간의 도리를 다하는 것이라 생각했느니라. 그런데 지금은 일제가 아니라 제 나라 아니더냐.

권력이란 마찬가지임을 깨달았습니다. 똑똑한 사람들이 말 타고, 가마 타고 백성을 짓밟으면 똑똑한 사람은 다 그리로 몰립니다. 일반 백성은 실의의 나날을 보냅니다. 자존심 상하고 눈꼴 틀려 합니다. 이 나라에서 무엇을 고쳐보려면 다 여기에 걸립니다. 옛날에는 다 당연한 줄 알았던 그런 양반생활을 이제 부끄럽게 생각해야 합니다. 이제 양반이란 모두 잘사는 나라를 만드는 일꾼이며, 특히 공직자는 국민을 섬기는 쌍놈이 되어야 합니다.

저 혼자 한다고 되는 일이 아니지만 저부터라도 끊어야 되겠습니다. 그리고는 능력이 되는 대로 돈이 되는 대로 말리고자 합니다. 아버님 한심해하지 말아주십시오. 오히려 저를 도와주십시오. 늦기는 하였지만 조금 더 훌륭한 사람이 되겠습니다. 가문의 영광을 그런 식으로 이어가겠습니다. 국제 효자가 되어 아버님을 뵙겠습니다. 마지막 절을 올리고 나니 아버님의 모습은 그림자도 없었다. 끝내 섭섭하셨겠지만 더 야단은 안 치셨다.

나의 주장은 한결같다. 부패 특권 세력을 몰아내지 않는 이상 권력은 늘 그들 자신의 것이며, 국민을 위한 봉사란 위선에 불과하다는 것. 민주국가란 다수 국민을 잘 살게 하는 장치라는 것. 공직자들은 봉급 수준에 맞지 않는 영화를 누리면서도 부끄러움을 모른다는 것. 관존민비의 타성을 벗어나야 한다는 것. 화해와 협력을 통해 안보 위험을 일소해야 한다는 것.

나는 여기저기 글을 실었고, 일간지에서도 고정 칼럼을 내주었다. 늘 생각을 짜내기 바쁜데 불쑥 오랜 친구 장광설 군이 찾아온다. 장군이 자신 있게 말한다. 미국은 장사꾼이 만든 나라가 돼서 우수 인력이 기업에 몰리고, 공직자들은 그 심부름꾼에 불과하기 때문에 기업을 살리는 정책은 있어도 기업을 등치지는 않는다. 일본은 오랜 지방 권력(다이묘)이 서로 겨뤘기 때문에 공직자가 나라와 국민에게 충성하는 것이 승리를 이끄는 사북으로 자리 잡았다.

중국과 한국은 어렵다. 줄잡아 1000년 또는 500년 동안 사서삼경 시험만으로 고관을 뽑았다. 가장 중요한 봉사정신은 글로만 되는 게 아니지 않는가. 거기다 공식적인 봉록은 생활급에도 못 미쳤으니 가렴주구가 일상화되지 않았겠나. 중국이 그 지독한 공산주의로 탈색된 후에 관존민비는 어찌 되었는가. 죽의 장막이 거친 뒤 중국 공산 관료의 부정부패가 서서히 드러났다. 한국은 이때나 그때나 여전히 그 지경이다. 뽑아버리기엔 그 뿌리가 너무 깊다.

시험만으로 특권 귀족이 될 수 있었으니 너나 나나 다 과거였다. 문동(文童)만 되어도 장차 수재(秀才)가 될지 모른다고 해서 그 부모가 존경을 받았다. 진사가 되고 장원이 되면 어사화(御史花) 앵삼(鶯衫)이 내려지고 온 가문이 대우를 받았다. 한 번 잘못 난 이런 출세 길은 마르고 닳도록이다. 지금도 고시 합격되면 대로변에 솔문이 세워지는 진풍경을 본다. 오늘의 과거에는 입후보가 추가된다. 수많은 고시생 후보생이 귀족을 준비한다.

민주국가에 귀족은 없는데 이 지역에서는 공무원이 모두 귀인이 된다. 공복이란 말뿐이다. 대소 권한은 이 귀인들이 농단한다. 귀인들의 정점에 대통령이 있다. 대통령이란 말 자체가 최고사령관이란 뜻이고, 청나라 황제를 대물림한 자리에 처음 붙인 이름이니 곧 제왕이나 다름없다. 그러니 의회도 이권을 전리품으로 보는 당선 귀족들의 모임이 된다. 월권 남용, 낭비, 청탁 수수의 부정부패 사슬은 끊이지 않는다. 공직은 뜯어먹는 자리로 붙박여 있다.

우리만큼은 아니라도 정부를 부정적으로 보는 사람은 많다. 노자와 루소의 무위자연설, 마르크스의 국가착취설, 바쿠닌의 무정부주의, 안도(安藤)의 성인(聖人)강도론. 또 최근 뷰캐넌의 정부이익단체설 등. 루소가 아무리 시민 주권을 통해 정부 견제를 주장해도, 뷰캐넌이 공공 이익을 위해 헌법 질서를 강화해도 정부는 끄떡도 없다. 쓸 것 다 쓰고 씀씀이를 계속 늘린다. 압력단체 봐주기, 예산 낭비 착복, 선심성 홍보성 사업으로 지지 확장에 열을 올린다.

나는 장 군에게 말한다. 권력의 그런 부정적 요소가 있더라도 공동체를 가꾸려는 노력이 헛되다는 것은 아니지 않는가. 루소가 돌아가라는 자연은 바로 공동체다. 거기에 목표를 두는 것이다. 중국 모든 왕조가 구가하던 요순시대란 바로 자연공동체를 말한다. 정부는 공동체를 관리하는 기구에 불과하다. 맹자가 공밥(素餐)을 먹지 말라는 것은 정부(군자)가 공공의 이익을 추구해야 한다는 뜻이다. 안도의 직경직직(直耕直織)도 관리 정부다.

장 군은 계속 정부는 최소한의 치안 확보만 하고 나머지는 모두 장사꾼에게 맡겨야 한다고 주장한다. 정부의 공공성은 환상이다. 그렇게 오랫동안 공자 왈 맹자 왈 하던 중국에서 아주 동떨어진 듯하면서도 어찌 보면 일맥상통하는 얘기가 들려온다. 홍위병으로 신바람을 일으켰어야 할 젊은이가 한국 관광객에게 발바닥 마사지를 해주고 있고, 중국의 대중교통에 노약자 석은 없단다. 모(毛) 주석의 헛기침과 공자님의 한탄이 들리는 듯하다.

공자는 그렇다 치고 그렇게 많은 사람을 죽인 공산당은 대체 뭐했는가. 소련은 좀 나은가. 공동체를 으뜸으로 떠받들며 한때 큰돈 내고 올라탄 승객이 구석으로 밀리면서까지 거스름돈을 몽땅 받을 수 있었던 인민 신사의 나라 소련, 그 딸들이 지금 한국에 건너와 몸을 팔고 있다. 인간 세뇌의 유효기간이 별 것 아닌 것으로 판명 난 것 아닌가. 그러니 공동체를 내세우지 말고 인간이 따로 배우지 않고도 터득한 상술로 세상을 가늠해야 하지 않겠는가.

나는 다소 소침했다. 시장경제론자들의 주장이 옳은 것 아닌가. 교이지지(敎而知之)하는 이론은 협잡이요, 생이지지하는 상술이 진정한 지혜인지 모른다. 타고 난 욕망을 채우려고 발버둥을 치면서 터득하는 지식이 진짜요, 무슨 이념이니 도덕이니 하는 것들은 애시 당초 일하기 싫고, 거저먹겠다는 녀석들의 장난일지 모른다. 실제로 실리를 챙기며 발휘되는 육감이란 언제나 무서운 힘을 발휘하고 있지 않은가. 장 군의 설파가 무리한 주장은 아니다.

그러나 나는 마음을 고쳐먹는다. 구체적 인간의 동물적 보호 본능과 식욕·성욕·권욕을 즐기려는 인생 설계는 공동체를 핑계 대는 협잡성 간지(奸智)에 의하여 오랫동안 억압되고 좌절되어 온 게 사실이다. 아담 스미스도 상인들의 왕성한 경쟁력을 가로막고 있는 길드적 기득권을 협잡으로 보았고, 이들이 제거된 시장경제로 꿈의 도덕공동체가 달성될 것으로 확신했다. 그러나 스미스는 이를 상술로 얘기한 게 아니라 이성의 소리를 듣고 한 얘기였다.

나는 다시 이렇게 주장했다. 상인들의 선심에 맡겨서는 공동체가 지탱될 수 없다는 것도 입증되었다. 소위 시장 실패다. 또한 공동체의 번영을 연속적으로 가능하게 하는 인간의 창의적 기술 개발은 상술에서 나오지 않았다. 그것은 상술의 총합으로는 도저히 넘볼 수 없는 영역이다. 끈질긴 호기심을 가지고 신비의 세계로 여행을 떠난 자에게 주어지는 선물이다. 에디슨이 상술에 빠졌을 때 발명이 없었고, 아인슈타인은 말년까지 탐구를 밥 먹 듯했다.

장 군은 대꾸했다. 돈만 가지고 다 된다는 생각은 아니다. 상인을 천시하는 사람, 상인이 될 능력도 없는 저능아들이 곧잘 상인들이 천시하는 지혜를 발휘하여 공동체를 들먹인다. 그 저능의 백미는 정치인이다. 관리다. 이들을 키워내는 교육자도 나을 것이 없다. 개혁이란 바로 상인을 뜯어먹는 이들, 비능률·비효율을 찍어내는 일이다. 대부분의 사람들이 생이지지로 살아갈 때 시장경제가 번창하는 것 아닌가. 정치도 행정도 시장화 되어야 한다.

나는 또 반론한다. 시장경제만으로 이룰 수 있는 공동체는 공동체라기보다 각자가 알아서 형편대로 먹고사는 동물농장이다. 가진 것을 합치고 나누면서 살아온 동물은 사람 밖에 없다. 부모들이 자녀들을 그렇게 길렀다. 경쟁에서 실패한 사람들의 삶을 외면하지 않았기에 가족에서 출발한 공동체가 오늘과 같이 큰 공동체를 이루어 많은 사람이 행복을 누리게 된 것이다. 아희들도 자라면서 그런 세상을 꿈꾸고 거기에서 수월성과 창의력이 샘솟는다.

이런 구원(久遠)의 이상이 빠진 사회는 매우 누추한 사회이며 수백 수천 년 전의 특권사회로 후퇴하는 것이다. 지금 우리가 누리고 있는 모든 편리물은 시장경제 뿐 아니라 인간의 또 다른 여러 본능으로부터 울어 나온 것이다. 돈 냄새를 잘 맡는 장사꾼도 잘 커야 하겠지만 그렇다고 아무렇게나 벌게 해서는 안 된다. 가급적 많은 사람이 돈을 벌게 하고, 특히 작으나마 1인자가 되고자 하는 꿈을 살려 많은 사람이 자존심을 갖고 살 수 있어야 한다.

지난 날 우리나라 장사꾼들은 권력 실세와 결탁해서 이권을 따내는데 전력했다. 일제의 생산시설을 불하받고 정부 보유불을 배정받아 사치성 물자의 수입권을 확보했으며, 연 40% 가까운 사채금리의 3분의 1 수준도 안 되는 은행 대출을 독점하고 정부 보조와 면세 등 각종 특혜를 얻기 위해 분주했다. 그래서 거부가 되기도 했다. 물론

돈에 눈이 어둔 권력이 더 문제였다. 동양에서 귀(貴)하다는 것을 숫제 남의 재산 등친다(貝虫)고 하지 않았나.

그 결과는 어찌 되었는가. 관에 몰려 들어간 귀인들이 기업주와 이권을 농단하면 그 흥정이 곧 기업 성패를 좌우한다. 기업인은 총수가 되고, 기업에 들어 간 차수(次秀)들은 그 흥정을 매끄럽게 손질하는 기교만 는다. 선진국에서 개발한 기자재를 도입하면 기술도 설치 운전 등 모방 기술로 충분하다. 이래서 우리 노임은 국내생산의 50%로 선진국의 60% 수준이고, 우리 노임 중 하위 노임비중은 50%도 안 된다. 취업 대란이요, 그 취업마저도 저임금 아닌가.

부패 특권은 국리민복을 증진시킨다는 시장경제의 궁극적 장점마저도 허울로 만든다. 이상 비대한 대기업은 그 자체로서는 존재 의의가 있지만 국민경제의 선순환구조에는 별로 큰 도움이 못된다. 그래서 시장경제는 그냥 되는 게 아니라 이를 공정하게 관리하는 정부가 필요하다. 한때 급행료는 어느 나라나 다 있다. 또 적당한 부패는 성장에 도움이 된다. 성장을 위해서는 민주(견제)가 유보되어야 한다고 외쳤지만 다 헛소리라는 것이 입증되었다.

서양에서는 혈통으로 귀족이 되었다. 귀족이 되는 사람은 따로 있었다. 똑똑한 평민들은 주위의 만류를 뿌리치고 반란을 일으켰으나 번번이 압살을 당할 뿐이었다. 수재들은 반항을 포기하고 과학에 매달렸다. 신제품을 발명하고 시장을 개척했다. 산업혁명이었다. 귀족을 무력화시키거나(영국) 몰아냈다(프랑스). 꼭 돈 버는 데 장애가 돼서 그런 것이 아니다. 제 값으로 이익을 주고받아야 서로 번영할 수 있다는 생각에서였다.

그래서 의회가 국민의 대의기관으로 거듭나야 한다. 평민의 의회 진출로 귀족제도는 몰락했지만 대의원들은 한동안 귀족 행세를 했다. 국민의 이웃으로, 벗으로, 청지기로 제복을 갈아입도록 시민들이 압력을 넣었다. 의원들 스스로 옷깃을 여미고 시민들의 수시 평가를 받았다. 우리도 공직에 대한 엄격한 감사제도와 채용제도 그리고 예산 집행 기준을 확립해야 한다. 똑똑한 사람이 그 재주, 경험, 지혜를 공동체를 위해서 바치도록 바로 잡아야 한다.

그러면 새 세대들의 인생 설계도 권력 중심에서 소질 개발로 바뀔 것이다. 성장잠재력이 나날이 향상될 것이다. 국민들이 공동체에 더 많은 애착심을 갖게 될 것이다. 특히 첨단기술사회에다 무한경쟁시대 아닌가. 권력이 제자리를 잡지 않고는 3류, 4류 국으로 전락할 것이다. 정치권에서 고작 4년 중임제 같은 헛다리를 짚을 게 아니라 대통령이 왕관을 벗고 하루 빨리 의회로 내려와야 하며 의회가 벙거지를 쓰고 시민에게 다가와야 한다.

애기를 듣다보니 장 군은 크게 고무된 듯 내 애기가 그 애기라며 신바람이 났다. 장사가 잘되기 위해서, 나아가 장사가 백성의 환영을 받기 위해서는 공정한 정부가 필요하다. 먼저 의회가 특권에 기생할 대신 특권 관료제를 철폐하고 관료와 더불어 상업화 되어야 한다. 나는 더 할 말이 없었다. 제대로 된 장사꾼이라면 그런 생각을 해야 한다. 더 이상 권력과 죽이 맞아 장래를 망쳐서는 안 된다. 새로운 기업환경을 여는 일에 지혜를 모아야 한다.

늘 말썽꾸러기 비자금이란 무엇인가. 로비자금이라 하지만 실속을 채운 경우가 더 많지 않던가. 이제 기업인이 공직자에게 어떤 반대급부를 했다면 기업인 단체에서 적당한 사례집을 만들어 공표해야 한다. 기업 활동의 자유란 그 환경 정화와 병행되어야 한다. 상식을 걷는 장사꾼에게 누군가 권력을 동원해 딴지를 걸어서도 안 되지만, 또한 고대광실을 편하게 누리려면 강산이 썩어가고 도적이 들끓고 노약자의 비명과 한숨이 짙게 서려도 안 된다.

장 군은 얼떨떨해 했다. 명군이란 얘기 아닌가. 민주의 파고가 높아지니 균형 잃으면 파국을 맞게 된다, 관존을 민존으로 치환시키려면 장사꾼이 앞장서서 민존을 지켜야 한다, 관을 의지하지 말고 필요하면 단체를 만들어 정식으로 관과 협상해야 한다, 힘이 부족하면 전문가를 동원해야 한다, 지금 변호사·세무사·회계사 등이 얼마나 많은 분야에서 활동하는가, 우수 인력이 이리로 몰리게 하면 등등. 우리도 준비해야 한다. 대라면 얼마든지 있다.

장미를 키우겠다고 나선 지 20년, 그러나 그 장미는 화사하지 못하다. 다만 끊어질 듯 이어지는 그 암향으로 만족해야 한다. 말과 글이라는 게 쉽사리 그렇지 않은가. 아무리 칼보다 강하다 해도 물이 높은 데로 흐를 수 없지 않은가. 감히 목민심서에 댈 것은 못 되지만 목민심서조차 진가를 발휘하는 데는 100여 년이 흘러서였다. 나는 오늘도 나의 향기를 그 누군가 맡지 않겠는가 하며 글을 쓴다. 하나님이 가납하시리라 기도하는 마음 간절하다.

공직자는 나라에서 국비로 키워야 한다. 고대로부터 중국은 태학에서 요순을 가르쳤고, 성서도 레위에게만 공직을 맡기면서도 나욋(사제학교)을 세웠다. 그러나 그러고도 수천 년 지금까지 개탄의 소리는 높다. 그러나 민주주의와 그 교육자가 있어 희망을 건다. 나아가 집단 관리가 쉬운 아파트가 있고 카드가 있다. 마음만 먹으면 공직 투명은 어렵지 않다. 그래도 이를 감수할 공직자는 얼마든지 있다. 금욕을 강요해도 성직자는 끊이지 않지 않는가.

세 송이

'우리들의 신부님'은 말씀하신다. "강과 길은 서로 견줄 수 없다.

길은 역사요 강은 환경이기 때문이다. 다만 아무리 발버둥쳐도 역사
는 결국 환경의 틀 안에 있으며, 그렇지 않으면 하나님의 분노가 역
사를 쓸어버리고 말 것이다. 그래도 사람은 자연을 활용하는데 그치
지 않고 이를 파괴하려는 유혹에 빠진다. 진보의 형벌을 받은 불행한
피조물이기 때문이다. 진보는 배반이요, 배반은 형벌이다. 다 지배하
라 말씀하셨으니 안 그렇겠는가."

과레스끼는 신부님께 말씀드린다. "그리하여 최초의 보수는 원시
공동체의 유지였고, 그 기반인 수렵과 농업을 방해하는 시도는 모두
진보였습니다. 인클로우져 운동이 그랬고, 인공 동력을 많이 쓰는 산
업화도 당연 그 형벌이었습니다. 그 형벌로 인류는 귀족사회로 넘어
갔고 상품 생산이 일반화되면서 시장경제로 접어들었습니다. 노동자
들의 기계 파괴운동에도 불구하고 많은 고역이 해방되었습니다. 그
것을 이제 형벌이라 할 수는 없지 않습니까."

보수 귀족 왕정파들이 단두대에서 잘려나가면서도 그들은 끊임없
이 진보공화파를 위협했다. 장장 백 년 간의 대치 끝에 상공인들이
신흥귀족이 되었고, 시장경제에서 패배한 다수는 신판 노예가 되었
다. 신부님은 말씀하신다. "형벌 이래두." 자, 이제 인류는 한 단계
더 나아갈 것인가. 아니 더 큰 죄를 저지를 수 있을까. 생시몽이 무어
의 유토피아를 다시 띄우고, 무정부주의 바쿠닌과 크로포도킨이 재
산을 장물(贓物)로 본 푸르동을 업고 나왔다.

그러나 마르크스가 이어받은 그 과학적 실험은 70년 만에 실패하
고 말았다. 신부님은 말씀하신다. "진보는 형벌이야." 아직도 노동자
들은 거들먹거리는 귀족들을 못 봐준다. 공동체를 내세우고 평등을
들먹인다. 진보는 정말 원시공동체로 가자는 얘긴가. 이런 지독한 보
수가 어디 있나. 부자들은 외친다. 진보는 여기서 멈춰야 해. 혈연과

지연·학연 없이 개인의 실력만으로 승자가 되는 세상을 일류는 얼마나 꿈꾸어 왔는가. 더 이상의 형벌은 없네.

얼마 전 영국 보수 당수 하워드는 1억 원의 사재를 들여 더 타임스에 양면 광고를 실었다. "나는 믿는다. 부와 행복을 추구하는 것이 인간의 본성이라는 것을. 그러나 부자가 있어 가난이 생겼다고는 나는 믿지 않는다. 기회 균등이야말로 최대의 가치이지만 그것만으로 부족하다는 것을 나는 안다. 불공평 또한 우리를 분노케 한다." 강경 보수로 알려진 그조차 진보를 공유한다. 균형점을 찾아 형을 감면받자는 얘기다.

신부님은 말씀하신다. "실력이 아니라 꼼수로 부자가 되는 것, 능력이라 해도 합격·당선으로 부패 특권을 누리는 것은 불공평하다. 누구나 부자가 될 수는 없지만, 부자가 되었다고 가난한 자를 분노케 해서는 안 된다. 지나친 상속이나 사치도 많은 이웃을 찌푸리게 한다. 출연도 출자의 일부니라. 보수와 진보는 이 정도여야 한다. 좌우로 갈려 살벌하게 싸우면 죄 사함을 받지 못하느니라." 과레스끼는 사도신경을 읽는다. "…전능하신 하나님 우편에…."

오른 편, 오른 손, 옳은 일은 성경에서 거의 같은 의미로 쓰이며 거기에는 권능이 부여된다. 옳기 때문에, 옳은 일을 하기 때문에 하나님이 힘을 주신다. 옳은 일이란 약자를 보호하는 것. 그리하여 약자가 끊임없이 강자에게 안기는 것, 약자가 강자에게 구원되고 강자는 하나님에게 구원받는 것, 모두 사랑·믿음·공의로 하나님 밑에서 하나가 되는 것. 과레스끼는 신부님께 말씀드린다. "하나님의 말씀을 들어야 진보가 형을 면한다 그 말씀이지요."

오늘날 도처에서 좌우익은 대립하고 있다. 기독교 국가인 프랑스에서 혁명 때 처음으로 좌우익이 나타났다. 프랑스혁명 직전 소집된

3부 회의는 신분별 표결제로 인하여 귀족과 승려의 불계승이 보장되어 있었으나, 전제군주에 반대하는 일부 특권층이 평민에 가담함으로서 다수결 원칙에 의한 국민회의가 성립되었다. 국민회의는 다시 헌법 제정 과정에서 왕권을 회복 수호하려는 왕당파와 혁명 세력인 자꼬방파가 극한 투쟁을 벌였다

자코방파는 승리했지만 다시 분열을 일으켜 새로 제정된 헌법은 일정한 납세자에게만 선거권을 인정하는 제한적 보통선거제를 채택했다. 실제로 성인 남자의 거의 반수가 참정권에서 배제되자 시민의 분노가 폭발했고, 그 압력으로 마침내 보통선거에 의한 국민공회가 성립되었다. 이때 국민공회 의장을 중심으로 보수(왕정 귀족파)와 진보(공화 개혁파)가 우·좌로 갈라 앉았으며, 급진 공화파는 높은 쪽에 앉았다고 해서 산악파가 되었다.

국민공회는 마침내 왕을 처단하고 공화정을 수립하는데 성공했다. 신부님은 말씀하신다. "프랑스혁명 100년은 실로 악업이었지만 권력과 부와 명예는 하나님이 허락하신다. 정당하게 누리지 않으면 잃는다. 즉 가진 자가 못 가진 자를 사랑하고 감싸야만 오래 가질 수 있다는 것이다. 프랑스혁명에서 절대군주가 그 절대만을 벗어버리고, 봉건귀족이 그 특권의 일부를 양보하는 선에서 마무리 되었더라면 영국과 같은 명예혁명이 되었을 것이다."

실제로 샤또브리앙이 말했듯이 왕권을 무너뜨리기 시작한 것은 귀족이었다. 그들은 불을 지르면 왕권만 태우고 꺼지리라 생각했다. 굳이 따지자면 이때 우익은 왕권이었고 좌익은 귀족이었다. 왕권이 약화되고 나니 이제는 귀족이 우익이 되고 시민이 좌익이 되었다. 다시 시민이 우익이 되고 나니 이제는 서민 대중이 좌익이 되었다. 오랜 동안 정당성을 인정받아 온 특권이 우익이 되고 이를 철폐하거나 양

보·받으려는 세력이 새로운 좌익에 선 것이다.

그러나 좌우익의 극한 대립으로 결국 프랑스는 공화정을 정착시키는데 100년간 피를 흘렸다. 좌우익의 대결을 변증법으로 설명하기도 한다. 한마디로 역사가 자유·평등을 향하여 전진하고 있기 때문이다. 다만 극한 대립이 문제다. 보수가 반동이 되어서도 안 되고 진보가 빨갱이로 되어도 안 된다. 극한 대립을 부추기는 과격분자들의 용어에 현혹되어서도 안 된다. 보수는 보수할 가치를 주장하고 진보는 진보의 정당성을 인정받도록 힘써야 한다.

과격파들이 준동하면 프랑스의 실패를 반복하게 된다. 다시 신부님의 말씀이 이어진다. "10계명의 하나는 '이웃의 소유를 탐내지 말라'로 되어 있다. 또 이웃의 재산을 빼앗는 것은 도적질로 금하고 있다. 성경은 또 10계명을 하나님에 대한 무한한 사랑과 이웃에 대한 무조건적 사랑으로 압축했다. 따라서 좌파는 탐내서도 더욱 빼앗아도 안 되며, 우파는 움켜만 쥐어서도 안 된다. 서로 타협하고 양보해야 복지사회가 된다."

과레스끼는 곰곰이 생각한다. 타협이 안 될 때는 어떻게 할까. 세끼 먹는 사람보고 한 끼 먹는 사람이 달라고 한다. 하나도 안 준다면 한 끼가 달려든다. 이것은 과격이 아니다. 세 끼가 저녁을 줄여주는데 더 달라면 이것은 과격이다. 먹던 사람이 참기는 더 힘들기 때문이다. 명예도 한꺼번에 빼앗으면 하나님이 분노하신다. 서로 싸우다 서로 망한다는 하나님이 주시는 프랑스혁명 교훈. 배우면 약이고 못 배우면 악이다. 이때 진보는 형벌이다.

과레스끼는 한반도를 생각한다. 북쪽에는 공산당이 있어 한국인은 대부분 사회주의를 공산주의와 비슷하게 혐오한다. 기업의 이윤 추구가 국민 복지에 도움이 안 된다는 응답이 중국보다 두 배 많다고 해서 한국인이 더 사회주의적이라고 하는 사람들이 있다. 그러나 많은 한국인들은 낮은 평등도에도 불구하고 여전히 자본주의가 물질적 풍요를 보장한다고 생각한다. 기업에 대한 반감은 사회주의가 아니라 부정부패 때문이다.

과레스끼가 읽은 한국 관련 기사다. 기사는 또 이렇게 이어진다. 한국의 기업들이 탈법·불법으로 이윤을 극대화하는 것은 문제가 있다. 한국은 어떻게 해서든 1등만 되면 너무도 큰 보상이 뒤따르는 사회라는 응답이 64%, 돈이면 안 되는 일이 없다는 응답도 61%다. 또 대기업이 좋다 42%, 중소기업이 좋다 76%, 대기업이 싫다의 경우 한국 57%, 중국 12%, 일본 53%다. 이유는 한국 부정부패, 일본 정경 유착, 중국 환경오염이다.

부정부패를 혐오한다고 해서 사회주의다, 평등 지향이다 한다면 자본주의를 제대로 할 생각이 없다는 뜻이다. 과레스끼가 신부님께 말씀드린다. "한국의 보수와 진보는 영 다르지 않습니까?" "그래서 전근대라는 말을 쓰지. 근대화란 공권력이 부패 특권을 털어내고 나아가 개인 자유 보장이냐, 평등 지향이냐로 갈리는데 한국은 전통사회에 머물고 있다는 얘기지. 이를 혼동하기 때문에 한국의 민주화운동은 군부 독재를 몰아내는 데서 멈춰 섰단 말일세."

또 그들이 전략상 평등을 주장했지만 그것은 진정 진보가 아니라고 하신다. 과레스끼는 혼란스러웠다. "그러면 어떻게 보아야 합니까?" "평등 지향이란 개인 자유가 보장되고 나서 지향하는 것이다. 자유란 먼저 부패 특권으로부터의 자유가 제일이다. 개인들이 맘대로 생산해서 맘대로 먹는(처분하는) 세상(시장경제)을 거치지 않으면 (소련식) 공산당이요 실패하고 만다. 민주화 세력이 다시 특권화하고 그들이 내세운 평등이 인기영합에 그치고 마는 이유다."

과레스끼는 걱정한다. 한국의 보수와 진보란 신구 특권의 대결에 불과하단 말씀인데, 그러면 새 세대는 절망하고 허무에 빠지지 않겠는가. 그러면 한국은 어떻게 되는 것인가. 신부님은 말씀하신다. "러시아혁명 전에 젊은이들이 꽤 많이 파토스에 젖어 있다가 허무주의와 무정부주의로 탈출했다. 그들 앞에는 공산주의란 덫이 기다리고 있었다. 한국의 젊은이들도 비슷한 함정에 빠질 가능성이 있다. 아니 함정이 아닐 수도 있다."

신부님은 북한이 어느 정도 시장경제에 성공하고 부패 특권을 청산하면 그럴 수도 있다는 말씀이다. 과레스끼는 깜짝 놀란다. "신부님, 그 멍청한 공산당이 그런 영리한 짓을 할 수 있을까요?" "문제는 공산당이 아니다. 한국 문화는 끊임없이 평등을 추구하고 있다. 시장경제라 해도 그 평등을 완성시킬 것을 기대한다. 오랫동안 특권층은 불교를 믿고 때로는 성리학을 업고 사치를 극했다. 재야 인텔리들은 희생을 무릅쓰고 끊임없이 이를 매도했다."

신부님의 말씀이 이어진다. "조선 조정은 눈치가 보여 난리로 소실된 궁궐을 300년간 방치했다. 부자도 아흔아홉 칸 이상은 안 되었다. 그래도 부자는 곧잘 돼지로 몰렸다. 사촌이 땅을 사면 배 아파했다. 재치기하면서도 그 바람으로 부자 마누라 치마 속을 들여다보려 했다. 몸조심 안 하면 젊은이들의 감성 코드가 변해가는 북한과 맞을 수 있다." 과레스끼는 한국 통신을 고쳐 쓰기로 마음먹는다. 한국은 간단한 나라가 아니다.

…순후한 기후조건으로 하여 동양 삼국에서조차 가장 천연자연류의 문화예술을 발전시킨 나라, 질박·소탈·순수미, 학문적 영역 빼놓고는 치열한 경쟁이 없었던 사회, 아니 경쟁(생산성 향상)을 허용치 않았던 구순한 사회, 이러한 전통사회가 경쟁사회로 들어갈 때

어떤 장치를 마련해야 하나. 어떠해야 백성이 따르겠는가. 무조건 위
(정치)는 더 맑아야 한다. 졸부가 아니라 청부라야 한다. 다음이라야
백성이 신나는 문화의 나라가 한국이다.

…한국의 평등문화는 공권력에 대한 기대지 사회주의는 아니다.
오늘의 사회주의란 무엇인가. 생산 수단의 국유화, 계획 경제, 노동운
동의 활성화. 부자에게 높은 세금, 가난한 자에게 후한 복지 아닌가.
또 아니면 성공한 사람들의 부와 명예를 깎아내려 실패한 사람들의
헛배를 불리는 것인가. 사회주의는 필요하면 그 만큼 하면 된다. 그러
나 백성을 신명나게 하기는 쉽지가 않다. 엇박자로 울화를 풀어낸
4강 신화가 한국인의 피를 흐른다.

…한국은 더 민주화되고 자유·평등이 더 만발해야 한다.

네 송이

"우리나라가 22만 평방킬로미터 아닌가. 남한을 10만으로 잡고 그
중 전답을 40퍼센트로 보면 4만. 그걸 인구로 나누면 1인당 300평이
채 안되네. 그걸 가지고는 입에 풀칠도 할 수 없어 땅을 개간하기로
했지. 그런데 인력을 동원할 돈이 어디 있었는가. 그래서 추념도 하고
부역도 시켰네. 말을 잘 안 듣지 않는가. 자연 억압이 따를 수밖에
없었지." "그게 군부 독재란 말씀입니까?" "처음부터 독재를 할 생각
은 아니었네."

"군바리가 설치니까 나와바리(텃밭)를 빼앗긴 놈들이 자꾸 대드는
거야." "추념과 부역에 불만을 품은 놈들이 덩달아 투덜대고 종당 간
에는 먹물 깨나 먹은 녀석들이 떼거리로 들고 일어나는 거야. 평등이
다, 인권이다, 부정부패다 케 싸면서. 독재를 하고 싶어 한 건 아니
야." "그러니까 임금도 제대로 주고 작업 환경도 좋게 해주고 했는

데…." "이 사람아. 다 잘 해줄 돈이 어디 있어. 잘 해주면 한이 있나. 어느 정도 배가 고파야 일을 하지."

 "문제는 십장들이 자꾸 해먹고 빈부 차가 심해지니 노동자들이 억울하다고 떼를 쓰고, 야당이 틈새를 파고들고, 언론·학생 이런 것들이 판을 깨자고 덤비는 게야. 어쩌겠나. 도리 없이 철권이 나가는 거지." "흔히 독재비용이라 하지 않습니까. 독재와 저항의 악순환이 그 비용을 증폭시킵니다. 돈만이 아니라 비효율도 큰 비용 아닙니까." "그래도 많은 지식인들이 성장을 위한 자유 유보를 지지했고 또한 분단 하에서의 군부 집권을 용인했다고 생각하네."

 "독재로 일시적 진정은 가능하지만 결국 공동체가 붕괴되고 만다는 것. 마찬가지로 생산량은 증대하지만 부가가치는 한계가 있다는 것이 입증된 셈이지요." "누가 30년 이상의 고도성장을 부인한단 말인가." "속으로 멍든 것이 안 보이는 거지요. 힘에 의한 통치요. 법치가 없어진 사회, 매출이익률이 1퍼센트밖에 안 되는 기업, 100불에 팔아 1불 건집니다. 그것도 인건비 비중은 일본의 3분의 1, 근로소득이 그 밖에 안 된다는 얘기 아닙니까?"

 "생산재를 수입해다 쓰니 그렇습니다. 자유와 창의를 북돋아 기술개발에 매진해야 하는데 이를 등한시하고 외형을 추구했기 때문입니다. 고용이 쉽게 늘겠습니까. 너무 급히 서둘렀지요. 이것저것 따져보고 해야 한다면 빨갱이로 몰았습니다. 공해도 큰 걱정입니다. 공동체를 좀먹습니다. 바른 말 하면 당하는 세상, 살맛 안 납니다." "독재가 나쁘기만 했단 말인가?" "목숨을 바쳐 싸운 사람의 입장에 서 보셔야 합니다."

 "그렇다면 소위 민주화되고 나아진 게 무언가?" "여러 가지로 어렵습니다. 너무 망가졌습니다. 고치는데 시간과 돈을 퍼부어야 합니다.

고도 개혁은 안 됩니다. 신축과 개축을 비교해 보십시오." "이 사람아. 그것이 왜 다 내 탓이란 말인가." "엎친 데 덮친 격이지요. IMF 아닙니까." "잘난 문민정부가 막았어야지." "인재들이 모두 '선진국'에 취해 있었어요. 독재가 키운 소위 테크노크래트 아닙니까." "준비된 국민정부는 어떻고."

"호왈 국민이지요. 오래 굶주리지 않았습니까. 사방에서 목소리는 커지고, 좋다는 건 다하고 싶고 또 가신들 측근·친인척이 발호하고." "그런 것도 모르고 무슨 준비를 했다고 큰소리를 치나." "사실 사회 각 분야에 걸쳐 요망사항이 뭐냐 하는 것은 많이 파악이 됐었지요. 다만 크게 빗나간 건 경제였습니다. 원래 대중경제론 아니었습니까. 의존경제의 문제점도 알만큼 알았습니다. 그런데 IMF가 터져 뒤죽박죽 된 것입니다."

"그러니까 정권이란 건 운도 따라야 하는 법이야. 박통만 하더라도 처음에는 상업차관을 망국차관으로 생각했거든. 국제사회에서 공공차관 그것도 시설차관으로 전환해야 한다는 주장이 겨우 나올 즈음이었으니까." "그런데 유엔이 개발연대를 선언하고 후진국에 대한 자본 이동을 적극 권장하고 나섰지 않았나. 그리고는 외환 사정이 어려울 때마다 월남이요 중동이요 하고 탈출구가 생겼거든." "긴 눈으로 보면 그게 비운이었지요."

"국가가 개 같이 벌어 정승같이 먹으려 했으니 국민적 자존심은 멍들었습니다. 자존심이란 종교 다음으로 인간을 도덕화하는 힘이 있고, 또 그런 도덕적 분위기에서 창의력이 샘솟는 법인데, 우리는 이 중요한 원리를 외면한 것입니다." "또 관존민비와 부패 특권이 시운을 타고 연장됨으로서 우수 인력이 그리로 몰리고 과학기술 분야는 한데로 방치되었습니다. 우리 경제가 허약할 수밖에 없는 주요

원인입니다."

"무슨 소린가. 지식인·언론인 누구도 그런 얘길 한 적이 없네. 다들 고도성장을 격려했지 않았나. 기껏 해야 인권 운운한 게 고작이었어. 그 문제는 우리도 형편이 피면 풀 생각을 하고 있었지." "지식인 이래도 여러 부류가 있습니다. 주류는 전통적으로 권력에 기생했습니다." "비주류는 그늘진 곳에서 개탄만 했습니다. 민주화될 때까지 쭉 그랬습니다. 언론이라는 것도 주류 지식인들의 무대였습니다."

"삐딱한 녀석들은 어느 시대나 있는 법, 남산골 샌님 역적 나기만 기다린단 말 있지 않나. 한 자리 주면 조용할 터인데 어떻게 다 감투를 준단 말인가." "그렇게만 보면 안 됩니다. 언론인들까지 무슨 공보관이나 공보비서 준다면 허겁지겁 한 게 사실이지만 감옥을 드나들면서 가진 회유에도 끄떡 안 한 지식인이 있었습니다." "개탄 지식인에서 새 가지가 나온 거지요. 이들이 민주화를 이끌었고, 지금은 시민운동의 구심점이 되고 있지 않습니까."

"백화제방이요 백가쟁명이지. 중국도 홍위병 때문에 망하지 않았는가. 다 들고 일어나면 감당하기 어렵고, 더 큰 억압이 따르게 마련이네." "혁명이란 것은 열정이기 때문에 다 성공하지는 않습니다. 그러나 명맥을 이어가다가 언젠가는 폭포수 같이 터져 나와 성공을 하게도 됩니다." "루쉰의 문학혁명이 공산혁명으로 발전하고, 다시 문화혁명으로 기세를 올리다가 지금은 실용혁명으로 가라앉고 있습니다. 귀결을 보아야 하겠지만요."

"역사는 기복을 그리며 진보하는 것 아닙니까?" "그렇다면 우리의 개발 독재도 민주화의 밑거름 아닌가." "그런 의미라면 밑거름 아닌 게 없겠지요. 독재 세력이 공로자가 될 수 없다는 것은 이미 그 시대부터 지탄받아 왔다는 것이고 오히려 너무 깊은 상처를 남겨서 회복실에 오래 있어야 한다는 것, 다른 병이 날 수도 있다, 즉 개혁의 실패와 독재의 재등장입니다. 죄를 너무 많이 지었습니다. 꿈을 너무 오래 짓밟으면 병이 고황에 든다는 것이지요."

"꿈은 현실이 아니고 꿈일 뿐이네. 꿈을 현실로 바꾸는 것은 혁명이야. 현실은 늘 혁명을 막으려고 안간힘을 쓰지. 현실은 반혁명의 역사라 할 수 있네. 그래도 힘에 부치면 반란이 일고 혁명이 솟는 이치 아닌가. 개혁이란 반혁명을 위한 일상적 노력이며 현실이 살기 위한 방편이지." "우리도 독재를 하면서 독재를 풀려고 애를 썼네." "그러나 결과가 말해주지 않습니까. 3선 개헌, 독재 강화 유신, 신군부 찬탈, 광주 봉기 그리고 체육관 선거 강행 등등." "지식인 대부분이 불가피하다고 했지 않은가. 또 북한의 김일성이 있는 한 말일세." "미용사 얘기만 들은 게 잘못이지요. 반전되면 곤욕을 치를 것을 내다 봤어야죠. 하기야 이 나라 역사에선 언제나 해먹는 놈이 장땡 아니었나요. 친일 청산이 안 되고 나선 더 그랬다고 봐요. 누가 누굴 응징하겠습니까. 우리 독재는 풀기를 주저하고 겁 없이 오래 누리려 했습니다. 6·29선언이 나온 배경이 그렇지 않습니까. 풀려고 애썼다지만 겉돌 수밖에 없었지요."

"결국 개혁이 미진해서 혁명을 맞았다는 얘긴데 개혁은 할 만큼 했다고 생각하네. 다만 남북 관계라는 특수성은 극복하기 어려운 과제 아닌가. 반정부 세력은 공산당 수법을 썼네. 공산당은 아니지만 그 수법은 같아. 철권이 나갈 수밖에 더 있었겠나." "현재(resent)는 배고픈 자의 혁명이 사라진 시대입니다. 한국의 지금(now)은 이미 혁명은 없습니다. 그러나 혁명이 다른 모습으로 찾아오는 것을 공산당으로 보면 안 됩니다."

"데모다. 스트라이크다. 사보타지다. 그리고는 델링퀸시다. 이들을 돈과 폭력 그리고 퇴폐 향락으로 막으면 혼란만 가중됩니다. 혼란한 사회는 안정 사회보다 총 생산성이 떨어지기 때문에 국제 경쟁에서 밀립니다. (북한 같이) 쇄국정책을 쓸 수도 없고, 또 쓴다고 생산성이 오르는 것도 아니지 않습니까. 도리 없이 타협과 양보가 등장합니다. 혼란을 좌익의 선동으로 타협과 양보를 좌경 친북으로 몰면 혼란은 가시지 않고 경제가 무너집니다."

"우리 사회에서 타협과 양보는 끝없는 후퇴네. 결과는 공산당에게 먹히게 되네." "아희들도 잘못 키우면 골치 아픕니다. 노동운동의 탄압으로 강성노조가 태어났습니다. 무슨 방법을 써서든지 돈만 벌면 된다고 가르친 국민은 송곳으로 마빡을 찔러도 정신을 차리기는커녕 쇠뿔이라고 당깁니다. 정치도 행정도 포지션을 바꾸지 않고 구태의 연합니다. 정치가 돈으로 엉켜 있고, 행정 또한 이러 저런 낭비와 청탁으로 공정성을 잃고 불신을 받습니다."

"그러니까 정부가 매를 들고 밀어붙여야 한다고 하지 않는가." "그렇지 않지요. 또 과거를 반복할 수는 없지요." "무슨 묘안이 있단 말인가?" "지식인이 나서야 합니다. 과거에 대한 철저한 반성과 함께 새 출발해야지요. 그래도 국민을 설득할 수 있는 힘은 지식인에게 있고 그 수단은 교양서와 언론입니다." "그래서 또 언론 탄압 얘긴가?" "개혁과 탄압은 다릅니다. 개혁은 설득입니다. 언론이 설득을 잃고 탄압 권력에 기생한 것은 묵과할 수 없습니다."

"일제 때만 해도 언론사들이 존립에 필요한 정도로만 친일을 한 게 아니라 오히려 일본에 붙어 이익을 챙겼습니다. 자연 반일활동을 외면하고 친일을 권장하게 되었지요. 독재 시절에도 마찬가지였습니다. 언론이 정신을 차리고 전비를 뉘우쳐야 합니다. 밤의 대통령이라 할 정도로 권력을 향유했습니다." "그러면 언론이 정부 하는 짓을 반대만 해야 언론답단 얘긴가. 시시비비 아닌가?" "언론이 독재기간 동안 재산을 늘리고 세도를 부린 걸 생각해 보세요."

"그들의 치부(致富)를 여느 재벌과 비교하는 것은 궤변입니다. 권력을 비판하려면 주변을 깨끗이 해야 하는데 권력을 비판할 생각이 없었던 게지요. 기자들이 열심히 긁어대도 사주들은 뒷배를 채운 겁니다. 신문사를 살리기 위해서였다면 기자들이 더 잘 알 것 아닙니까. 기자들이 왜 등을 돌립니까." "시대가 바뀌면 언론이 또 따라갈 텐데 무슨 걱정인가." "새로운 독재가 나타났다면 그랬겠죠. 우려먹을 정권이었다면 서로 우렸겠지요."

"친일 언론이 눈치를 보다가 다시 친 독재 언론이 되지 않았습니까. 지금은 독재 권력과 그 주변의 부정부패 세력을 파헤치고 그 재발을 막아야 할 시점이지요. 사정이 이런 데도 그걸 인정하지 않고 그땐 그게 정의였다, 이룬 것도 많다고 우기면 그런 언론이 언론 대접 받기는 힘듭니다." "자꾸 독재, 독재하는데 저항 세력 탄압을 독재라 하면 어떤 정부도 독재정부네. 아무리 민주정부라도 저항 세력의 폭력까지 자유화 할 수는 없지 않은가."

"혼란의 연속이요 걷잡을 수 없는 상황까지 번질 것이네. 누구 좋으라고 그러는가." "누가 폭력을 자유화 한다고 했습니까. 손쉽게 탄압을 꺼내는 대신 그들이 거기까지 가지 않도록 설득하고 타협하고 양보하는 것이지요." "그게 혼란을 부추긴다니까. 거기에 또 개혁, 개혁 설쳐대니 뒤죽박죽으로 되는 일이 없지 않은가." "개혁에는 혼란이 따릅니다. 불편이 따르고 그 불평이 증폭되기도 합니다. 개혁이 설득을 통해 호응도를 높여야 할 책임이 있습니다."

"신상품과 같이 스마트하게 시장을 넓혀야지요. 역사는 혁명보다 반혁명의 승리를 개혁으로 기록하지만 어떤 변화에도 시큰둥한 사람

들은 꿈이 없기에 기록되기는커녕 핀잔을 주고 죄를 묻습니다. 혁명
이란 자유·평등의 확대를 위한 비상조치이지만 민주화 시대는 오직
개혁이 있을 뿐입니다. 쿠데타도 독재 타도를 목적으로 했을 때 긍정
적 평가를 받습니다. 5·16은 국가 민족을 위한다고 했지만 국민의
피땀으로 재벌을 육성했으니 억압의 명분은 없습니다.”

　“민주가 다 좋은 것 아니지 않는가. 미국의 이라크 침공을 모든
국민이 찬성했지만 다시 과반수가 철군을 주장하지 않는가. 그렇다
고 수천 명의 목숨이 억울하게 죽었느냐 하면 꼭 그렇지도 않다. 미
국이 세계 경찰력을 과시했고, 석유 이권도 챙겼고, 또한 이질 문명을
견제하기도 했다. 국민의 여론에 따라 큰 정책을 결정할 수는 없다.
역시 과단성 있는 지도자가 필요하다. 우리나라가 독재 안 했으면
이만큼 살았겠는가.”

　“북한이 공산당만 잘 살게 하려고 독재했다면 성공한 것입니까.
쿠바도 공산당은 잘 살지 않습니까. 감시·감독으로 운용되는 사회는
인민의 생산성을 점점 위축시킵니다. 자유·평등을 위한다고 했지만
독재로는 안 됩니다. 선의의 독재는 없습니다. 중국은 눈치 채고 돌아
섰지 않습니까. 자유당 독재 시절 반독재나 정부 비판 세력을 빨갱이
로 몰아 탄압한 적이 있습니다. 그 연장선에 군사 독재 30년이 있었
습니다. 그 질곡에서 완전 벗어나려면 한참 걸립니다.”

　“국민 다수가 자유주의를 선호하고 그래야 국민 역량이 충분히 발
휘됩니다. 지금 누가 자유를 버리고 독재를 택할 리 없고, 반공주의
아니라도 우리 국민은 현명합니다. 자꾸 종북세력이라 하는데 그런
것 무시해도 됩니다. 아직도 누구는 100명의 살생부를 만들었다 하
고, 온건한 사람조차 한 열 명은 꼭 손을 보아야 한다고 합니다. 이게
다 탄압이 일상화 됐던 한 시대의 잔재입니다. 또 피비린내가 진동할

것인가 생각하니 끔찍합니다."

"보수신문이라는 중앙일보가 여론조사를 했습니다. 84퍼센트가 자유민주 체제 지지, 강정구 교수 구속 34퍼센트 불구속 31퍼센트, 문제 삼지 말자도 33퍼센트나 됩니다. 강 교수의 해명은 들어보지 않고서도 그런데 말입니다. 앞으로 종북세력은 자꾸 줄어드는데 계속 필요할 때마다 전가의 보도가 되지 않습니까. 중·고생을 상대로 명분이 좋아도 폭력이 정당화 되지 않는 이유를 물었더니, 약 20퍼센트가 미국을 비난했다고 합니다. 새 세대는 퍽 영리합니다."

"권력은 폭력이란 말 못 들었나. 조폭이라고 볼 수 있지. 그게 권력의 본질이고 국가의 본질 아닌가. 다만 그 목적이 선의라는 게 다르네. 선의의 독재가 없다고 하지만 어느 국가나 독재만 있는 게 아니네. 항우와 유방이 그랬고, 이성계도 실패했으면 조폭 아니었나. 물론 봉기의 명분은 있지. 그러나 명분이 있어 성공하는 것도 또 명분이 약해서 실패하는 것도 아니지 않는가. 홍경래·전봉준은 어느 면에서 이성계보다 떳떳했지 않은가."

"과거의 입국이나 창업 과정은 다분히 그런 면이 있습니다. 그러나 공화국이 되면 사정이 다릅니다. 지금 공화국 시대입니다. 특히 민주 공화국에서는 보통 평등선거에 의하여 소위 정권이 창출됩니다. 그러나 권력의 폭력성이 늘 입맛을 다시고 있어 오늘날에도 권력의 폭력성은 여전히 선·후진국을 가르는 중요한 지표가 되고 있습니다. 미국만 해도 1881년 까필드 대통령이 엽관(獵官)에 실패한 청년에게 살해된 적이 있습니다."

"믿거나 말거나 이리유카바의 '그림자 정부'는 링컨이나 케네디의 암살, 세계대전 심지어 한국전쟁까지도 조폭들의 암약으로 설명하고 있으니 들여다볼수록 아직 '삼국지'라 할 수 있습니다. 숫제 국가를 착취기구로 못 박은 마르크스가 옳단 생각도 듭니다. 레닌은 국가의 본질을 감옥이라 하지 않았습니까. 권력 안보사범을 족치는 것이 국가라는 것이지요. 살인강도야 국가가 잡지만 특정 세력을 보호하기 위해 다른 세력을 족친다면 조폭이 됩니다.”

“인민을 착취하는 조폭을 다스리고 나면 국가의 조폭적 기능이 퇴화한다고 했습니다. 국가고사론이지요. 그러나 러시아가 인민 편에만 섰었습니까. 국가 권력의 조폭성은 어떤 혁명에 의하여 사라지지 않습니다. 민주국가가 되면 오히려 허다한 시련 속에서 스스로 허물을 벗습니다. 시민(언론) 감시로 부조리는 차츰 맥을 못 추고 있습니다. 미국에서 정실 인사가 엄격하게 제한되기 시작했고, 정권이 바뀌어도 임명직은 극히 한정적으로 운영되고 있습니다.”

“물론 특정인에 대한 인·허가나 개발 특혜 납품비리 등 예산 따먹기도 여전하고, 반대자를 빨갱이로 몬 매카시도 있었습니다. 그러나 의회의 강력한 통제로 개선되고 있습니다. 우리나라 같이 모든 국민이 부패 특권을 지향하고(이를테면 관존민비) 국민도 그 부패 특권과 결탁하려고 기를 쓰는(왜? 그것도 특권의 아류이니까) 사회에서는 특권을 통제하려는 정치 세력보다 특권을 누리려는 정치 세력이 수월하게 커 나갑니다. 부패 특권 철폐가 쉽지 않습니다.”

“선거가 금권적이고 폭력적인 것은 반대급부와 결탁하려는 세력들이 왕성하기 때문입니다. 일반 시민의 순수한 지지만 가지고는 당선되기 어렵고, 많은 운동원들이 매표원들(이 또한 조폭의 일종임)과 쫓고 쫓기는 세 대결을 통하여 당락이 결정되지 않습니까. 지역감정이란 또 다른 조폭입니다. 그러니 이 나라에서 정부의 조폭성은 좀처럼 사라질 기미가 없습니다. 언론도 조폭 노릇을 하고 있었으니 매사를 들여다보면 조폭영화가 따로 없습니다.”

　"미인도 화장실은 가고 선생님도 욕탕에서는 똑 같습니다. 그러나 얼치기는 어른이라 해도 그걸 잘 모릅니다. 상상력이 비상하지 않으면 권력의 조폭성은 잘 보이지 않습니다. 그래서 조폭적 권력이 오래 견딥니다. 해방 이래 적산 불하, 관치금융, 외자 도입 또 4대 의혹, 3분 폭리 그리고 새마을 성금 등. 그 중심에 SK·KK 라인 찐빵이 유명했고, 다음으로 가신들이 설치지 않습니까. 떡고물 먹은 야당은 반벙어리입니다. 역시 민주언론이 있어야지요."

　"문민정부의 한보사건, 국민정부의 벤처 게이트는 어떻습니까. 먹거리가 없으면 인사(일자리)에서 재미 봅니다. 개인기업 인사까지 넘보니 인사권이란 직접 먹지 않고 간접으로 챙기는 방식입니다. 인사가 망사가 되는 이치입니다. 법대로 한다면 요직이 어디 있습니까."

　"민주화란 조폭정권의 퇴진을 의미하지만 독재가 물러갔어도 관료조직에 뿌리박은 부패 특권은 여전히 기승을 부립니다. 특히 청와대, 보안부, 검찰, 국세청, 금감원 등 소위 권력기관을 중심으로 빚어지는 비리입니다. 대통령을 빨갱이로 몰아도, 민주화 세력을 깡패로, 대통령을 그 두목으로 매도해도 잡아가지 않는 민주화 덕분으로 언론이 이를 폭로합니다. 금지곡이다, 상영 금지다. 지금 보면 유치하기까지 한 문예활동에 대한 재갈은 완전 조폭이었습니다."

　"민주화로 권력의 조폭성은 점차 세탁되고 있습니다. 정치가 더 이상 특권 관료에 편승해서는 안 되고 정치권 스스로 선거, 정치자금, 정당 운영, 지구당제, 친인척 관리 등 정치 전반에 관하여 조폭을 벗어던져야 합니다. 정책 개발에 전념하고 그 정책으로 승부를 걸어야 합니다. 기부문화가 없는 우리나라에서는 인쇄물 발송, 방송 출연 등으로 선거운동을 제한해야 합니다. 그 많은 돈을 쓰고 그 잘난 사람을 뽑은 결과가 오늘의 죽 쑤는 정치 아닙니까."

"선거철마다 돈을 벌고 취직이 되는 풍토를 청산하고 동내 축구시합 같은 선거를 치러야 합니다. 또 특권 관료조직을 수술하기 위해 청문 대상과 탄핵 대상을 대폭 확대하고 주민소환제도도 도입해야 합니다. 관료가 쥐어주는 개혁안으로 정치적 성과를 얻으려 한다면 국민적 저항을 면키 어려울 것입니다. 독재 권력은 이 모든 민주화와 위민화를 봉쇄하고 왜곡시켰습니다. 독재는 결국 다수 국민의 이익을 배반하면서도 이를 위장하는 위선에만 급급했습니다."

"독재가 나쁘기만 했단 말인가. 다 잘 해보려고 한 짓 아닌가. 나쁜 일을 하려고 누가 목숨을 걸겠는가. 우리가 깡패인가. 혁명 주체들과 신군부들 다 애국으로 출발한 것은 사실 아닌가. 더욱이 북한이 틈새를 노릴 수도 있는데 여간한 모험과 배짱이 아니었나. 혁명 주체들은 경제 테크노크래트들이 짜 놓은 개발 계획을 과감하게 집행했을 뿐이야. 처음 상업차관을 반대하는 사람이 있었지만 세계 자본시장이 흥청대기 시작할 때 아니었나. 누가 그걸 막겠나."

"정치 떨거지들 똘마니들을 쫓아내고 시국관이 뚜렷한 인재들을 등용해서 지혜를 짜냈네. 우리가 안 나왔으면 그 잘난 민주정부 가지고 얼마나 해냈겠나. 어림도 없지 않았겠나. 굳이 숫자를 말해 무엇하겠는가. 100달러가 만을 넘어 2만 아닌가. 세계가 놀라고 있는 이 현실을 깎아내린다고 해서 얼마나 줄겠는가. 희생자를 말하지만 요즘도 빌딩 하나 올리는데 몇 명씩 죽어나가지 않는가. 위기의 노동자들이 강제로 동원된 것은 아니지 않는가."

"의회가 제 기능을 못했다, 언론이 재갈을 먹었다 하지만 기능을 다하고 입을 놀렸다면 무엇이 얼마나 달라졌겠는가. 다 된 밥에 숟가락 들이 미는 격이지. 봉투 하나 돌리면 이상무일세. 낮에는 외자 망국이니 차관 망국이니 했지만 밤에는 수금하기 바빴지 않았나. 몇몇 고집통들이 민주, 민주하면서 극한투쟁을 벌였지만 다 돈 달라는 얘기요 자기들이 직접 더 먹겠다는 속셈 아니었나. 학생들은 뭘 몰라서 이용만 당하고 툭하면 거리를 쏘다니지 않았나."

"국민적 역량을 경제개발에 집중한다는 것은 쉬운 일이 아니네. 어느 정도 쌓아올렸기에 이제 손을 뺄 때도 되었다 해서 6·29가 있었던 것 아닌가. 권력의 속성상 오래 누리고 싶어 하는 것은 어쩔 수 없지 않은가. 그래도 그만한 선에서 잘 마무리 됐다고 생각하네. 나라가 날개를 달고 날아가는데 방향을 잘 잡도록 전문가들이 뜻을 모아야지 이제 와서 소소한 것 가지고 흠을 잡으면 무슨 도움이 되는가. 서로 칭찬하는 가운데 길이 보이지 않겠나."

"새는 날아가는데 새끼는 죽습니다. 자살률 세계 최고, 노인 자살과 청소년 자살 최고, 학교 폭력과 살인 강간 최고, 출산율 최하. 새끼들 죽으면 어미 새는 허공에 지고 맙니다. 그 원인이 어디 있겠습니까. 물량 성장에 치우쳐 공동체 향기를 외면했습니다. 생산재 수입이 많아 고용이 늘지 않고 부가가치 중 노임이 적습니다. 경쟁만 열중하고 공생은 외면합니다. 환경도 날로 악화됩니다. 도망갈 농촌도 없어졌습니다. 인력 수입 혼혈로 민족 가치가 죽어갑니다."

다섯 송이 묶음

10년 전에 타계한 호건 선배는 흔히 언론계의 사표요 해직기자의 대부, 민족 지성의 등대로 칭송되고 있다. 퓨즈가 나가도 고칠 줄 모르고 아내가 올라 선 빈약한 의자를 붙들어주며 발발 떨고 있었다는 그가 그 많은 연행은 물론이요 독종 소리를 들어가면서까지 혹독한 고문을 어찌 이겨냈을까를 생각하면 모골이 송연해진다. 아직 중 1 때 당주동 숙소와 맞붙어 있는 이웃에서 고문 후유증에 시달리던 어느 애국지사의 죽음을 목도하고도 이렇지는 않았다.

친구 경재의 소개로 처음 선배를 만나던 날의 추억이다. 신문사가 독자 광고로 날릴 때 그 중심에 섰던 이름이 이 선배였다니. 사실 얼마 전까지만 해도 여기저기서 가끔 선배님의 글을 읽을 때마다 할 소리를 한다고 생각하면서도 민족지 사건으로 옥고를 치른 어느 교수와 혼동하고 있었으니 얼마나 먼 데 살았다는 얘긴가. 선배는 과묵 소탈 그리고 특히 내겐 퍽 싱겁기까지 하다. 술도 한 잔 못 하는데 어디서 그런 깡이 나오는지 놀라울 뿐이다.

군사 독재의 아픔을 조금이나마 겪은 나로서는 만날 때마다 세상을 어찌 보고 있는지가 제일 궁금했다. 나는 민주화 없이는 협잡산업이 기승을 부리게 되고, 정직산업인 금융산업까지 이에 휘말려 점점 부실화 될 수밖에 없음을 개탄했다. 20년간 금융 행정에 몸 담아온 나의 뼈아픈 반성이기도 했다. 6·10 전이었지만 늘 독재 타도로 이어지는 대화는 밀폐된 언론의 자유를 만끽하며 고양되었다. 선배는 늘 얼굴 가득히 수긍이 간다는 표정으로 화답했다.

경재는 나의 술친구요 말 친구요 화두는 으레 부패 특권 철폐 민주화운동이었으니 또 그로 인해 내가 공직에서 추방되는 하나의 계기가 되었지만, 또 그로 인해 선배와 안면을 트게 된 것은 경재가 내게 준 가장 값진 선물이었다. 나는 선배를 만나던 날 그 강직 단호한 인상을 떠올리며 마침 신문에 글 쓸 차례가 되었음으로 다음의 '정직부 장관'을 쓰게 된다.

"사람 사는 세상 어딜 가나 허황된 주술이 있게 마련이며, 닳고 닳은 사람들이 벌이는 오늘의 굿판에도 이데올로기가 요정이 되어 따라다니기는 매한가지다. 다만 과거와는 달리 오랫동안 백성을 속일 수는 없으며 속아 줄 국민도 흔치 않다. '인민의 벗', '노동자의 천국'은 벌써 결단이 났지만 우리에게도 '고도성장'에 가려졌던 여러 가지 무리와 비리 비효율이 차츰 그 모습을 드러내고 있음은 늦게나마 퍽 다행한 일이라 하겠다.

70년대 중반에 작가 조세희는 산업사회의 소외 계층을 난쟁이에 비유하는 연작소설을 써내면서 그 가치 체계의 허구성을 '뫼비우스의 띠'로 설명한 적이 있지만, 왜소한 근로자보다 정작 이 나라에서 문제가 되는 것은 기업인들이 정부 특권과 규제의 봉이 됨으로서 경쟁력을 갖출 수 없거나 경쟁력이 없는 기업이 특권을 배경으로 해서 버젓이 행세하고 다니는 것이라고 지적한 원로 경제학자가 있다.

기업이 기업 논리에만 의존할 수 없는 우리의 기업은 알려진 사실보다 더 허약하다. 가짓수로는 70퍼센트의 국산 부품을 쓰면서 가격으로는 70퍼센트의 외제품을 써야 완성되는 전자제품이나 자동차도 있다. 해외에서는 원가에 밑지고 국내에서는 독과점 가격으로 버티거나 중소기업과 환경을 쥐어짜 초과 이윤을 올리기도 한다. 겉으로 보기에 번지르르 하나 이를 믿고 창업한 많은 기업이 갑자기 마주치는 실상에 무릎을 꿇게 된다.

재무구조는 어떤가. 부채비율이 높다거나 수익률이 낮다고 하지만 그 나마의 재무비율이 회계 원칙에 따라 정확히 계리되었는지는 크게 의문이다. 조세정책이 공정거래보다 돈을 걷는 데만 급급하기 때문에 이익의 과대 계상은 은행 소관사로 남을 뿐이다. 그러나 정작 상환 능력을 잘 따져야 할 은행조차 자율성이 없으니 회계의 진실성은 자연 뒷전으로 밀리고 적자기업에 돈을 대거나 우량기업을 통해 불량기업으로 흘러가는 돈도 막을 수 없게 된다.

회계사·세무사·공증인 등 전문가들이 뛰고 있고 가지가지 증명이 바쁘게 발급되지만 어느 것도 비용만큼 진실을 담보하는 데는 역부족이다. 어찌하여 오늘 상장된 기업이 내일 부도가 나며 멀쩡한 기업이 하루아침에 수십, 수백억 원의 탈세가 밝혀지는가. 요즘 청산 대상으로 거론되는 '3대 돈줄'과 그 '뜯어먹고 사는 부분'이 얼마나 거짓을 새끼 치면서 기업과 국민에게 허세와 허영 그리고 불의를 장려하고 있는지 실로 한심한 노릇이다.

누구보다 밥을 즐기는 우리의 주방에 일제 밥솥이 판을 친다. 고급 응접실은 외제가구로 꾸며지고 많은 국민이 국내 여행보다 해외 여향을 떠난다. 국력의 신장을 피부로 느꼈노라 허풍을 떨면서도 명품을 들고 온 소감은 말하지 않는다. 정신없는 세상에서 정신없는 소리만 난무한다. 우리는 정직한 사회에서 정직한 사람이 만드는 정직한 제품과 경쟁해야 한다. 솔직하면 손해 본다지만 정직은 질서와 같아서 불편해도 지켜야 더 큰 손해를 막는다.

왜 일본은 유치원부터 정직을 연창하고 별것도 아닌 워싱턴의 정직한 도끼질은 왜 신화처럼 흥미를 끄는가. 억울한 일을 당한 작가 박완서는 세상 바뀌면 제일 먼저 억울한 일을 당하지 않을 자유부터 골라잡겠다고 했다. 못지않게 거짓으로부터의 자유도 그 중 하나다. 지금 작은 정부라도 꼭 신설해야 할 부서가 있다면 정직부 아니겠는가. 장관 지망생들이여. 정직부장관을 골라잡으세요. 그리하여 구석구석 정직을 꽃 피우세요. 바로 민주화입니다."

나는 대학 들기 전에도 벌써 칸트, 록, 몽테스키외, 루소였다. 잘 알지도 못하면서 꽤 파고들었다. 출세보다 운동가가 되려고 했지만 아버지는 그건 아무나 하는 게 아니라시며 관리를 희망하셨다. 그러나 법대에 들어가서도 꿈을 버리지 못하고 서클을 좋아했다. 이미 상급 학년에서 그런 움직임이 있었고 우리는 힘을 보태 다른 대학과의 연계활동에 들어갔다. 나중에 보면 다 기라성 같은 인재들이 되었지만 그 중에 주채가 가장 마음에 들었다.

내가 민생부에 들어갔을 때 기자가 된 주채는 우리 부에 새로 출입하게 된 경재를 소개했다. 나는 한 10년간 그와 우정을 나누며 여러 언론인들과 인연을 맺게 된다. 희영을 알게 된 것은 큰 행운이었다. 호건 선배는 상식적인 선에서 날카롭지만 희영은 이념적인 안목이 출중했다. 경재는 희영의 초기 저작들을 내게 들고 왔고, 나는 처음부터 그의 예리한 통찰력과 절절한 문체에 매료되어 고위직에 오른 뒤에도 그와의 만남을 기피하지 않았다.

언론인들이 사설·논설로 독재를 미화하고 있는 동안 나는 많은 약자들의 신음소리를 들을 수 있었으며, 항쟁의 불꽃이 점점 높게 타오르고 있음도 육부로 느낄 수 있었다. 부마사태가 터졌을 때 마지막이 왔다고 생각한 나는 짐을 싸기 시작했다. 오랜 영화를 누렸기에 당연히 퇴출되어야 한다고 생각했다. 혁명이 사산된 뒤 첫 간부회의에서 나는 정부가 제도 언론에만 의지하지 말고 어디에 성장 그늘이 짙게 깔려 있는지 스스로 살펴야 한다고 역설했다.

신군부는 나를 놔두지 않았다. 동료들이 베풀어주는 송별연에서 나는 퇴출이 영광이라고 했고 그래서 미친 놈 소리를 듣기도 했다. 나는 이제 수많은 반골들과 주저 없이 만나 떠들었다. 연이어 진보적 지식인·문인·예술인을 대하고 복잡 미묘한 사회심리에 큰 영향을 미치는 인문적 가치의 중요성을 실감한다. 명령으로는 겨우 팔다리를 움직이게 할 뿐이라는 것, 그렇게 해서 움직이는 팔다리들이 권력을 공고히 떠받치고 있다는 것도 알았다.

해직 언론인들은 비분을 이기지 못하고 병을 얻어 자살했거나 머리를 숙이고 복귀한 사람도 있었지만 많은 사람들이 간구한 세월을 이겨내고 민족지를 재건하기에 이른다. 사실 한두 푼으로 되는 일이 아니었기에 나는 어렵다고 생각했으나 성사되는 것을 보고 민중의 갈망을 새삼 실감했으며, 결국 역사가 쌓아올린 금자탑을 보는 듯 뿌듯했다. 비록 광고 판촉 등 운영상 어려움이 밀려온다 해도 새로운 정신력으로 돌파할 수 있다고 확신했다.

더러 구독료만으로 운영되는 신문이 없지 않고 심지어 논설과 탐사 보도만으로 신문을 만들어 유명해진 사람도 있으나 우리의 실정으로는 기대하기 힘들다. 다만 요즘은 인터넷 홈페이지를 만들어 독자를 확보하는 길이 열려 있어 크게 기대할 만하다. 언론이란 비판적 지식인의 활동 무대이기 때문에 그 총화가 한 시대를 이끌어간다. 그러나 도덕적 잣대로 처신을 나무라는 선을 넘어 약자의 고통을 완화하는 노력을 다할 때 역사는 발전한다고 생각한다.

결국 비판정신에 심취했던 나는 언론인 나아가 비판적 지식인들과 공감할 수밖에 없었고, 이것을 연유로 자연스럽게 이들과 한통속이 되었다. 비판이란 결국 공동체를 복원하고 확충하려는 노력 이외에 다른 것이 아닐 것이었다. 권력이 가렴주구를 은폐하던 조선조에서도 체통을 지키라는 언관들로 해서 자정 노력이 있었고, 향사들의 꾸지람으로 탐학·탐욕이 억제되어 최소한의 공동체가 유지될 수 있었다고 본다. 백성들이 그나마 삶을 꾸릴 수 있었다.

민주란 백성의 권익이 실질적으로 우선시되는 시대인 만큼 언론이 백성의 고통을 적극적으로 호소하고 그 개선책을 제시하는데 힘써야 한다. 명분상 지식인이 지배하던 사회에서의 지식인 발언은 때로 연약하지만 추상같은 데가 있었으나 욕망이 치열하게 경쟁하는 시장사회는 지식인의 말을 여간해서는 콧등으로도 안 듣는다. 그래서 더

힘들다. 그러나 지금은 매체 발달로 발언 기회가 많고 또 발언 범위
도 엄청 넓다. 민주화로 언론 자유를 만끽한다.

호건 선배가 늘 우리들의 좌장으로 화두를 꺼낸다. 어떤 나라를
만들고자 하는가. 비전이 확고한가. 희영이 나선다. 공산주의를 대안
세력으로 인정해선 안 된다. 해방 공간에서는 공산주의가 꽤 그럴듯
해 보였다. 상당 기간 후에도 할 수만 있으면 하는 게 좋겠다고 생각
했다. 그러나 소련이 붕괴되고 많은 사람이 이를 접었다. 지금은 이론
상으로도 무시된다. 오래 전부터 친공은 필요하지만 용공은 안 된다
는 혜안이 있었다. 요즘 종북도 그런 구분 아닌가.

경재도 한동안 종속론에 심취해 있었다. 처음 북미와 남미 간 했다
가 냉전이 종식되고 나니 온 세계가 서로 종속화 되었다. 더 할 말이
있겠는가. 그러나 그는 민족경제론자들의 주장을 경청한다. 시설과
기술을 도입해 다 성장하면 노동소득이 적어 빈부격차가 심해지고
고용이 늘기 힘들다. 뒤늦게 시설을 개발해도 여간 성능이 우수하지
않고는 시장성이 없다. 많은 국민이 잘 살려면 신기술·신제품 개발
뿐인데 자금과 시간이 엄청 소요된다.

막내 대표 국헌은 안보 일가견이다. 10·26이 났을 때 야당은 벌떼
같이 일어나 유신을 공격했다. 독재당은 유구무언이었다. 언론인 출
신이 재빠르게 반격한다. 여·야를 막론하고 김일성이 있는 한 불가
피하다고 해서 이 자리에 있는 것 아닌가. 다들 각서를 썼다는 얘기
다. 국헌은 재반격이다. 안보는 내치다. 간접 침략을 독재로 분쇄할
수 없다. 결국 분쇄된 것은 많은 사람의 행복이다. 전쟁 방지는 군비
경쟁으론 안 되고 대화를 통한 공존공영이 답이다.

지금도 많은 언론인들이 민주에 앞장서고 있으나 아직도 민중의
어려운 처지를 타개하기 위한 대안 제시에 소극적이다. 사실 신념이

확고하지 못해 방황하는 경우가 허다하다. 빈부격차, 노동조건의 개선을 위해 자신의 견해부터 연마해야 한다. 노동운동의 한계와 복지 확대 범위 그리고 비만 자본의 규준에 대한 진지한 고민이 있어야 한다. 그래야만 한건주의로 치고 빠지는 용렬함을 벗어날 수 있다. 단지 체통을 지키라는 호통은 이제 사이비일 뿐이다.

지금의 이익 공유나 동반 성장이란 곧 언론이다. 그것을 따르면 치세요 안 따르면 난세다. 언론이란 약자를 보호하고 북돋는 작업이다. 그러나 혁명까지 가면 무질서의 극치다. 새로운 질서의 모색으로 명분을 세우지만 억울한 사람이 더 는다. 그래서 평화롭고 우애로운 공동체의 확립을 최대 목표로 해야 한다. 가히 종교적인 염원에 가깝다. 그렇다면 그 염원을 담은 비판만으로 민중적 삶이 개선되는가. 동반 성장이란 구두선만으로 안 되지 않는가.

또 통상 선거를 통한 민의의 관철이 있지만 지난하기는 매한가지다. 무슨 길이 있는가. 결국 언론으로 되돌아온다. 언론이 꾸준히 또 준엄하게 압력을 넣고, 시민단체가 행동으로 나서고, 특공대가 수감되는 격렬한 저항이 있어야 한다. 그것 가지고 되겠는가. 그러면 별 수 없이 기도인가. 신에 의지하는 길 밖에 없는 일에 매달리면 교회 사원과 무엇이 다르랴. 민주화 성공을 보면 그래도 언론이요 시민운동을 통한 직접민주의 확충이다.

나는 책을 몇 권이나 내가며 지금도 지사들과 어울려 격려 받는 것을 큰 행운이라 생각한다. 한때 소련을 민주의 또 다른 대안으로 여겼던 일부 지식인들이 곤혹스러운 현실을 맞이한데 비하면 퍽 자유스러운 내 입장도 균형 시각을 위해 매우 소중하다. 그러기에 일생 모아 온 자료를 총동원해 나라가 민족이 직면한 난제를 해결하기 위한 광구책을 모색하려는 유혹에 빠진다. 이는 어떤 선언문을 남기고 싶은 충동에 다름 아니다.

그 꿈은 20년을 거슬러 올라 한 저명한 언어사학자 박사한과의 만남에서 비롯된다. 사한의 비기(秘記)는 이랬다. 사람은 20만 년 전 FOX P2라는 유전자 변형으로 언어능력을 갖게 되었고, 이후 다른 동물이 도저히 따라 잡을 수 없는 지능을 개발하여 만물을 지배할 수 있게 되었으나 약 만 년 전 대홍수로 휴면기에 접어들게 된다. 이때 사람들은 파미르고원으로 기어들었는데 이들이 다시 살 곳을 찾아 나선 것은 대략 7~8천 년 전쯤이었다.

농사에 능했던 조선족은 황하를 따라 내려오며 정착했으나 채취를 일삼던 한(화)족은 늪지대를 따라 양자강으로 내려갔다. 수렵은 북쪽으로 목축은 동쪽 초원을 택했다. 한족은 늪이 사라지자 뒤늦게 농경을 익혀 조선족을 자주 침략했고, 조선족은 유목민과 약탈자로 변한 기마족의 협공을 받아야 했다. 3천년에 걸쳐 송화강까지 밀려난다. 조선족이 떠난 중원에서 한족과 유목민·반유목민·약탈자·흉노·마적·스키타이 등이 각축전을 벌였다.

백두 송화에 천 여 년 간 정착했던 신정국가 단군조선도 다시 안전하지 않았다. 요동으로 밀려 세습 사제국 기자조선이 된다. 이후 조선은 몽고·선비·모용·북부여·읍루 등 기마유목군단의 압력을 받아 천년 사직을 버리고 압록강을 건너 대동강·한강·금강·낙동강 유역으로 안전한 정착지를 찾아 헤맨다. 마한·진한·변한 등 부락국가를 흡수하여 가야·신라·백제 왕국이 된다. 왜 쫓겨만 다녔고 망하지 않고 지킨 것은 무엇인가. 그것은 사당 조선신주였다.

신주를 모신 농사요 품앗이 두레였다. 이웃 사랑 평화였다. 부모 효도 어른 공경이었다. 연줄혼인 순혈주의였다. 조선족의 이동이란 이 다섯 가지 신앙이요 문화였다. 새 터를 잡으면 바로 이 문화를 펼치며 활개를 쳤다. 반도의 조선족은 2천년 동안 국난을 겪으면서도 이 신조를 지켰다. 삶의 터전이 못 미쳐서 따라오지 못한 사람들은 기신기신 조선을 지키다 이민족에 동화되어 사라졌다. 자연적으로 민족 내내 피해만 다닐 것인가가 쟁점으로 떠올랐다.

때로 양보, 때로 결사 항전이지만 더 큰 희생을 막으려면 그 길밖에 없다가 대세였다. 민족문화를 지키면 언젠가 외세는 물러간다였다. 그러나 군사강국론은 울부짖었다. 백성의 부담을 무릅쓰고 강한 군대를 양성해야 한다. 고구려·신라는 기마병과 싸우기 위하여 맞먹는 상비군을 두었지만 백제는 문화를 남겨놓고 죽었다. 군사 강국은 일본으로 건너갔다. 일본이 돌아왔을 때 조선은 이미 문화강국이었다. 일본은 또 하나의 야만이요 마적 떼로 보였다.

일본이 미국을 이겼어도 조선은 독립을 회복했을 것이다. 우리의 문화는 그만큼 강했다. 아무도 이를 쉽게 지워버릴 수 없다. 문제는 고도산업사회·경쟁사회에서 우리 문화가 앓는 몸살이다. 중국에도 일본에도 하느님은 없다. 우리는 우리만 있는 하느님을 어떻게 모시고 직장공동체·평화공동체를 구현할 것인가를 고민해야 한다. 조선으로 못 온 조선족이 왜 자연 소멸되었겠는가. 그들은 정신적 공황상태에 빠져 저항·자살·요절·수절로 생을 마감했다.

조선조 말 가렴주구로 농촌공동체가 무너졌을 때 모두 동학농민이 되었다. 일제가 그나마 토지도 수탈하였을 땐 만세운동이었다. 지금 우리나라가 살만큼 되었다는데 왜 자살률이 세계 제일인가. 학교 폭력은 왜 기하급수로 느는가. 꼭 가난해서만은 아니다. 왜 절망에 약한가. 왜 쉽게 허전한가. 이러한 현실은 아무리 권력이 넉넉한 포시를 베풀어도 거치지 않는다. 약자에 대한 통제를 강화하면 더 악화된다. 우리에겐 공동체가 그렇게 중요하다.

설명을 들은 나는 현실을 대입한다. 2011년 납세 외국인 근로자 50만 전체 100만, 결혼이민 연간 3~4만 선으로 총 30만. 농가인구 300만, 총인구의 6%. 그 중 고령자 50%. 농산물 수출 50억불, 수입 200억불. 무역 규모 총 국내생산의 100%, 일본 20%. 근로자 10%는 연봉 1억, 90%는 2천만 원. 전통 공동체는 무너지고 새 공동체는 엄두도 못 낸다. 조선은 소멸할 것인가. 아니면 공동체 없이도 살 것인가. 구미의 느슨한 신앙공동체도 우리는 없다.

그러면 우리의 문화강국은 허전(虛傳)인가. 공동체 복원이 절실한가를 따져보자. 흔히 생태계를 얘기한다. 기업이 생성·유지·발전하는 데는 구성원의 협력과 화합이 중요하다. 없어도 될 것 같지만 생산성 그것도 기업 능력을 가늠하는 총생산성은 단순한 원가 절감이나 기술 개발에서 오지 않는다. 돈을 벌겠다는 일념보다 마음에서 우러나오는 혼신의 노력이 필수요 그 뿌리는 소속감이요 사회 안전망이다. 회사 밖이 고립무원이라면 회사 안도 불안이 자리 잡는다.

개별 기업의 흥망성쇠도 종업원관리·납품관리·고객관리에 있는 듯하지만 그 우등생들이 지금 왜 경영난에 허덕이는가. 근본적으로 함께 산다는 의식이 빠진 것이다. 종업원을 돈의 노예로 만드니 여유로움을 잃는다. 전체적으로 안락감이 없으면 의욕 감퇴, 출산육아 기피다. 납품 단가를 쥐어짜면 그 업체는 우울하다. 판매도 속임수로는 단골을 놓치고 결국 판촉비가 더 든다. 사람 대접을 원하고 귀속감에 목마른 사람들은 그 허기증을 달래줘야 한다.

김구의 문화강국은 18세에 동학 선봉장, 20세에 일인 장교 타살 이후 50년간 오직 민족의 안위만을 걱정하신 선생의 노심초사 결론이다. 조선사에 대한 남다른 통찰력을 가지고 30년간 언론인 청년운동가로 활동한 신채호의 결론은 무정부주의였다. 조선조에서 10대조

이래 계속해서 고관대작을 누렸던 이회영. 40년간 국권 회복의 가시
밭길을 걸었던 선생은 이상촌(협동조합) 건설이 꿈이었다. 모두 부국
강병 대신 민존국가 공동체 복원이었다.

우리의 기업 생태계가 크게 흔들리는 오늘 선각자들의 꿈을 되새
겨 볼 때 다수 국민이 소속감을 가질 수 있는 노사공동체, 대중(기업)
공동체, 도농(생산유통)공동체가 급선무로 떠오른다. 어렵게 생각하
면 한이 없지만 우리에겐 오랜 공동체 DNA가 있다. 잠재력을 현재화
하는 데는 큰 자극이 필요치 않다. 제대로 된 권력이라면 국민 경제
를 뒤덮은 먹구름을 재빨리 인식하고 눈을 들어 우리 역사를 바로
봐야 한다. 갈 길이 훤히 보이지 않는가.

공동체의 원형을 더듬어 본다. 왕국에 대한 집념은 조선에는 없었
다. 황하 유역을 따라 산동까지 계속 농사만 짓고 살았는데 무슨 권
력이 필요한가. 오로지 농사를 지배하는 하늘을 받드는 게 유일한
신앙이요 하늘의 뜻을 헤아리는 천문·지리가 학문의 전부였다. 농사
는 일손이 많이 필요하고 특히 관개농업은 이웃과의 상부상조가 필
요하기에 가족공동체는 쉽게 마을공동체로 발전했다. 늘 걱정이 되
는 것은 마을의 안전과 행복이었다. 마을마다 도적을 지키고 힘이
부치면 덜어줬다. 참기 어려우면 결사 항전이었고 그러다 패하면 피
난길에 올랐다.

아무리 왕권이라 해도 조선 신앙은 막을 수 없다. 백성이 주인인
세상, 사람이 곧 하늘인 나라, 백성을 뜯어먹는 권부가 아니라 어머니
품안 같은 정부가 오랜 백성의 소망이다. 백성을 받들어주는 나라,
백성을 받드는 청지기 제사장나라는 조선족의 오랜 꿈이었다. 근대
화라 해도 이를 막기는 어렵다. 오랜 농업사회로 체질화 된 조선의
공동체 의식은 뼛속 깊이 남아 있어 산업사회에서도 이를 드러내 보

이려는 욕구가 정치·문화·예술 각 분야에서 용솟음친다.

우리뿐이 아니라 공동체는 오랜 인류의 텃밭이다. 어디서나 새로운 환경에 맞는 공동체를 모색하는 것이 매우 자연스럽다. 우리가 공동체를 잘 다듬으면 그 공동체가 세계적으로 보급될 수 있다는 희망도 가질 수 있다. 조선 신앙은 늘 공동체를 바로잡으려는 몸부림이었다. 독립운동가의 결론이 권력국가 건설이 아니라 백성의 고단한 삶을 덜어줄 공동체의 복원에 모아진 것은 당연한 결론이다. 이는 또한 조선이 세계에 줄 수 있는 유일한 선물로 남아 있는 것 아닌가.

오늘의 자본주의는 세계 도처에서 부도덕하다는 공격을 받는다. 아무리 기업들이 정부 권력의 불합리한 규제가 더 문제라 하더라도, 또 정부가 개입하지 않으면 기업들은 마음대로 싸고 좋은 제품을 만들어 시장의 판단을 구할 것이기 때문에 소비자들이 엄청난 이득이라 하더라도, 나아가 사람은 명성을 좋아해서 소비자의 선택은 기업의 정직성과 우수성까지 담보할 수 있다 하더라도 그 한편으로 쓰레기가 태산 같이 쌓이는 것을 외면할 수 있는가.

그 쓰레기가 불평등이요 그게 도덕을 좀먹고 있는 것이다. 이는 공동체를 생각하지 않고는 해소될 수 없는 것이다. 아무리 편리한 제품이라도 구매력이 뒷받침되지 않고는 그림의 떡일 뿐이다. 그렇다고 피를 나누는 공동체, 어머니와 자식 같은 공동체를 바라지 않는다. 자식들도 크면 독립하지 않는가. 다만 자식들이 능력이 모자라서 또는 운이 없어서 낙오할 수도 있는데, 이들을 이끌어주고 다독거리고 정 안되면 다시 품어줄 어머니는 있어야 한다.

VIII. 호밀밭의 파수꾼

1

사실 나는 기억력이 좋다. 판단력·추리력 하지만 내가 출중한 것은 기억력이다. 만 두 살도 안 되었을 때 어머니는 마루에 걸터앉아 눈물을 찍으셨다. 윗마을 원보 어머니가 애 낳다 죽었다고 했다. 옆에서 밥을 먹던 나는 갑자가 밥에서 쉰내가 났다. 그때 태어난 국보가 커 보니 나보다 두 살 밑이었다. 나중에 들으니 그해 정축년 7월 서울의 시간당 강수량이 147미리로 기록상 최고였고, 그해 1월 적설량이 27센티미터로 최고였다고 하나 그 기억은 없다.

세 살 때 아랫집 작은댁 헛간 기둥을 끼고 놀다 땅벌에 쏘였다. 울며 집으로 달려가니 어머니가 된장을 찍어 발랐다. 네 살 때 어머니가 날보고 나가 놀라 해서 작은댁 헛간으로 내려갔다 한참 만에 올라와 방에 들어가니 어른들이 어머니가 애기를 낳았다고 하신다. 여동생이었다. 다섯 살 때 다 저녁에 진위(평택)댁 아저씨가 궤짝을 지고 들어오신다. 남폿불이 켜지고 무엇인가를 돌리니 만고강산 유람할 제 노래 소리가 들린다. 유성기였다.

여섯 살 때 아버지가 자전거에 궤짝을 싣고 오신다. 또 유성긴가 하고 졸졸 따라가니 이번에는 재봉틀이었다. 울데 넘어 먼 평밭으로 아희들과 글방에 다닌다. 하루살이를 쫓으며 점심 먹으러 집에 온다. 오다 논 귀퉁이 웅덩이에서 멱을 감는다. 글방에 안 간다고 울데로 끌고 간 어머니한테 종아리를 맞으며 너무 아파서 치마폭으로 몸을 사렸다. 또 글방에서 동무와 싸우다 코피를 냈는데, 다음날 아침 그 어머니가 글방 길을 가로막고 야단을 치신다.

일곱 살 때 어머니는 배다리벌판 바닷바람이 너무 차다고 날 학교에 안 보내신다. 나는 소타고 가는 동생을 따라 읍내로 이사 간다. 여덟 살에 학교 입학시험을 치른다. 누나가 마중 나와 먹을 것을 챙겨준다. 입학식 때 벌써 일본 국가를 힘차게 부른다. 1학년 여선생이 담임이더니 2학년 때도 여선생. 그 여선생이 일본은 망한다고 한다. 아버지는 내 입단속을 시키신다. 3학년 때 방금 내려온 트럭에서 일본 항복 소식을 듣고 전하니 아무도 안 믿는다.

누구나 어릴 적 기억을 더듬으면 이 정도는 되겠지만 나는 뇌가 좋은 걸로, 총기가 밝은 걸로 칭찬을 받으며 자랐다. 나는 열을 내서 글방에서 배우는 하루 글도 다른 애들보다 두세 배 욕심을 냈다. 나보다 아홉 살이 많은 아저씨(막내 삼촌)는 나만 보면 기특하다며 머리를 쓰다듬었다. 어느 날 그런 삼촌이 대문 밖을 내다보며 슬피 우는 게 아닌가. 나중에 안 일이지만 상급학교 보내달라고 할아버지께 떼쓰다가 호통을 맞았다고 했다.

그 후 삼촌은 기억에서 사라진다. 특히 내가 읍내로 이사 와 있었기 때문에 더 그랬을 것이다. 2학년 때 느닷없이 삼촌 소식이 날아왔다. 아버지가 엽서를 주시며 답장을 보내라 하신다. 연천군 내 초등학교에 선생으로 계신 삼촌이셨다. 처음 쓰는 편지요 또 아저씨에게 어떤 말을 해야 할지 몰랐다. 끙끙대는 내게 아버지가 초를 잡아주신다. 거의 그대로 베끼다시피 했지만 주소를 쓰려니 엽서를 거꾸로 쓴 게 아닌가. 그래도 그대로 보냈다.

해방되던 해 나는 읍내에서 제일 먼저 일본 고상(항복) 소식을 알고 집으로 달려가 신나게 떠들었지만 병원 마루에 앉은 많은 사람들은 무슨 뜬금없는 소리냐 했다. 방학에 내려와 있던 중 3 선배는 "일본은 사이고노 이찌닝 마데(최후 1인까지) 고상 나시(항복 없다)"라며 결연히 일본말로 좌중을 압도했다. 지난 여름 아침에 일어나니 골목이 쑤군댔다. 얘기는 일본 순사에게 송구하다는 인사를 드리는 것이었다. 어딘지도 모르는 사이판 함락 소식이었다.

을사 40년 만에 5세부터 35세까지 거의 황국신민화가 완성되었다고 봐야 한다. 창씨개명, 황국신민선서, 신사참배, 조선어금지, 일본가요 특히 군가 제창은 청장년들의 혼을 사로잡고 있었다. 어른들은 조선을 얘기해주지 않았고 대동아전쟁도 미국이 일으켰다고 했다. 장난끼로 내가 덴노(천황)다 하고 말한 한 학생의 부모는 교장에게 불려와 훈육을 들었고, 도적 떼(독립군) 활동을 슬쩍 흘린 선생은 바로 주재소에 불려가 곤욕을 치른다. 다 연통제 때문이었다.

고종 퇴위 1년 전에 벌써 통감부가 설치되고 우선적인 상업차관으로 경찰력 강화, 보통교육 개선에 중점을 둔다. 각 부 대신으로 구성된 협의회에서 구체적 시행 방안을 마련토록 한다. 번욕(繁縟)한 학제를 비근(卑近)하게 만든다며 일어일문교육 중심의 교사 양성과 교과서 편찬에 나선다. 식민교육 특히 일인화 교육을 위하여 일어와 일본사에 능통한 교사가 다수 필요함으로 교사 자격을 점차 완화하여 초등 졸업생도 검정시험을 통해 교사가 되도록 허용한다.

삼촌은 초등 수석 졸업이어서 몇몇 수재들과 함께 일인 교장의 특별지도를 받아 을종교원시험에 합격한다. 부임 1년 만에 해방을 맞이한다. 경방단장으로 계시던 아버지는 해방이 되자 바로 면민경축대회를 이끄시고 자치대장이 되어 주재소를 점거하셨다. 여기저기서 친일 면서기 구장들을 규탄하는 소란이 벌어졌다. 아버지가 이를 무마하기 위해 바삐 돌아다니는 중 삼촌이 퉁퉁 분 다리를 이끌고 집에 나타나신다. 먼 길을 걸어왔다고 했다.

아버지는 감이 잡히시는데 어머니와 나는 궁금증을 앓는다. 삼촌 말로는 해방이 되어 조선어를 가르치고 있는데 일본 놈들이 쳐들어와 행패를 부리는 바람에 도망치듯 빠져나와 밤낮을 걸었다고 했다. 나중에 생각하니 쳐들어 온 것은 조선 놈이었다. 그때 선생들은 일본인 앞잡이 아니면 안 되었다. 더러 민족을 못 참고 위험한 선을 넘나들었지만 대부분은 일인 선생보다 더 일본 예찬에 열을 올렸다. 일등을 놓치지 않았던 삼촌도 예외일 수는 없었다.

내가 3학년 때 초대 일인 교장이 나가고 조선 교장이 부임했다. 그 해 해방이 되자 조선 교장이 직접 조선어를 가르쳤다. 엊그제까지 군가를 가르치고 '베이에이게키메쓰(米英擊滅)'를 부르짖던 조선 선생들도 아무 탈 없이 '태정태세문단세'를 가르쳤다. 어느 결에 우리 학교 선생님이 되신 삼촌의 서가에도 김성칠의 조선역사, 문일평의 조선사화, 영어 독본 등이 교원시험 준비서인 동양사·고등수학 및 사옹전집과 란뽀문집 등과 함께 도열하고 있었다.

삼촌의 나에 대한 관심은 여전해서 만날 때마다 이것 저것 물어보고, 또 아직도 부족한 부분 특히 산수 문제는 직접 문제를 내 풀도록 하시었다. 해방 이듬해 학예회 때 담임선생은 웅변이 뭔지도 모르는 나에게 웅변을 시켰다. 우리말과 우리글이었다. 교단에 올라 연습을 하면서 교탁을 주먹으로 내려치는 등 강조점을 여러 군데 두었으나 막상 막이 오르고 관중석에 콩나물 같이 앉아 있는 구경꾼을 보니 목소리가 자꾸 기어드는 느낌이었다.

이듬해 아침 조회시간에 구령대에 올라가 연설을 하라는 것이 아닌가. 제목은 자유였다. 나는 이순신 장군과 거북선이라는 제목을 걸고 여기저기서 재료를 따다가 연설문을 만들었다. 교장선생님의 훈화가 있고나서 내 차례가 되었다. 나는 좀 더 자신감을 가지고 목청을 높였다. 삼촌이 부르시더니 잘했다고 칭찬하시며 교장선생님도 대단하다고 하셨단다. 나는 상으로 양복 한 벌을 받았다. 아버지는 크게 관심을 보이시지 않는다. 더 크라는 말씀인가.

두 달도 안 되었는데 6학년으로 올라가란다. 그때는 월반이란 말도 몰랐다. 첫 시험이 띄어쓰긴데 4학년 때 담임선생이 감독으로 들어오셔서 내 시험지를 가져오라 하신다. 죽 훑어보시더니 다 맞았다고 나가라 하신다. 반 동무들의 어안 벙벙한 모습을 뒤로 하고 의기양양 걸어 나온다. 역시 산수는 어려웠다. 방정식이었다. 끙끙거리니 아버지가 삼촌집에 가서 배우라 하신다. 그런데 삼촌이 돌아오기 전에 어찌된 일인지 문제가 술술 풀리는 게 아닌가.

상급학교 진학생들은 담임선생인 삼촌이 숙직실에서 따로 가르쳤다. 삼촌은 서울까지 따라 오셔서 구두시험날도 오늘이 무슨 날이냐고 하면 미국독립기념이라고 끝까지 일러주셨다. 명문 학교니, 합격이니 다소 생소한 나는 발표를 보러가서도 실감이 나지 않았다. 서울에서 공부하던 친척 형들은 난리를 쳤다. 깡촌 동생이 제법이란 얘기였다. 삼촌은 트럭을 얻어 타고 내려가면서 조수석에 앉아 있는 나를 연신 들여다봤다. 개선장군이 따로 없었다.

2

삼촌은 초등학교 졸업 후 1년을 준비해서 을종교원자격을 얻었다. 우수 졸업생 다섯 명을 특별 지도하던 무라스미 교장은 야마도다마시(일본 혼)를 강조하면서 특히 역사는 영웅이 만들어나간다는 신념을 가지고 지도자 양성에 심혈을 기울였다. 주로 주말에 빈 교실을 이용하고 학습 시작 전에는 꼭 군가부터 불렀다. 그때 그때 고죠(교장)의 선창에 따라 학생들의 합창이 이어졌다. 노래라는 게 묘해서 학생들은 모두 천황의 군대로 태어나는 기분이었다.

[자주 부른 군가]
"갓데 구루소도 이사마시꾸(이기고 돌아오마 큰소리로)
지갓데 구니오 데데가라와(맹세하고 고향 떠나와서는)
데가라 다데스니 시나료오카(아무 수훈 없이 죽을 소냐)
싱궁나빠 기꾸다비니(진군나팔 들을 때마다)
마부다니 우까부 하다노 나미(눈망울에 떠오르는 깃발의 파도)"
"아아 아노 가오데 아노 고에데(아 저 얼굴로 저 목소리로)
데까라 다노무도 쓰마야 꼬가(승전을 다짐하는 아내와 아들)
찌기레루 호도니 훗다 하다(찢어져라 흔드는 저 깃발)
도오이 구모마니 마다 우까부(멀리 하늘가에 다시 떠오르네)"
"마모루모 세메루모 구로가네노(지키는 것도 쳐부수는 것도 저 강철로) 우까베루 시로소 다노미나루(떠 있는 저 강철성 믿음직하네) 우까베루 소노 시로 히노모도노(떠 있는 저 성이여 해가 뜨는 곳) 미꾸니노 요모오 마모루베시(우리 황국 사방을 지킬 것이라) 마까네노 소노 후네히노모도니(순강철 저 군함이여 일본을 향해) 아다나스 쿠니오 세메요까시(맞서려는 나라를 모조리 쳐부수라)"

"세이슌노 지와 아사히또 모에데(청춘의 피가 아침 해에 타오른다)
미요 다께라까니 가가야꾸 닛뽕(보라 저 높이 찬란하게 빛나는 일본)
지까라 지까라 구로가네노 지까래(솟는 힘 뛰는 힘 쇳덩어리 팔다리)"
"미요 도까이노 소라 아께데(동해를 보라 하늘 열리니) 교꾸지스
다까꾸 간젠또(떠오르는 아침 해 높고 씩씩해) 텐지노 세이기 하스라
쓰또(천지의 정기 발랄하고) 기보와 오도루 오오야시마(희망이 춤추
는 드넓은 국토) 오오 세이로노 아사구모니(아아 해맑은 아침 구름
위로) 소비유루 후지노 쓰가다 고소(치솟는 후지산 모습은 또 어떤가)
깅오우무게스 유루기나끼(완전무결 흔들림 없는) 와가 닛본노 호꼬
리나레(우리 일본의 자랑이로다)"
"우미유카바 미쯔구가바네(바다엔 물에 불은 송장) 야마유카바 구
사무스가바네(산엔 풀이 무성한 송장) 오오기미노 베니코소 시나메
(오 폐하의 곁에서라도 죽기만 하면) 가에리미와 세지(결코 후회는
없으리)"
"와까이 지시오노 요까렝노(젊은 피 끓어오르는 예과 훈련생)
나나쓰 보당와 사꾸라니 히까리(일곱 개 앞 단추는 사꾸라에 빛난다)
교모 도부도부 가스미가우라냐(오늘도 날고 나는 가스미가 포구엔)
데까이 기보오노 구모가 와꾸(드높은 희망 구름 피어오르네)"
"갓다소 닛봉 단지데 갓다소(이겼다 일본 결단코 이겼다)
베이에이 게기메쓰 이마꼬소다 (미영 격멸 이제부터다)~"
"강꼬노 고에니 오꾸라레데(국민 환호 속에 떠나와서)~"
"이마소다다갓다 와가헤이와(이제야 싸워 이긴 우리 군대는)~"
"다이헤이요노 데끼진에이와(태평양의 적 진영은)
네꼬소니 고스레데 고에모 나시(뿌리 채 무너져서 흔적도 없네)~
와가오 기미니 메사레라데 (우리 모두 폐하의 부름을 받아)

이노지 하에아루(이 생명 영광스런)~"

"덴니 가와리데 후기오 우쓰(하늘을 대신해서 불의를 친다)~"

삼촌이 부임하고 얼마 안 되어 B-29의 본토 포격이 있었다. 교장은 일인이었지만 나머지 5명의 교원들은 조선인이었다. 삼촌과 같은 을종이 둘이었다. 모두들 걱정이 되었지만 교장은 쓰꾸레(만드세) 오꾸레(보내세) 가데(이기세)하며 자신만만해 했다. 설령 본토에 상륙한다 해도 국민은 하나같이 옥쇄를 각오하고 덤빌 것이기 때문에 일본은 절대 망하지 않는다고 했다. 이때부터 전교생은 근로 동원이요 쇠붙이, 송진, 면화 등 군수물자 조달에 앞장섰다.

행정단위로도 공출, 벌목, 놋쇠 밥그릇 등 총력전에 열을 올렸지만 교원들도 면서기 못지않게 학생이나 학부모를 닦달했다. 성적이 부진하면 충성도가 약하다고 호통을 쳤다. 어머니 서슬에 아내를 구박하는 아들의 속마음을 며느리가 모를 리 없다. 할 수 없이 드는 매요 알면서도 당하는 고통이다. 힘없는 백성은 늘 그래왔지 않은가. 다만 선생들은 일본이 이렇게 극성을 부리는 것을 보니 심상치가 않다. 엄청 사람이 죽겠구나 불안이 가시지 않았다.

다케다 교장은 철저한 천황의 적자(赤子)였다. 모교에서 개인지도를 해주던 무라스미와 꼭 닮았다. 학생을 모두 군대로 키우고 우수한 지휘관을 양성하는 게 목표였다. 두 번째 여름방학을 맞이하지만 삼촌이 고향에 다녀올 꿈도 꾸지 못할 정도로 다케다는 박차를 가했다. 그런 그가 한여름이 기울 즈음 영 기운이 빠져보였다. 무엇을 지시해도 전 같은 쇳소리가 나지 않았다. 직감적으로 전황이 꽤 불리하게 돌아간다고 생각했다.

8월 14일, 교장은 내일 중대한 옥음방송이 있으니 옷을 단정하게 갈아입고 나오라 했다. 교장이 먼저 라디오 앞에 무릎을 꿇었다. 교원들은 죄다 차례로 교장을 따랐다. 정오 시보가 울리고 바로 여직껏 들어 본 적이 없는 아니 아무도 들어 본 적이 없는 천황의 신음하는 듯한 그러나 강파르고 새된 목소리가 흘러나왔다. 교장이 훌쩍거리기 시작했다. 교원들도 너무 힘들고 서글퍼서 눈물을 펑펑 쏟았다. 거짓으로라도 그래야 했다.

"베이에이시소 욘고꾸니 다이시(네 나라에 대해서) 소노 교도센겐(그 공동선언)을 주우다꾸스루(수락한다)." 선언이 무슨 내용인지는 모르지만 항복한다는 뜻 같았다. 교장과 우리는 함께 통곡했다. 학생들 무시로 소집해서 방공훈련을 시키고 피해 없도록 조를 짜서 등교시키던 일이 어제란 듯 스치고 지나갔다. 이제 모든 걸 벗어났다는 홀가분한 기분이 스며들었다. 그러나 항복이라면 그 뒤는 어떻게 되는가. 불안이 엄습해 왔다.

본토가 점령당한 것도 아닌 듯한데 천황은 왜 항복했는가. 군인이 항복하고 강화조약 맺는 게 역사 아닌가. 천황이 말끝에 "일본과 함께 동아시아 해방에 협력해 온 여러 나라에 유감을 표한다. 신이 지은 나라 일본의 불멸을 확신한다" 했으니 조선은 어찌 되는가 종잡을 수 없었다. 교장이 자리를 수습하고 사택으로 들어갔다. 교원들 끼리 나눌 말이 없었다. 각자 허전하게 숙소로 돌아갔다. 며칠 후 교장은 기별이 와서 내일 떠난다고 했다.

바로 귀국하는 게 아니라 집결지로 모이는 모양이었다. 송별식이라도 해야 되는 게 아니냐는 의견이 나와서 모두 그게 좋겠다고 했다. 직원들이 교문 앞에 도열하고 가근방 학부모와 유지들도 가능한 범위 내서 참석토록 했다. 로스케가 원산에 상륙했다는 얘기가 들리더니 면민들이 나서서 독립만세를 불렀다. 교무주임과 숙의한 끝에 조선어를 가르치기로 했다. 조선말을 봉해버린 걸 생각하면 다소 민망했으나 새로 열리는 시대를 실감해야 했다.

로스케가 개성까지 왔다고 하더니 느닷없이 주민들이 관공서로 쳐들어왔다. 말로만 듣던 친일파 반역자 처단이었다. 학교야 별일 있으랴 싶었는데 주민들은 학생들이 귀가한 다 저녁에 학교로 몰려들었다. 선생들은 다급해서 누구랄 것도 없이 각자 학교를 뛰쳐나왔다. 숙소에 들릴 겨를도 없이 어둠이 깔리는 시골길을 따라 무작정 남으로 향했다. 올 때는 연천역이었지만 지금은 전곡역이었다. 그러나 거기엔 벌써 로스케가 행인을 취체한다고 했다.

두 시간 가량 지났을까. 다리도 아프고 허기도 졌다. 마침 한탄강 유원지가 나왔다. 늦은 밤인데도 강가에는 사람들이 제법 북적거렸다. 요기를 하면서 들으니 초소가 철도를 따라 세워졌는데 동두천은 가야 안심이라 했다. 다들 쫓기는 사람들이라 겁을 먹고 있었다. 날이 밝기를 기다려 또 무작정 걸었다. 여럿이 작반해서 마차산을 넘었다. 힘들 때마다 군가를 불렀다. 그 끝의 동두천은 평화였다. 고향에 안기는 기분이었다. 증오는 어디에도 없었다.

그러나 일본에 대한 증오가 갑자기 생각나듯 고개를 들었다. 누가 전쟁을 일으켰는가. 무엇인가에 홀렸단 말인가. 일본이 선택할 길이 그 길밖에 없었던 건 아니었을 것이다. 대동아의 주인이 되겠다는 욕심이 그렇게 만든 건 아닐까. 특히 일본같이 작은 나라가 어찌 중국을 먹으며 미국에 대항할 수 있단 말인가. 정신력이란 무엇인가. 그게 광기를 불러일으킨 것 아닌가. 내 입 속에서 아직도 군가가 맴돌고 있으니 얼마나 무서운 일인가.

없는 나라에서 큰 전쟁을 하다 보면 국민이 피곤할 것은 정한 이치. 주역이 있으면 조역이 있어야 하고 핏줄같이 움직여 줄 조직이 있어야 할 터. 같이 미쳐 돌아가거나 미친 체라도 하는 부품들이 제 구실을 강요당하는 상황을 누가 피할 수 있단 말인가. 문제는 영웅주의요 일본 교육을 오래 지배해 온 그 영웅주의가 일본을 파멸로 이끈 것 아닌가. 인재란 결국 살상의 귀재 아닌가. 지금 나를 쫓아오는 저들도 또 하나의 영웅을 꿈꾸는 광기 아닌가.

나 또한 천황의 적자가 되려는 광기에 차 있었으니 나를 뒤쫓는 광기가 또 다른 광기에 시달리는 역사가 반복되어서는 안 될 것이었다. 화해와 용서 이런 말보다는 광기를 자극하는 교육부터 목표를 바꾸어야 한다. 한 사람의 선량한 국민을 키우는 것이 목표가 되어야 한다. 앞장을 섰다고 뒤따르는 사람들을 자기만족의 제물로 삼지 않을 인재라야 한다. 능력이나 기술은 그 다음이다. 그래야 그 능력이나 기술이 후환을 낳지 않을 것이다.

합격한 조카와 함께 고향에 내려오는 짐차 안에서 삼촌은 잠시 잊었던 생각을 떠올렸다. 3년 전 동두천에 당도해서야 깨달은 게 있었다. 조카가 우쭐대게 커서는 안 된다. 갑자기 조카를 닦아세우고 싶어진다. 차에서 내려 집으로 들어가는 나에게 삼촌은 딱 두 마디를 건넨다. 너무 재지 마라. 중학에 못 간 사람이 더 많다. 좋은 중학이라면 더 겸손하라. 잘 날수록 나대지 말고 남을 위해 살아야 한다. 자기만 위해 사는 인재는 재앙을 키울 뿐이다.

삼촌이 돌아왔을 때 고향은 조용했다. 형님(나의 아버지)이 친일단체를 이끄셨기에 이북이라면 곤욕을 치를 수 있었지만, 오히려 형님은 바로 치안대장이 되어 여기저기서 면서기나 구장들이 닦달을 당할 때 이를 만류하러 다니기 바빴다. 반대로 도망갔던 순사들이 새로 부임해 와서는 치안대원들이 가택 수색을 했다고 아버지를 몰아세우며 심지어는 좌익으로 몰기까지 했다. 북한에서도 억울하게 반동으로 몰리는 경우가 많았으니 피장파장이었다.

문제는 진짜 좌익이었다. 이웃 마을에 나이가 대여섯 위인 조카가 말썽을 부렸다. 동네를 선동해서 논밭 일을 하면서도 적기가를 불렀다. 삼촌은 조카님을 찾아가 부질없는 짓을 그만두라 했다. 동맹휴학을 주동해 퇴학을 맞고 고향집에 은둔하고 있던 조카는 한때 징용을 피해 면서기 짓을 했다. 삼촌은 일본이 왜 망했는지 생각해 보라 했다. 영웅심은 사람을 많이 상하게 하고 나라까지 망친다고 간곡히 설득했다. 영웅이 되려면 혼자 해라 했다.

삼촌은 전 학년 만점 우등생인 데다 고학년에 와서는 기계체조로도 명성을 올릴 만큼 체력이 다부져서 조카님도 삼촌을 멀리하거나 무시할 수 없었다. 고향 모교에 발령이 나기를 기다리는 동안 삼촌은 조카님을 하루 걸이로 만났고, 학교에 출근하기 시작한 뒤에도 주말에는 조카님을 찾았다. 조카님도 퇴학당하고 나서는 왜 후회가 없었겠는가. 하향해서 사오 년 썩는 동안 이 눈치 저 눈치 보다가 결국 면에도 다녔지 않은가. 삼촌의 권유를 들을 만했다.

삼촌은 미군정 하에서 공산당은 살아남을 수 없다고 단언했다. 조카님은 정판사 위폐가 고향 포구에서 잡혔다며 조작이라 했다. 삼촌은 그보다 더한 조작으로라도 공산당에 대한 분노를 키울 것이라 했다. 지금 건준·민전 심지어 족청까지도 조짐을 당할 기미 아닌가. 조카님이 망하면 온 집안 온 마을이 무너진다고 했다. 가근방에 제일 가는 지주이면서도 조카님은 힘없이 토지개혁을 얘기한다. 먼저 소작료를 내리는 등 차근차근 가야 한다고 했다.

문제는 조직이었다. 한패가 되어 쫓겨났던 동지들이 중앙에 자리를 잡고 반제투쟁과 조직 확대를 당면과업으로 내세운다는 것이다. 설탕 배급을 받지 말라는 벽보를 붙였고, 알사탕에 독약이 들었다고

학생들을 선동했다. 사탕이라면 자다가도 깨어나는 아희들에게 씨가
먹히느냐고 했다. 조카님은 멀리 바다를 내려다봤다. 틈을 주지 않고
삼촌은 조직 이탈을 강권했다. 쓴 얼굴을 했다. 청춘을 바친 사업 아
닌가. 삼촌은 새로 시작해도 늦지 않다고 했다.

　조카님은 전향서를 쓰고 보련에 가입했다. 그러나 6·25가 터지자
모두 예비검속에 걸려 학살당하고 말았다. 또 하나의 일본이었다. 삼
촌은 38선을 넘어 온 평양사범 출신의 교장을 움직여 억울한 사상범
을 보호하는데 앞장을 세웠다. 삼촌은 이남이 이북 같이 살아서는
안 된다고 역설했다. 4·19가 일어날 때까지 시골은 보안법이 지배했
다. 경찰국가였다. 늘 촉각을 곤두세우고 불평 단속에 열을 올렸다.
그 기세에 눌려 주민들은 말조심 몸조심이 배였다.

　　3

　삼촌은 무엇에나 극단적인 것은 안 좋다는 것이었다. 심취하는 것
은 광기가 발동하는 것이고, 광기는 판단을 그르치게 해서 파멸로
이끌거나 많은 사람을 혼미 속에 몰아넣는다. 개죽음이 따로 없다.
역사의 소위 인물이란 자들의 악행은 으레 의나 선으로 포장되어 제
모습을 찾기 힘들다. 이를 쫓는 것은 신기루일 뿐이다. 그래서 삼촌은
늘 교육 목표를 범용에 두었다. 삼촌이 넘은 마차산은 석가의 쌍림이
었다. 그를 넘은 깨달음은 흔들리지 않았다.

　범용이란 떳떳하단 말이다. 흔들리지 않고 뚜벅뚜벅 세상을 걸어
가는 것이다. 어디로 가는가. 하늘이 내린 방향, 착한 길, 중용이다.
가르친다는 것은 중용을 지키도록 지도하는 것이다. 삼촌이 어려서
부터 들은 가훈이었다. 아버지 할아버지가 서당을 열고 늘 하신 말씀
이다. 그러나 쉽지 않다. 이천오백 년 내리 떠들었지만 그 중국에서

많은 영웅들이 나와 백성을 괴롭혔다. 그 많은 궁궐과 성채는 진정 백성을 위한 것이었나 반문한다.

삼촌은 내가 대학 진학을 상의할 때 사범대학을 권했다. 그 길이 가장 양심 소득이라 했다. 직접 산업발전에 뛰어들려면 기술 혁신을 위한 전문 분야에서 평생 정진할 각오가 되어 있어야 한다. 돈을 많이 버는 것도 나쁘지 않다. 벌어서 잘 써야 한다. 삼촌 얘기를 듣고 문리대를 지망하려 했다. 그러나 갈팡질팡하다가 법과대학으로 갔다. 공자는 입신 행도(行道)라 했는데, 행도가 빠지고 양명을 앞세운 것이다. 결국 공밥(素餐)을 먹게 된다.

관리를 하는 동안 삼촌은 한마디 훈육도 없으셨다. 평교사로 평상을 유지하다 교감과 교장이 되셨고, 초임지가 다 벽지였지만 아무 불만 없이 가족을 이끌고 다니셨다. 내가 힘깨나 쓰는 자리에 있어 가끔 도와드리려 해도 펄쩍 뛰셨다. 교육계가 그렇게 돌아가선 안 된다고. 고향에서 정년을 맞고도 노인대학을 운영하며 여생을 보람 있게 보내셨다. 조카며 제자인 내가 공직을 그쳤을 때 삼촌은 조금은 자기를 따르려다 당한 일로 여기고 괴로워하셨다.

희한한 것은 내가 직장에서 또 한 분의 삼촌을 만난 것이다. 삼촌과 동갑으로 소목(昭穆)을 따져보니 같은 파의 숙항(叔行)이었다. 12대조에서 갈렸고, 11대조가 낙안군수로 있으면서 정유재란 때 강진 병영에서 전사한 관계로 후손들이 병영에 터 잡고 살았다. 4년제 초등학교 마지막이요, 6년제 초등학교 첫 번 졸업인 것도 삼촌과 맞았다. 나는 새 삼촌에 호감이 들어 여러 가지 대화를 나누었다. 캐묻기를 좋아하는 조카에게 별별 일을 다 털어났다.

책벌레에 천재 소리를 듣던 삼촌은 그만큼 공명심이 강했다. 시험으로 되는 거라면 무엇이던지 자신 있었다. 먼저 관리가 되어야 한다.

주경야독을 결심하고 외가가 있는 순천으로 진출했다. 목표는 보통
문관시험이었다. 이듬해 1942년 조선청년연성령이 공포되자 곧바로
지원한다. 모자에 각반·견장까지 달고 활보하니 모두 부러워했다.
다음 해 철도국원 모집이 있었다. 학병과 징병제를 앞두고 꽤 북적거
렸으나 다행히 좋은 성적으로 합격한다.

순천철도국장의 호의로 시험 준비에 열중하는 가운데 해방을 맞이
했다. 4년 남짓 타향살이를 하면서 알게 된 유지들의 권유로 3일 만
에 발족한 건준에서 서기 일을 맡게 된다. 바로 열린 읍민경축대회에
서 일인 경찰서장이 정복을 입고 조선독립 축사를 해 갈채를 받는다.
그런가하면 열흘도 안 되어 일제 경부가 경찰서장이 되었다고 건준
에 부임 인사를 와서 따귀를 맞기도 했다. 보름쯤 지나 경찰관 모집
이 있었다. 합격했으나 건준 간부들은 반대 논리였다.

이어 건준이 해산되고 그 치안대 일부가 경찰로 편입되니 이제 한
식구였다. 그러나 경찰 내부는 일제 경찰, 공채 경찰, 편입 경찰로
3인 3색이었다. 이듬해 경찰학교 특별과를 수석으로 마치니 광주경
찰서 근무였다. 전국에 콜레라가 만연하여 바로 방역경비지원차 상
경한다. 경교장에 배치되어 많은 임정 요인들과 안면을 튼다. 친일파
처단과 정부 수립에 열을 올리는 중 이 박사의 정읍 발언이 알려진다.
여기저기 과격한 고함소리가 하늘을 찔렀다.

삼촌은 생각했다. 해방되었을 때 모두 새나라가 서는 줄 알고 흥분
했으며, 능력 있고 깨끗한 사람은 다들 한 자리 할 희망에 부풀어
있었다. 그러나 미군이 상륙하고 군정이 실시되면서 건준 등 조선인
의 자치조직은 일체 부인되었다. 군정이 새 정부였다. 군정을 무시하
면 반역이었다. 일제 치하에서도 만세운동을 일으키다 모두 박살나
지 않았는가. 6·10만세에 이어 광주학생이 들고 일어났으나 일제는

끄떡도 않고 만주·중국·미국을 쳤다. 다 힘이었다.

지금 일제 대신 미국이 들어 온 게 아닌가. 또 앞으로 그 힘이 바뀌면 우리는 그 힘에 붙어먹을 수밖에 없지 않은가. 반복하다 보면 저들의 힘이 약해지고, 우리의 힘이 강해질 날이 올 것이다. 우리는 스스로의 힘을 키우고, 그 힘으로 약한 이웃을 키우면 전체 힘이 강해져 우리의 완전한 주권을 세울 수 있을 것 아닌가. 찬바람이 불고 전염병도 수그러들자 서울 파견은 해제되었다. 내려오는 차 안에서 생각을 정리하니 대충 앞날이 보였다.

순천으로 이사 온 집안 살림이 걱정되어 전보를 자청하고 부임하니 이게 웬일인가. 3년간 승진·승급이 동결되는 중징계가 내려져 있었다. 한때 건준에 몸담았던 사유였다. 지난해부터 일제 경찰이 대거 복귀하여 요직을 차지하고 눈에 가시인 공채 출신과 치안대 출신의 신원 검증에 열을 올렸다. 북한에서는 친일 응징에 혈안이 되었다더니 해방 조국을 위해 일한 대가가 구만 리 전도차단이란 말인가. 만세운동 탄압과 무엇이 다른가. 앞으로가 큰일이었다.

삼촌은 경찰을 그만두리라 마음먹고 건준 간부로서 일가인 경찰 후원회장을 만나 상의하니 유능한 사람이 새 일꾼이 되어야 한다며 극구 만류한다. 더하여 지금 치안대 출신들이 친일 경찰 타도를 외치며 전단을 뿌리고 야단법석인데 이들과 한통속이 되지 않도록 각별 조심하란다. 울분을 참고 근무하는데 몇 달 후 경사시험이 있어 합격한다. 이어 경찰학교 보통과에 입교하여 전 과목 만점으로 수석 졸업한다.

당시 일본 육사 졸업의 군사영어학교 출신이 경찰학교 경위로 있으면서 졸업생을 선발하여 미식 총검술을 훈련시켰다. 전남 일원에 걸친 순회시범을 위해서였다. 이듬해 수도경찰학교 입교 명령이 떨어진다. 영어만 빼면 만점이라는 경찰청장의 격찬을 받고 졸업했지만 가정 형편으로 다시 순천 근무를 자원한다. 48년 10월 1일이었다. 경찰서장은 대환영이라면서 역전파출소 근무를 명한다. 인근 주둔 14연대 군인들과의 마찰을 잘 무마해 보라는 당부였다.

삼촌은 수도경찰학교 입교 전 두 달 남짓 장흥경찰서에 근무한 적이 있었다. 야밤에 인공 만세가 들리는 등 아직도 엉망이어서 대낮에도 2인 1조로 순찰을 돌았다. 보통과 교육 중에 영암·함평에서 군경이 충돌했고, 시범 순회 중에는 구례에서도 사건이 있었다. 간부인 일제 순사들은 매국노 지탄을 받았으나 어려운 시험과 교육을 마친 공채 경찰은 자부심이 대단했다. 한편 국방경비대는 마구잡이 모병으로 문맹자와 수배자가 많아 경찰에 무시당할 처지였다.

10월 3일, 14연대를 방문해 중대장과 수인사를 했다. 같이 애국애족하는 입장에서 서로 이해하고 존중자고 간곡히 호소했다. 벌써 내 실력을 알고 있었기에 좋은 얼굴로 헤어졌다. 열흘 후 중대장을 다시 만나 저녁이나 하자고 제의했다. 좀 서먹했으나 20일로 날짜를 잡는다. 19일 귀가 취침하는데 자정 경 비상소집이 발동된다. 여수 14연대 반란이었다. 각자 임지를 지키며 다음 지시를 기다리라고 했다. 아니 반란이라니 누구를 위한 잠꼬댄가.

아침 반란군 천 여 명이 열차에 나누어 타고 순천으로 진격한다는 급보가 있어 응소한 경찰 병력 100여 명은 바로 역과 순천교 그리고 광양삼거리에 모래주머니로 차폐물을 설치했다. 그러나 수적으로 열세인데다 M1 전투부대와 카빈 경비 병력의 대결이었으니 다들 도망가기 바빴다. 안면을 튼 바 있는 중대장에게 협력을 청하니 군끼리 피를 흘리고 싶지 않다며 상부에서도 아무 지시가 없다고 했다. 10시 가까이 순천 병력 500이 반군에 합세한다.

어처구니가 없었으나 일단 몸을 피해야 했다. 얼른 생각나는 데가 경찰 사직을 만류했던 친척 집이었다. 경찰 후원회장을 접은 후 관내 군 장교들과 인맥이 두터워지면서 불평부당하게 처신해서 누구에게도 원망을 사지 않는 신중한 입장을 지키고 있었다. 동생에게 연락하여 사복으로 갈아입고 죽도봉에 은신해 있다가 어두워질 무렵 조심스럽게 발길을 옮겼다. 일가인 그는 반기면서 이 고비를 잘 넘겨야 한다고 위로했다. 다들 개죽음이라 했다.

여순사건은 너무도 희생이 컸다. 공식 발표 사망 3800명, 부상 2000명이지만, 실제 사상자가 만 명을 넘을 것으로 보기도 한다. 시체 썩는 냄새가 하늘을 찔렀으며 훼손된 시체는 목불인견이었다. 총살·자살·타살·격살 등 가지가지 잔인한 방법이 총 동원됐다. 추석 지난 지한 달, 구름 한 점 없는 하늘에 둥근 달이 유난히 밝았다. 들판에 옥수수와 수수대가 서성기고 벼는 깊은 잠에 빠져 있다. 콩밭과 깨밭이 가을걷이를 기다리고 있는데 뭣 하는 짓들인가.

반군은 무슨 희망으로 그렇게 많은 사람을, 진압군은 무엇이 급해서 그렇게 쉽게 사람을 죽였는가. 아무리 간도경비대가 지휘했다지만 부모형제자매도 없는가. 초토화 된 시가지에 학살만 나뒹구니 너무도 어처구니가 없었다. 사체 처리가 끝날 무렵 삼촌은 경찰을 떠난다. 석 달만 참으면 경사 승진인데 아쉬웠지만 더 이상 머뭇거리고 싶지 않았다. 3년이라지만 거의 교육 훈련과 내근이었다. 일선 근무에 대한 회한 같은 건 없었다.

책을 좋아하고 이해력이 빨라서 시험 소리만 나면 모두 합격하고 싶었다. 가정 형편도 형편이려니와 변호사나 고등관을 꿈꾸다보니 그 방면 공부였고, 연관되어 경찰로 간 것이지 특별히 어떤 사명감을 가지고 있었던 것은 아니었다. 다시 고등관 시험으로 돌아온다. 1년 준비 끝에 고등전형고시에 합격한다. 마침 건준 간부였던 제헌의원의 민의원 출마가 있어 그 뒷바라지를 하다가 6·25를 맞는다. 부산 피난길에 중도에서 경찰 전력이 탄로 나 기사회생 한다.

수복되고 나서 관계 진입을 위해 부산에 있는 친척을 찾아갔다가 부산 정치파동을 목격하고 반 이승만 계열에 몸담게 된다. 순천에 돌아와 범야대책본부에서 활동하다 구속당한다. 2주 후에 풀려나 다시 부산으로 갔다가 서류구비 관계로 되돌아오니 과거 건준 경력과 좌익 서적 보유를 문제 삼아 재 구속된다. 반 이승만은 죽여도 된다며 혹독한 고문을 당한다. 총살시킨다며 실탄을 발사 위협한다. 양다리를 나무로 비트니 종아리뼈가 부러진다.

3개월 만에 석방되어 다시 부산으로 간다. 심신이 피로하고 정의감에 못 이겨 뛰어든 정치판은 고난의 연속이었다. 대체 정의감이란 무엇인가. 공명심이란 또 무엇인가. 다시는 끌려들지 않으리라 마음을 다잡는다. 그러나 초지일관 등용문은 열리지 않았고, 이러저런 인연으로 정치 유혹을 물리칠 수 없었다. 다시 3개월 간의 유치장 살이. 두 번의 대통령 선거와 4·19 직후의 민의원 선거까지 장장 10년간의 방황이었으며 배신과 모략, 허탈의 연속이었다.

어찌 회한이 없겠는가. 삼촌은 눈을 딱 감고 공무원 공채시험을 치른다. 1년 후 민생부로 전보되어 갓 들어 온 나와 마주치게 된 것이다. 내가 나던 해 초등학교 입학, 내가 입학하던 해 졸업. 나보다 2년 늦게 입학했으나 내가 졸업했을 무렵 벌써 향토 훈련, 철도 근무, 경찰 근무 경력이었다. 내가 중·고·대학·대학원을 다니는 동안은 정치였다. 삼촌은 다시 씹는다. 청운의 뜻이란 헛바람이었다. 정의의 관철이 아니라 탐욕의 광란이었다.

책으로 보면 신명나기도 한다. 그러나 동양은 특히 한국은 이론과 실제가 하늘 땅 만큼 다르지 않는가. 가깝게는 조선조의 당쟁을 보자. 지금의 시각이나 시선으로는 너무 어처구니없는 일을 벌였다. 나라 때문이라면 나라가 그 지경이 됐겠는가. 방향이 옳았던 갑오개혁도 결국 타살당하지 않았나. 반일 감정 때문이었다면 왜 매국을 했고, 결국 그 문물을 받아들였는가. 해방 후의 사상 대결. 반란도 전쟁도 아군이라 해서 별반 다르지 않았다.

삼촌의 생각은 여기까지였다. 풍토 개선이 문제다. 누군가 능력 있는 사람이 십자가를 질 각오로 달려들어야 한다. 역사를 씻어낼 결단이 없으면 정치에 뜻을 두지 말아야 한다. 위선일 뿐이다. 차라리 어디에서나 충실한 직장인이 되는 게 낫다. 마음만 먹으면 옳은 일에 헌신할 기회는 얼마든지 있다. 안정된 생활을 위해 택한 직장이지만 벌써부터 이것저것 걸리는 게 많다. 버릇이지만 이를 잘 다스리는 것도 정치의 한 단면이다. 삼촌은 뇌까리고 있다.

IX. 양말 구멍

1. 영시의 다이얼

　늙어서 그런지 잠기운이 돌지 않아 늦게까지 텔레비전을 보게 된
다. 마감 뉴스를 보려고 구시렁거리는데 전화벨이 울렸다. 애들이겠
지 하고 들어보니 나이깨나 먹은 남자다. 자기 이름을 밝히는데 순간
뒷덜미가 조금 섬뜩하다. 그럴 수는 없는데 하며 나는 겨우 말문을
연다. "네. 잘 기억이 나지 않는데요." 그는 다시 내 이름을 확인한다.
"당신 나 몰라? 옛날 2중학 대대장 말야." 잠시 풀어졌던 뒷덜미가
다시 일어서면서 이번에는 등줄기를 오싹 세운다.

　아니 이럴 수가. 틀림없이 죽었지 않은가. 이 눈으로 확인까지 했
는데……, 죽은 지가 벌써 50년도 더 되지 않는가. 그런 그가 야밤에
나타나다니. 나는 얼른 죽은 줄 알고 있었다는 얘기를 목구멍으로
삼켰다. 떨리는 손으로 수화기를 내려놓았으나 자리를 찾지 못하고
데그럭거린다. 들어가자는 아내로 해서인지 아무에게도 들키지 않은
한숨이 나지막이 끊긴다. 아니 이럴 수가. 중 2 때 나는 소대장이었고

그는 대대장이었다.

그는 상급생답게 덩치가 있었지만 성격은 유순했다. 아니 내게는 더 큰형 같았다. 안집에 살고 있는 친척 누나와 연애를 하고 있었고, 내가 그 심부름을 몇 번 해주기도 해서 나를 보면 오히려 쑥스러워하는 듯했다. 하기야 그때 무섭게 구는 것은 한두 해 위인 중대장들이었다. 대열을 넘나들며 '조국은 부른다. 백만 학도야(호국단가) 소리가 적다고 몽둥이를 휘둘렀다. 운동장 이 끝에서 저 끝까지 토끼뜀을 시켜 다음 날 걸을 수 없을 정도로 시달렸다.

나는 깡촌에서 자랐지만 공부를 잘해서 2중에 들 수 있었다. 1중은 촌놈들이 갈 수 없다고 했다. 나보다 3년 먼저 2중에 들어간 뎬사이(天才의 일본 말) 형도 이 고장 제일의 수재요 마름집 아들이었지만, 일본 교장의 권유로 1중 입학을 단념했다니 내가 들어갈 공간이 있을 것 같지 않았다. 일본 순사들에게 고분고분하지 않은 것밖에 크게 내세울 것이 없는 아버지는 해방이 되어도 아무것도 달라진 것이 없다고 흥분하셨다.

나는 1중에 못 간 것이 억울하지 않았다. 촌놈은 촌놈이었고, 2중만 해도 내게는 과만하다 할 것이었다. 내가 들어가던 해에 단선반대 소동과 여순사건이 있었기에 좌우익의 대립을 어느 정도 실감할 수 있는 때였지만, 나는 고향길이나 학교 교정에서 이따금 만나는 뎬사이 형의 인민세상 얘기에는 별 흥미가 없었다. 나는 오로지 공부가 목적이었다. 그런데 겨울방학을 마치고 돌아오니 나를 제일 알아주던 훈육주임 영어선생이 교실에 들어오지 않았다.

학생들의 습격을 받아 머리가 깨졌다고 했다. 상급생들이 무슨 심상치 않은 일을 저지를 모양이었다. 2학년에 올라와 시험을 보는데 교실 밖 화장실 옆에서 상급생 몇 사람이 무릎을 꿇고 있고 웬 낯선 어른들이 그들에게 똥을 먹이고 있는 게 아닌가. 덴사이 형도 얼른 보여 깜짝 놀랐다. 알고 보니 상급생들이 백지동맹을 주도해서 경찰들이 나섰다는 것이다.

2중은 촌놈들이 많아서 일제 때부터 학생운동이 거셌다는 얘기들이 오갔고, 그래서 빨갱이가 많다고 했다. 6·25가 난 것은 막 3학년 때였다. 담임선생은 휴교를 알리면서 오늘 밤 중으로 시가전이 벌어진다고 정부 발표와는 사뭇 다른 얘기를 했다. 시가전이 무엇인지도 모를 때였다. 내일 하향할 요량으로 잠을 청한 밤 요란한 포성에 놀라 집을 뛰쳐나갔다. 모두들 우왕좌왕하는 사이 이미 다리가 끊긴 소식을 듣는다.

집으로 돌아오니 미군 장교들의 숙소가 벌써 시민들 손에 넘어갔다. 나도 뒤늦게 들어가 무슨 고추만한 전구가 줄줄이 달려 있는 전선을 집어 든다. 나는 고향에 내려갈 길도 막연하고 해서 덴사이 형을 찾아갔다. 밤늦게 돌아 온 형은 들떠 있었다. 백지동맹 후 주동자들이 대대장에게 끌려가 갖은 매를 맞았고, 그 중 한 사람이 실신하자 거적을 덮어 길가에 버렸다고 했다. 혁명정신이 살려낸 그 도깨비를 중심으로 지금 원수들을 색출하고 있는 것이다.

나는 무심결에 어제 대대장이 나를 통해서 안집 누나와 만났다는 얘기를 했다. 며칠 후 학교에 나오라는 가두광고를 보고 학교에 나갔다. 운동장에 모인 학생들에게 낯선 상급생이 단상에 올라 외쳤다. "악질분자를 인민의 이름으로 처단했다." 도깨비인 듯했다. 이윽고 거적을 씌운 들것이 들려 나왔고, 학생들은 빙 둘러서서 만세를 불렀다. 대대장이라 했다. 나는 가슴이 뛰고 얼굴이 화끈거려 견딜 수가 없었다. 손이 어떻게 올라갔는지도 모르겠다.

거적 끝으로 뒤꿈치에 구멍 난 양말을 신은 대대장 발바닥이 비스

듬히 서 있어 나는 눈을 감았다. 강당으로 몰려가는 대오를 멍하니 따라 들어갔다. 또 다른 상급생이 단상에 올라가 영용무쌍한 인민군 장병들이 괴뢰군을 무찌르고 서울을 해방했다며 인민군총사령관이신 김일성 장군과 약소민족의 진정한 해방자이신 스탈린 대원수에게 열렬한 박수를 보내자고 제의했다. 박수가 쏟아지고 여기저기서 만세소리도 나왔다.

인민군 장교가 소개되고 그는 남조선의 공격을 무찌르고 단숨에 내려왔다고 자랑했다. 끝으로 아침 서울, 점심 평양, 저녁 의주라는 국방군의 흰소리를 비웃고 내려갔다. 이번에는 덴사이 형이 결의문을 낭독했다. 조국의 남반부를 조속히 해방하기 위하여 우리 모두는 학업을 중단하고 의용군에 입대하자고 핏대를 높였다. 여기저기서 또 박수가 쏟아지고 '옳소'도 튀어나왔다. 나는 아직도 뭐가 뭔지 갈피를 잡지 못한 체 멍멍하게 서 있었다.

상급생들은 뭘 죄다 아는 것 같았다. 우리는 그들을 따라만 가면 된다고 생각하며 좀 떨어진 국민학교로 행진했다. 운동장에는 벌써 다른 학교 학생들이 많이 와 있었다. 우리는 엉성한 대오를 따라 차례차례 교실로 들어갔다. 무엇하는지도 몰랐고 알아보려고도 하지 않았다. 내 차례가 되었을 때 인민군은 겸손하고 인자한 표정으로 손을 내밀었다. "그동안 이승만 정권을 위하여 충성을 받쳤지요." 받치느라 수고가 많았다는 위로조였다.

나는 충성 바친 것도 없는데 좀 멋쩍게 "예" 하고 말이 나왔다. "이제부턴 조선민주주의 인민공화국을 위하여 충성을 받치세요." 충성을 받칠 수 없겠느냐는 호소조였다. 나는 말이야 할 수 있지 해서 또 "예"하고 대답했다. 나오는데 또 어떤 상급생이 일일이 확인하며 "충성을 받치겠다고 한 사람은 이웃에 있는 여중으로 가라"고 한다.

좀 일이 이상하게 돼 가는 것 같았다. 이게 의용군 지원이라니 좀 황당했다.

날이 어둑어둑해지자 여중으로 옮겨온 학생들은 차차 불안해지기 시작했다. 정말 이러다가 의용군으로 끌려가는 것 아닌가. 아니 강제는 없다고 했는데 가족과 아무 연락도 못하고 이럴 수가. 누가 말했다. 우리가 충성을 받치겠다고 한 것 아닌가. 그러나 그렇다고 곧 의용군을 자원한다는 소리는 아니었지 않은가. 여기저기서 불만과 항의가 슬금슬금 어둠을 기어다니고 있었다. 나는 고향에 계신 부모님을 떠올렸다. 얼마나 걱정하실 건가.

몇몇 학우들이 누가 먼저랄 것도 없이 서로 도망가자고 수군거렸다. 어둠이 먼 얼굴을 알아 볼 수 없도록 장막을 내리고 있었다. 그러나 담장은 넘을 수 없을 만큼 높았고 또 눈에 띌 것만 같았다. 머뭇거리는데 또 옆에 있는 학교로 간다고 했다. 여중 정문을 나서니 양쪽에 늘어선 시민들이 박수를 쳤다. 저 어린 학생들이 의용군을 지원하다니 얼마나 갸륵한가.

이윽고 네거리가 나와 주위가 좀 산만해졌다. 대여섯이 이심전심으로 튀었다. 그러나 5미터 아니 10미터를 채 가지 못하고 겁이 나서 되돌아갔다. 나와 누구 단둘이만 계속 달려 종로통까지 나왔다. 집에 들어가지 못했다. 잡힐 것만 같았다. 밤늦게까지 거리를 헤매다 어느 음식점에 붙어 있는 변소에서 뜬눈으로 새벽을 맞았다. 주머니에 돈은 있었지만 거지 행세를 해가면서 마포나루를 건너 고향 땅을 밟았다.

집안 식구들과 생환의 기쁨을 나눈 것도 잠깐 나는 쫓기듯 집을 나섰다. 아버지도 삼촌도 어디론가 피신하셨고 나는 남아 있어야 의용군에 끌려간다는 집안 어른들의 말을 따른 것이다. 해안선을 따라

안중·평택에 이르니 띄엄띄엄 피난민 대열이 있었다. 대구까지 밀려
간다. 아는 사람이라고는 이따금 만나는 2중 선배들이었다. 경례를
하니 반가워하면서도 멋쩍어 했다. 절망이었다. 한 선배는 의용군 나
가다 도망쳤다는 얘길 듣고 합숙소로 안내했다.

2. 밀고

　6·25 때 나는 학도호국단 대대장이었던 선배를 밀고해서 죽음에
이르게 했다. 그런 대대장이 50년 만에 나를 찾아 온 것이다. 그는
그때 죽음 직전 탈출해서 의용군에 입대하고 구사일생으로 살아남았
다. 북한에 정착한 후 해외 탈출에 성공한 그가 지금 내 앞에 서 있다.
내게 있어 그는 또 다른 도깨비였다. 도깨비가 나를 찾은 사연은 무
엇인가. 70을 넘기고 난 대대장이 인생을 총 정리하는 과정에서 꼭
나를 만나야겠다고 결심하는 사연은 이러했다.

　아침을 함께 하면서 그는 그의 파란만장한 인생 유전과 이제는 모
든 운명을 하나님께 맡기고 그의 부름을 받을 때까지 용서하며 회개
하며 조용하게 살기로 했다는 얘기를 장장 세 시간에 걸쳐 들려주었
다. 법대 1학년에 재학중인 한 꿈 많은 청춘이 본의 아니게 50년 가까
이 공산주의자로 살 수밖에 없었던 그 길목에 내가 서 있는 것이다.
이것은 그의 얘기를 듣고 내가 한 생각이었다. 그는 나를 원망하거나
용서하기 위하여 온 것이 아닌 듯했다.

　나의 제보로 누나가 미행을 당하긴 했지만 실제로 대대장은 은신
처에서 주민신고로 붙들렸다고 했다. 순간 나는 적이 안심이 되었다.
대대장은 도깨비 앞으로 끌려가면 곧 죽음이라는 것을 알았다. 대대

장이 처음부터 도깨비를 족칠 생각은 아니었는데 주위에서 강하게 밀어붙여 그렇게 되고 만 것이었다. 대대장은 한 차례 초죽음이 되도록 맞았으나 좀처럼 도깨비는 보이지 않았다. 그도 대대장을 생각해 주는 것일까 아니면 뜸을 들이고 있는 것일까.

바늘구멍보다 더 적은 기대가 스쳐갔다. 일순 놈들이 무슨 일인지 자리를 비우는 것 같았다. 그는 축 늘어져 있었지만 실은 늘어뜨리고 있었던 것이었다. 하나님의 음성이 들렸다. 그는 튀었다. 천신만고 끝에 외가에 당도했다. 거기 숨어 있다가 의용군에 입대했다. 그의 외숙은 겁이 나기도 했지만 꼭 그래서만이 아니라 조카의 장래를 위하는 생각으로 권했다. 시간이 흐를수록 전세는 악화되고 대대장도 결국 절망 속에서 그 길을 택한다.

별로 따지지도 않고 지원을 받아주니 오히려 마음이 편했다. 그는 의심받지 않으려고 영용무쌍하게 싸웠다. 그가 참전한 후 얼마 안가 전투는 패주의 연속이었다. 그러나 그가 돌아선다는 것은 이미 훈장에 빛나는 그의 가슴이 허용치 않았다. 그는 널브러진 주검을 비집고 다니며 잘도 싸웠고 잘도 도망쳤다. 죽음이 그를 피해 다녔다고 해야 옳다. 명재경각 절체절명의 고비를 수없이 넘었다. 차라리 죽음이 낫지 않을까 하는 생각도 여러 번 했다.

주저앉아 그대로 꺼져드는 착각에 빠질 때도 있었다. 그러나 그때마다 누군가 그를 살려주고 있는 것 같았다. 누나였다. 그는 끝내 살아남아 김일성대학을 다녔다. 조마조마한 구석이 있었지만 그럴수록 열성 당원으로 활동했다. 우여곡절, 칠전팔기, 해외 탈출 그런 성공이 뒤따랐다. 탈출 후 5년은 그에게 실로 거듭나는 진통이었다. "도깨비 떼를 용서하자. 나도 도깨비가 될 수 있었을 것이었고, 어찌 보면 나 또한 또 다른 도깨비가 아니었던가."

남한에는 소련이 북한에는 미군이 진주했다. 내가 북한에서 2중을 다녔다면 나도 그랬을 것이다. 너나없이 양말을 기워 신던 시절, 부자들의 재산을 나눠 가진들 그게 얼마이겠으며, 또 미·소가 다 저들의 실속을 차리는데 왜 한 쪽만 선하다고 믿었는가. 철없이 정의감에 불타 있던 도깨비들끼리 서로 용서할 수밖에 없다고 생각했다. 먼저 깨달은 자가 먼저 하면 된다. 그의 얘기를 들으면서 몸은 다시 오그라들고 있었다.

말로는 나를 피해주었지만 나로 인하여 겪은 그의 엄청난 시련 앞에 그리고 그걸 세월 탓으로 돌리는 어떤 체념 앞에 나는 한 줌의 고깃덩어리만도 못했다. 그는 그런 나를 읽고 있었다. 나는 기어드는 소리를 냈다. "선배님, 여러 가지로 죄가 많습니다." 그는 기다렸다는 듯 "무슨 소리야. 그런 생각은 아예 말게" 하는 게 아닌가. 나는 밀고가 아니라 지나가는 얘기로 했을 뿐이라고 자위한 속내를 보였을까 두려웠다. 나는 그를 밀고한 것이다.

나는 그를 밀고한 것이 맞다. 죽을죄를 지은 것이 사실이다. 그러나 또 아무도 모르지 않는가. 그러나 아무 것도 아니라고 하다가도 6·25가 온다든가 또는 어떤 편을 가르고 들어야 할 때마다 그것은 늘 내 속을 켕기고 있었다. 잠 못 이루는 밤, 아니 어떤 때는 대낮에도 나는 시달리고 있었다. 오랫동안 괴로워했고, 떳떳치 못했고 죽는 순간까지도 개운치 않을 것이었다. 남북이 화해가 된다 해서 또 통일이 된다 해서 다를 게 없었다.

지금 대대장이 그것 때문에 잡힌 것은 아니라 하더라도 조금도 달라질 게 없었다. 왜 그랬을까. "내가 원래 입이 싸다는 얘길 곧 잘 듣지 않았는가. 나도 모르게 얘기한 것뿐이다." 그런데 아니다. "대대장이 그런 악질이었다니"로 시작해서 "덴사이 형에게 잘 보일 때가 온 것 아닌가." 또는 "아니야, 우리 1중 못 간 걸 보면 덴사이 형이 옳게 본 거야." 당시 그런 생각이었는지도 모른다. 마음을 어떻게 먹느냐 하는 것은 특히 어릴 때는 얼마나 엄청난가.

이제 나와 대대장이 누나 얘길 할 차례가 되었다. 어찌 누나가 궁금하지 않겠는가. 그냥 헤어진 것도 아니다. 부모가 반대한 것도 아니다. 대학 1학년과 여중 6. 한창 무르익은 풋사랑을 누가 무 자르듯 갈랐는가. 50년 세월 그녀는 때로 그리움이었고, 희망이었고 마스코트였다. 미움이었고, 짐이었고 저주였다. 누나는 가족이 있고 또 가족을 더했다. 꼭 끝까지 망망대해 일엽편주는 아니었다 해도 대대장에겐 참을 수 없는 아픔이었고 절망이었으리라.

대대장의 전화를 받는 순간 누나가 얼른 떠올랐었다. 나의 죄책감이란 늘 도망만 다니고 싶어 했었으니까. 그러다가 들킨 것이다. 대대장이 혹시 누나가 궁금해서였나. 그것 때문이라면 50년 지난 객기 아닌가. 나는 착잡한 감정을 억누르고 누나 얘길 꺼내야 한다고 생각했다. "저, 누나 가끔 생각나죠?" 그는 기다렸다는 듯이 "생각뿐이겠는가. 아…" 그의 늙은 눈은 아련했다. 나만 아니었으면 울음을 터뜨릴 것 같았다. 아니 그의 심장은 터지고 있었다.

그는 말했다. 남한에서의 20년. 망향 50년. 지금도 그를 가장 슬프게 하는 것은 그녀였다. 백지에 얼굴을 그린다면 까만 진주 눈과 붉은 석류 입 밖에 그릴 것이 없는 그녀. 2여중 다니는 사촌동생을 따라 처음 교회에 나온 그 얼굴 그대로 언제나 똑같았고 못 본 50년도 쭉 그랬다. 인왕산 자락을 떠나는 마지막 밤 처음으로 그는 그녀와 으스러지게 포옹을 나누었다고 했다. 그 순간 공포 따위는 없었다고 다만 그녀의 어깨가 소리 없이 일렁였다고.

나는 인왕산 자락에 일렁이는 어깨를 보는 순간 40년 전 황학정

골짜기에서 헤어진 그녀가 회오리바람을 일으키며 내 머리를 끌고 올라갔다. 대학 졸업반과 여대 2년. 나는 친구들과 멱을 감고 재잘거리던 그 골짜기를 즐겨 찾았다. 그녀의 시가 대학신문에 뽑혔을 때 나는 그녀를 문학에 빼앗기기 싫어 길을 막고 나섰다. 그녀는 한참이나 고집을 부리다가 울음을 터뜨렸다. 그녀의 눈물을 닦아주는 내 손은 자꾸 미끄러져 나갔다. 달이 밝았다.

대대장은 이내 한을 돌리며 이렇게 말했다. 아니 눈물을 훔치며 말하는 듯했다. "나는 자네를 만나 자네가 갖고 있을 어떤 죄책감을 벗어주고 싶었네. 도깨비가 나를 찾으려고 혈안이 되어 있더라는 얘기 누나가 자네에게 들었다고 했을 때 우리는 솔직히 자네를 원망했네. 그러나 그땐 이러나 저러나 피하기 어려운 시절이었어. 나는 이제 내가 하나님의 부름을 받을 때 마음이 빌만큼은 비어 있어야 한다고 생각해. 아니 비울 수 있는 대로 말야."

나의 심장이 멈추는 듯했다. 아니 마지막으로 날 비우려 왔다니. 나는 하나님께 기도했다. "제 죄는 제가 잘 압니다. 하나님 용서해 주시옵소서. 하나님, 저는 인민세상을 바라지 않으면서도 인민세상이 왔을 때 흔들렸습니다. 저는 사람을 고발해서 죽음에 이르게 했습니다. 그러고는 인민세상을 탈출해서 남하했습니다. 휴전 무렵에 복교한 나는 대대장의 추도식에서도 당당했습니다. 누나는 입 다물다 갔으나 제 죄를 아는 사람이 또 나타났습니다."

돌아서 가는 대대장의 머리 위로 광륜(光輪)이 맴돌았다. 그의 뒤로 서 있는 나의 기도가 이어졌다. "하나님, 대대장은 많은 사람을 역지사지로 용서했습니다. 마침내 저까지 비워냈습니다. 모두 용서를 비는 마음으로 이웃을 용서하게 하여 주소서. 원한과 반목이 가득 찬 세상에 화해와 협력을 주옵소서. 서로를 아우르는 대대장의 사랑이 광대하게 그물 되어 세상을 덮게 하소서. 주여. 대대장이 이루지 못한 사랑을 아름답게 간직하게 하소서. 아멘."

3. 오역(誤譯)

"버선목이니 뒤집어 볼 수도 없고" 그때 나는 참담한 심경으로 아버지와 마주 앉았다. 휴전되던 해 복교한 나는 몇몇 떨거지들과 이모네 빈집에서 자취를 했다. 그러다가 이모네가 올라오면서 다들 빠져나가고 전쟁 전부터 이모네와 같이 있던 나만 눌러앉게 되었다. 이종 누나의 애인을 밀고했던 일은 누나가 감추고 있었으므로 나도 억지 태연으로 지낼 수 있었는데, 고 3으로 올라간 지 얼마 안 되어 하숙비 계산착오가 생기니 나는 또 다른 고민에 빠졌다.

쌀장사를 시작한 이모부가 어느 날 돈이 필요하다며 두 달 치 하숙비를 한꺼번에 달라고 했다. 그런데 다음 달 말에 와서 하숙비를 또 달라는 것 아닌가. 또 내라고 한 것은 이모였다. 나는 이모부를 쳐다보며 지난번 두 달 치 드렸지 않느냐 하니 이모부는 시인을 하는데, 이모는 이모부를 가로막으며 언제 냈느냐고 정색을 한다. 내 기억에는 두 분이 상의해서 한 달 치를 당긴 것으로 아는데 워낙 이모가 안색을 바꾸니 이모부가 움찔 물러선다.

모처럼 상경하신 아버지는 분위기가 이상하니 내게 자초지종을 물으신다. 나와 아버지는 서로 말이 맞으니 착각을 일으킨 것은 이모 쪽이 분명하다. 아니다. 내가 한 달 치를 삥땅칠 수도 있지 않은가. 그 일로 해서 나는 이모집을 나왔고, 나는 이모네와 한동안 찜찜하게 지냈다. 늦게라도 두 분이 착오였음을 아시리라 하면서. 그런데 10여

년이 훨씬 지났을 무렵 그때 큰 이모가 나를 원망하더라는 얘기를 작은 이모가 무슨 말끝에 내뱉는 게 아닌가.

나는 분노하며 작은 이모에게 화를 냈다. 나는 결백하였으므로. 그런데 더 분통이 터지는 것은 어려울 때 내가 그런 짓을 한 것이 더 야속하다는 큰 이모의 말을 그대로 덧붙이는 작은 이모였다. 내가 중학 때 생물반에 들 정도로 좋아했던 이종형은 그때 지방에서 생물 선생을 하다가 군에 입대해 있었기 때문에 나와 이모와의 틀어짐을 모르는 것 같았다. 나는 아무 일도 없었다는 듯이 형을 대했고, 형도 아무런 내색이 없었다.

나는 형이 거기까지는 모르고 있구나, 알았더라도 오히려 내편을 들고 있구나 했었다. 나는 결백하였으므로 다만 증명할 수 없는 것이 한스러웠다. 이모 내외분이 타계한 지금은 증명도 소용없게 되었지만. 그런데 이제 와서 나와 형 사이에는 다른 문제로 오해가 생기고 있었다. 오해라기보다는 오역이라 해야 맞다. 오역은 정답이 있지 않은가. 물론 고전과 같이 애매한 경우도 있지만, 그러나 여기에는 권위자가 있어 정답을 내지 않는가.

나와 형은 서로 오역이라고 우기며 지금 갈라지고 있는 것이다. 하루 빨리 권위자가 나와 형과의 우애를 복원할 수 있었으면 좋겠다. 형과 나 사이에 끊어질 듯 남아 있는 혈연, 대대장이 다녀간 뒤 그것은 내게 더 소중한 자산이요 추억이었기에. 형은 YS가 김일성을 만난다고 했을 때부터 최소한 사과가 있어야 한다고 했다. 나는 물 건너간 얘기라고 했다. 기억을 더듬자면 우리는 반공국가에서 출발해 멸공국가 그러다가 승공국가로 넘어갔다.

그때 그때 국민적 설명도 없었고 국민적 합의는 더더욱 없었다. 살공을 표방한 군사정권도 슬그머니 북으로 넘어가 7·4 야합을 벌렸다. 아무도 6·25의 책임을 묻지 않았다. 노태우 때의 남북기본합의도 국회에서 승인까지 했지만 끝내 사과는 없었고 요구도 없었다. 이제 와서 사과를 요구하며 또 남북대화에 국민적 합의가 있어야 한다니 하지 말자는 얘긴가. 아니면 과거 통일 논의는 해본 소리였단 말인가. 남북정상회담이 있은 지도 꽤 지나지 않았나.

그러나 과거를 물어야 한다는 형의 생각은 더 굳어가고 있다. '민족정서'나 '통일비용' 또는 '동학란 불문' 가지고도 안 된다. 전쟁 책임이 졸(卒)에게 있지 않다 해도 형은 완강했다. 그러던 형이 요즘 와서는 더 변하고 있었다. 사과 문제가 아니었다. 김일성이 악마라는 것이다. 주민을 그렇게 못 살게 굴고 그 자식에까지 악업을 잇게 한 장본인인 그가 인민의 고혈을 짜 일족의 호사를 누리며 핵무기를 개발하여 남한을 위협하고 미국을 협박하고 있다니.

천하의 망나니는 그였다. 사실 무슨 묘수가 있다면 그들의 명줄을 끊어야 할 판인데, 그들에게 무엇을 퍼주고 아양을 떨며 화해를 청하다니 천부당만부당하다는 것이다. 나는 권력이란 그렇게 간단히 세우고 굴리는 게 아니다. 김일성도 무수한 조직과 다양한 계층의 지지를 받고 있다. 많은 사람이 김일성 하나만 죽으면 다 될 줄 알았는데 그렇지 않았다. 형이나 나도 꽤 공부벌레였으니 북한에 태어났더라면 자발적으로 그 벽돌이 되었을 것이다.

인민이 죄다 억압으로 끌려가는 나라는 없다. 그렇다면 북한에서 공부깨나 했다는 놈들은 악마로 봐야 한다. 인도적 지원은 괜찮다니 누굴 겨냥하는 것인가. 또 북한이 내전에 들어가면 비용은 고사하고 그 땅과 주민이 남한에 항복한다는 보장이 없다. 주변 강국의 세력을 업고 각자 할거하면 신탁통치나 분할통치가 될 것이고, 옛 고구려와 발해를 잃고 궁색해진 반도는 그 북반부마저 빼앗기는 상황이 벌어질 것이다.

남한을 토대로 대륙을 바라보는 전략이 허무해지고 종당 간에는 남한만의 독립도 어려울 것 아닌가. 그러나 아무리 설명해도 형은 고집을 꺾지 않았다. 아니 소신을 굽히지 않았다. 아니 모든 반공과 반북을 포장한 자유민주주의를 고수했다. 자유와 민주를 멍들게 하는, 그리고는 그 뿌리마저 흔들리게 하는, 아니 국가도 민족도 없고 오직 자유민주주의만 있는 그런 사회, 반도의 남반부는 가득 찬 분노로 점점 난쟁이가 될 것이다.

서울만 잘 살아도 강남만 잘 살아도 되는 꿈을 꾸는 것과 같다고 해도 형은 왜 그게 그런 꿈이냐고 화를 냈다. 권력이 형에게 화끈하게 대답해줬으면 좋겠다. 북한이 이렇게 운영되는 나라고 그 속셈은 이렇다. 제2의 남침을 예방하기 위해서 또는 내전을 막기 위해서는 도와줘야 한다. 아니면 남한이 국력을 신장하려면 북으로 뻗어야 하는데 북을 무력으로 굴복시킬 수 없으니 공동 활로를 찾아야 한다. 어찌 과거를 물으며 패망으로 몰고 가나.

사태는 더 악화될 것이다. 아니 단순한 동포애 때문이래도 좋다. 그래도 아니다. 침략해 오면 받아치면 될 것이고, 내전이 일어나면 우리가 쳐들어가 평정하면 되는 것이고, 쌍방의 인명·재산 피해는 큰일을 위해 감수하자면 그만 아닌가. 형의 나이는 70대 중반을 넘어섰다. 형이 이대로 세상을 뜨면 형과 이모는 나를 파렴치한 용공으로 볼 것이다. "제발 오해만은 풀어주십시오." 나는 하나님께 매달린다. 그리고 정부에 외친다.

"형과 나를 다시 반공으로 묶어주오. 대화나 통일 같은 것은 먼 훗날 아무도 오역이 없을 때까지 미뤄주오." 멀리 간 대대장이 무슨 소리를 들었는지 되돌아보았다. "저러면 안 되는데. 나를 단지 탈북

귀순용사로 대우하면 그만인가. 약관 16세에 과학도의 꿈을 꾸고 월
북한 뒤 50년 만에 돌아온 용사가 있다. '붉은 하늘 아래 청춘을 묻었
다'고 했다. 헛것을 보고 온 사람이다. 그러나 북한을 때려잡아야 한
다고는 안 한다. 모두 변화를 위해 다가서야 한다."

—졸저 『김구열전』 중에서

X. 조선의 안태반

1. 으뜸 소

그런데 형은 무엇인가 깊은 생각에 잠기는 듯했다. 두 손으로 머리를 감싸 안았다. 제는 형을 어떤 궁지에 몰아넣은 듯해서 걱정이 됐다. 그러나 어찌 달리 자리를 수습하기가 어려웠다. 침묵이 흘렀다. 형은 갑자기 손을 풀며 자기가 왜 이름을 으뜸 소로 바꾸었는지 아느냐고 반문했다. 형이 사서삼경을 마친 것을 아는 제는 떨떠름한 채 얼핏 근사록에 무엇이 나왔는가 하는 생각이 들었다. 할아버지는 책을 보는 데 한도가 있는 건 아니지만 공자님을 잘 알려면 거기까지는 가야 한다고 하셔서 언젠가 형과 함께 몰래 벽장에 올라가 그 궁금증을 풀려고 한 일도 있었다. 보꾹까지 꽉 들어찬 책들을 마주하며 우리는 기가 질려 엄두를 못 냈다. 벽장을 만권루라 하시며 함부로 오르지 못하게 하시는 할아버지한테 들킬까 봐 얼른 내려와야 했다. 학교에 가지 않고 줄곧 한문을 배웠던 형은 나중에 그 만 권의 책을 깡그리 보살피게 되었는데, 어느 날 형은 한문도 아닌 요상한 글체로 쓴 책을 만나게 되었다.

　열 살이 다 되어 해방을 맞은 우리는 바로 언문을 배웠다. 안방에서 할머니 어머니가 보시는 삼국지나 옥루몽이 있었지만 한문을 진서라 했으니 진서 이외는 다 시시한 글자로 여겨 쳐다본 일도 없었다. 조선말을 하다가는 퇴학을 당하던 시절이었으니 더 그랬을 것이었다. 처음에는 '가 갸 거 겨' 하다가 조금 있으니 'ㄱ ㄴ…, ㅏ ㅑ ㅓ ㅕ'로 가르쳤다. 형이 본 것은 바로 그런 'ㄱ, ㄴ' 같은 글씨인데 전혀 딴 판이었다. 형의 호기심은 탐구심으로 바뀌었고 나중에는 학교에 안 간 오기까지 겹쳐 송곳으로 이마를 찍으며 파고들었다. 형의 각고한(刻苦恨)이 고서더미가 되어 금방이라도 벽장문을 헐고 우르르 무너져 내리는 환영과 함께 제를 덮쳤다. 그도 그럴 것이 형은 5대 종손이었다. 종가를 지켜야 하고 종가의 가업을 이어야 한다는 할아버지 말씀은 어려서부터 귀를 뜨게 했다. 왜놈 학교 안 보내겠다는 할아버지의 고집을 받들고자 형은 학교 보내라고 잡으러 다녀도 도망만 다녔다.

　그래도 지차들은 다 학교를 다녔고 힘이 닿는 대로 상급학교에 진학했지만, 형은 해방이 되어도 스스로 학교에 다니려고 하지 않았다. 형은 어른들 말씀을 한 번도 거스른 적이 없었으니 아마도 할아버지 아버지 뜻이 그러려니 해서였을 것이었다. 구두는 신었지만 양복을 입지는 않았고, 사시사철 중이적삼이요 바지저고리였다. 몇몇 남지도 않은 동네 청년들과 어울려 농사를 지으며 늙어서는 젊은이들이 빠져나간 농촌을 지켰다. 형은 제사 때나 절사 때 제를 만나면 늘 얼굴 가득 웃음을 실어 반가움을 들어내곤 했다. 도시생활에 대한 동경은 고사하고 오히려 땅 파먹고 사는 사람들의 진(眞)생명을 끌어안으려 애썼다. 라디오가 들어오고 텔레비전까지 활활한 지금 형은 파삭한 주름을 깊게 접어내리며 슬어져가는 농촌의 뒷모습을 씁쓸히 바라볼 뿐이었다.

그런 형이 내색 한 번 안하고 그 많은 책을 다 더듬은 것도 이해하기 어렵지만, 거기에서 기서(奇書) 한 권을 마주하고 고심고심 끝에 이를 완전 독파했다니, 그 내용이 어떻든지 간에 실로 경이롭고 아연하고 자랑스러웠다. 부러웠고 부끄러웠으며 시새웠다. 명문고와 명문대 그리고 두 번씩이나 해외 유학을 다녀와 여러 군데 기관장을 지내고, 지금까지 유복하게 잘 나가고 있다는 제에게 갑자기 초라함이 옥죄어 왔다. 형이 해독한 책은 가림토로 쓴 우리나라 역사였다. 연전에 최태영 박사의 '단군을 찾아서'를 읽다가 고(古) 한글 가림토가 있다는 사실을 알았지만, 그 글로 쓴 책이 있다니 놀라운 일이었다. 누군가가 불교 경전 보급을 위해 발전시킨 이두문자를 참고했을 것이라고 쓴 글을 보았기에 한글 창제 세종실록이 다소 과장되었을 것이라는 생각은 했었다. 최 박사가 가림토를 한글 원본이라 단언했어도 성삼문이 여러 차례 방문한 요동의 황찬은 음운학자였지 고서가가 아니었기에 다소 의아해 했었다.

그러다가 다시 생육신 김시습의 징심록 추기를 접하게 되었는데, 거기에서도 훈민정음 28자는 징심록에서 취했으며, 세종 생전에 이를 보존하고 있던 박씨 종가를 크게 우대했다는 사실까지 언급되고 있으니, 단군 성전이 있던 구월산 어귀에서 자란 최 박사의 남다른 고대사 관심이 퍽 존경스러웠다. 제는 형이 어떻게 가림토를 해독하게 되었는지를 묻지는 않았다. 다만 형은 다양한 글씨로 쓴 책이 여럿 있었다고 했다. 형의 설명으로 가림토의 가림은 그림이며 또 글씨라는 뜻도 된다. 토는 전하기 위하여 흙에다 썼기에 이름 한 것이고 땅(따)이기에 '가림다(加臨多)'라고도 하였으니 엄밀히 말하면 그림으

로 엮은 책이다. 만권루는 한자(漢字) 책이 거의 다이지만 가림다가
섞여 있는 내력은 한씨 문중과 무관하지 않았다. 우리는 어려서부터
한가(韓家)는 모두 기자(箕子)의 자손으로 알았다. 기자는 중국에서
건너 온 왕족이니 우린 왕손이었다. 일제 때도 창씨를 '기원(箕原)'이
라고 해서 기자의 뿌리를 잃지 않도록 했다.

천자문 다음으로 배우는 동몽선습에서도 주나라 무왕 때 기자가
조선에 와서 예와 의로 다스리니 법으로 금하는 것이 여덟 가지(八條
禁法) 밖에 없었으며, 사람들이 모두 어질고 슬기로워졌다고 했다.
우리는 족보상 기자의 123세손으로 그 핏줄을 타고 3000여 년 간 내
려온 전적이 적지 않았을 것이며, 형이 이 잡듯이 보았다는 만권루도
그 중의 하나였다. 전적은 경서를 빼 놓고는 거의가 천문·지리·농서
였고 그리고 몇 권의 사서(史書)였다. 형의 가림토 해설이 이어졌다.
예부터 한(韓)족은 스스로를 한겨리(겨레)라 했다. 함께 밭을 가는 사
이란 뜻이다. 약 만 년 전 사람들은 높은 지붕마루(西域)에 있었다.
홍수 때문에 거기까지 올라온 것이다. 더러는 씨를 넣었고, 더러는
생구를 쳤고, 더러는 사냥을 했고, 더러는 고기를 건졌다. 그때는 한
겨레를 넝이라 했다. 씨를 넣어 먹고 사니까. 칭하고 냥하고 겅하는
사람들과 구별되었다. 넝은 농사이기에 농사를 주관하는 하늘을 섬
겼다.

물이 확실히 빠지자 각각 흙물을 따라 또는 풀밭을 보고 또는 숲
속으로 또는 늪으로 퍼져 내려갔다. 농사와 유목·수렵·채취였다.
5000년 전이었다. 한겨레는 1000년 동안 하늘 제사를 지내며, 흙(흘)
이 많이 흘러 쌓인 들판(지금 섬서성 용문)까지 내려와 농사를 지었
다. 서녘으로 흐르던 물이 북녘으로 치솟아 오르다 다시 남녘으로
돌아 나와 또 서녘으로 내달리는 굽이었다. 한겨레는 기중 높은 터

(덩)에 나무를 세워 하늘로 솟아나게 하고는 이를 솟대라 했다. 조금이라도 하늘에 가까이 닿아보려고 했으나 턱이 없었다. 맨 꼭대기에 새를 만들어 앉혔다. 새가 겨레의 소망을 물고 하늘로 날아갈 것만 같았다. 사람은 덩(위터 또는 우데)으로 모여들어 노래를 부르고 춤을 추며 하늘을 즐겁게 해드렸다. 마을마다 솟대를 세우고 덩꾸리(덩을 꾸미는 사람 또는 덩에서 무꾸리하는 사람)들이 축제를 이끌었다. 처음 우데에 세운 솟대를 으뜸 소라 했고, 마을마다 세운 솟대는 버금 소라 했다.

한겨레하면 이제 솟대마을에 사는 사람이 되었다. 한겨레는 그림으로 농사를 기록하기 시작했다. 해(日)와 달(月)이었다. 해와 달로 읽었다. 하늘은 一, 그 밑에 있는 들은 二라 했다. 읽기는 하늘, 들로 하다가 하나, 둘이 되었다. 씨앗은 내야 하기 때문에 ㅣ로, 넣다는 들이는 모양 入로 하고 시앗, 니엇으로 읽다가 셋, 넷이 되었다. 김매고 북돋는 것은 다 세우기 위함이니 ㅣㅣㅣ로 하고 다세우리로 했다. 나중에 이들 하나, 들, 시엇, 니엇, 다세웃이 농사의 기본이 됨으로 물건을 셀 때 그 기본을 살렸다. 5진법이었다가 뒤에 여수르고(살피고) 닐구고(일구고) 여들하게(솜씨 있게) 아홀어서(넓혀서) 크게 하자(열고 여세)며 흙(농사 땅)을 넓혀나갔다. 한겨레가 이웃이나 후손들에게 전하고 싶은 것은 먼저 하늘에 복을 비는 법(卜 : 개비를 치다), 심고 가꾸는 법(土 : 들에 이삭을 세우다), 풀뿌리 다리는 법(灬 : 불로 다리다)이었다. 읽기는 각각 복치, 넝일, 다림이었다.

그림글자를 개발해서 흙에다 쓰고 또 오래 보관하기 위하여 이를 굽기도 했다. 굽다가 터진 금이 글자를 자르기도 하고 가르기도 해서 점차 점치는 방법으로 활용했다. 여러 사람에게 알리려면 그림을 말(소리)로 설명해야 했기에, 다음으로 소리 적는 법(글)을 개발하니 바로 가림이었다. 적는 방법으로는 가림이 더 편해서 많이 퍼졌다. 다시 말을 가림(그림)으로 쓰니 말이 점점 늘어나고 그림도 늘어났다. 그림은 그림대로 압축성이 높아 보관·전달이 편했다. 그림 자체가 글자로 바뀌니 뜻글자가 되었다. 뜻글은 점치고 농사짓고 약 달이는 법을 넘어 점차 솟대로 달렸다. 이제 으뜸 소는 으뜸(早)과 솟아오름(卓)이 합쳐 한(韓)이 되었다. 한겨레글자(韓字)의 탄생이었다. 韓은 차츰 높다, 크다는 한소로 또 다시 그냥 한으로 읽혔다. 형이 이름을 으뜸 소로 바꾼 사연이었다. 韓으로 모아졌던 우리말을 다시 풀어쓴 셈이다. 여기까지 얘기한 형은 그러나 잠시 무엇인가 허전하고 서운한 기색이 역력했다.

한문을 배운 우리에게 중국은 대국이었고 거의 하늘이었다. 그런데 특히 한학을 전공한 형이었으니 그 한자가 우리나라 글자였다는 것이 어스름하게 판명되는 순간 어떠했을까 짐작이 갔다. 중국인이 양자강 늪지대를 따라 남방으로 내려간 경(채취)족이었다니, 온몸의 기가 전부 내려앉는 듯 황당한 기분이 들더라고 했다. 언젠가 형과 함께 할아버지께 주역(사실은 상서)을 배울 때 '용마부도 출우하라' 해서 황하에서 용마가 등에 그림을 지고 나타나 복희씨가 그 그림(河圖)을 기초로 팔괘를 만들었다고 했는데, 오히려 우리 겨레가 황하의 중심을 차지했다고 하니 믿겨질 리가 없었다. 제야 환단고기니 규원사화니 하는 고대사서의 내용을 어느 정도 알고 있었기에 형의 사설이 허황되지만은 않았다. 그러나 대국 역사의 말미에 동방에 신인(神人)이 있어 태백산 단목 아래로 내려와 나라를 세우고 국호를 조선이라 했다는 동몽선습이 우리들 고대사의 출발이었던 점을 감안하면 실로 놀라운 일이었다.

2. 하나님과 사서삼경

제가 차에서 내려 시골집 마당을 향해 비탈길을 내려갈 때 마침
형은 사랑 툇마루에 걸터앉아 무연히 나를 바라보다 이내 알아차리
고는 천천히 일어나 제 쪽으로 걸음을 옮기고 있었다. 비탈길이라고
는 하나 어느 새 시멘트로 계단을 놓았고, 이맘때만 되면 몇 년 전까
지만 해도 밭두둑을 감아 내리는 바른쪽 언덕배기에 이리저리 연줄
이 얽힌 채로 을씨년스럽게 서 있던 감나무 한 그루는 늙어서 그랬는
지 베어나가고, 그 자리엔 겨울 된 풀 북데기가 어지럽게 널려 있었
다. 계단이 아니었으면 걸어 나오는 형을 맞으려 발을 재게 노릴 수
도 있었는데, 타박타박 내려가자니 신경이 쓰여 그런지 왼쪽으로 빽
빽이 들어섰던 뽕나무 밭에 심어놓은 무슨 겨울나기 푸성귀 위로 까
만 오디를 따 먹던 추억이 자꾸 피어올라도 흘끔거리고만 말았다.
반가운 웃음을 얼굴 가득 담은 형의 얼굴이 가까이 다가왔다. 70을
훌쩍 넘기도록 농사만 짓고 있어 그런지 80 노인이 다 되어 있었다.

중학에 들어가 줄곧 도시에 살고 있는 제가 보기에는 더 그랬다.
형과 제는 방학 때만 잠깐 만나는 사이가 됐지만, 주로 제가 얘기를
신나게 했으니 형의 얘기를 들을 기회는 별로 없었다. 아니 말수가
적은 형에게 말할 틈도 주지 않았으니 더 그랬을 것이었다. 대학을
나와 살림을 차리고 나서야 제는 형과 이런 저런 얘기를 나눌 만큼
철이 들어 있었는데, 주로 자정이 다 되어 드리는 할아버지 제삿날에
는 조금 긴 시간을 두런두런 함께 보냈다. 할아버지 제사는 비가 오
나 눈이 오나 제가 꼭 참례하였는데, 일찍 돌아가신 아버지 대신이기
도 했지만 대여섯 살 때부터 할아버지한테 한문을 배웠고 초등학교
내내 그리고 중학 때도 방학 때마다 어김없이 내려왔으니 스승을 모

시는 마음가짐이 더 간절했었다. 그러다가 환갑이 다 되어 하나님을 뵙게 되었고, 또 70을 넘기고부터는 차편도 안 좋고 꾀도 나고 해서 차츰 거르고 있는 터였다.

오늘은 제사도 아닌데 일부러 시간 내서 형을 만나기로 한 것이었다. 형과 함께 사랑방으로 들어섰지만 형은 제가 무슨 얘기를 꺼내는지 자못 궁금한 듯 어서 말해보라는 눈치였다. 제는 약간 뜸을 들이고 있었다. 오래되어 낡았어도 방은 훈훈했다. 소도 없어졌으니 군불을 땠을 것이었다. 할아버지가 늘 옆에 끌어안고 계시던 서함은 옷칠이 좀 벗어지기는 했으나 오히려 오동무늬가 선연했다. 백자가 무엇인지도 모르고 사금파리로만 알았던 당초무늬 연적은 거의 창이 난 벼루와 함께 퍽 고풍스러웠고, 족제비 털에 부레풀을 발라 만든 붓 몇 자루는 서수(書數)와 함께 대나무 필통에 꽂힌 채 처연한 구석을 지키고 있었다. 갑자기 천기대요·만산도·방약합편 등 고서를 꺼내보시던 할아버지 모습이 떠올랐다. 특히 주사위를 던져 강(講)이나 훈(訓)을 골라 외울 때 중간이 막혀 야단맞던 일이었다. 조무래기 서동들을 때리다 도리어 종아리를 걷어 올리게 된 사연도 아스라했다.

선생님만 없으면 우리가 왕초였다. 방귀를 손에 담아 아희들에게 억지로 냄새를 맡게 하는 등 짓궂게 놀았었다. 70이 다 된 그들의 얼굴이 어른거렸다. 제는 뜸도 이만하면 됐다싶어 바로 절사와 제사에 관한 의논에 들어갔다. 몇 년 전부터 제가 예수를 믿는다고 했을 때만 해도 퍽 언짢아하던 형은 그 후로도 내가 달라진 게 별로 없어 보이니 그렁저렁 넘어가고 있었는데, 형은 자네만 안 지내면 되는데 왜 그 얘기를 꺼내느냐고 지레짐작으로 단호하게 맞섰다. 사실 제는 가톨릭에서는 제사를 허용한다고도 하고 또 기독교에서도 기일이나 생일에 산소를 찾고 있으니 제사를 반대할 생각은 없었다. 하고

싶은 얘기는 기제사를 따로 지내지 말고 조상의 날로 정해 함께 지내
자는 것, 제수를 따로 준비하지 말고 가족들이 평상 음식을 차려놓고
먹기 전에 간단한 기도나 기도문을 만들어 읽자는 것, 제사를 자정에
지내지 말고 세 끼 식사 중 편한 대로 하나를 택하자는 등이었다.

형이 다 들어보지도 않고 예수는 뭣 하러 믿느냐고 뜻밖에 공격으
로 나오니 조금은 당황스러웠다. 제는 순간 천자문부터 떠올렸다. 예
수교가 나쁜 게 아니다. 어릴 때부터 천지우주를 가르치고 동몽선습
에서는 "그 만물 중에 사람이 제일 귀하다. 오륜은 하늘의 법전이요
사람이 타고난 성품이다"라고 했고, 또 명심보감에서는 "착한 일을
한 자에게 하늘이 복을, 악한 일을 한 자에게는 화를 내린다"고 했다.
사실 말은 안 했지만 만물을 지으신 하느님이 계시고 그 가장 귀한
자리에 사람을 두시어 만물을 다스리게 하셨으니, 부모 조상님도 중
하지만 더 중한 이는 하느님이라 하느님을 받들라고 한 턱이다. 제
는 형과 같이 읽은 책들을 거론한 것이다. 형이 들으면 기독교의 하
느님을 이해할 수 있으리라 해서였다. 그 외에도 형과는 통감·계몽
편·동몽수지·훈몽일조와 격몽요결·소학·대학·효경·중용까지 같
이 배웠고, 그 후에도 형은 맹자·논어·시전·서전·주역까지 갔으니
하느님을 알려고 했으면 어디서나 나타나실 것이었다.

결국 제는 집안 모두 신주나 터주까리보다 더 높이 계신 하느님을
섬겨야 하고, 그 심부름꾼 예수를 믿어야 한다고 싶어 사실 입이 달
았다. 그러나 형이 경학상 천명·천성·천도의 하늘은 각 원리의 궁극
원천으로 숭상의 대상이지 숭배의 대상은 아니라면 어떡하나 했다.
물론 할 말은 있었다. 제왕들이 천자라고 해서 하느님 행세를 했기
때문에 하느님이 가려졌었다고 사실 제 자신은 고민이 많았었다. 해
방 후 시골까지 들어온 과학이 웬만한 풍습은 죄다 미신으로 몰아냈

다. 굿 푸닥거리, 대감항아리, 집주저리, 성주풀이, 부엌조앙, 마구우
양, 신장막대 그리고 여러 비방 부적도 살아졌다. 삼(핏발 눈)을 고치
려고 벽마다 그려놓았던 얼굴(눈에 송곳을 꽂았다)도 하루거리를 뗀
다며 누운 몸 위로 소가 지나가게 하는 모습도 볼 수 없게 되었다.
절간에 들어가 법당 안을 들여다보기도 무서웠다. 교회란 또 무엇인
가, 미신 아니던가. 철들고 나서는 서양 세력이 예수를 앞세우고 다녔
다 해서 더 싫어했다.

　그러다가 민주화 열풍이 불었다. 억울한 사람이 자꾸 늘어나는 시
절이었다. 가슴 아파한 많은 기독교인들이 목숨을 걸었다. 제는 신앙
을 다시 생각하기 시작했다. 만리장성에 끌려나온 신랑을 찾아 나선
새댁이 감독관의 수청을 거부하고 강물에 투신하여 황제 타도를 외
치는 수많은 물고기로 환생하는 장면을 읽고, 제는 환갑이 넘은 나이
에 교회 문을 두드린 것이다. 소원을 이루게 되는 것을 복이라 한다
면 누구나 복 받기를 좋아하며, 누가 복을 준다면 모두 그 사람을
따르게 될 것이나 누가 그럴 힘이 있느냐고 아니 아무도 없다, 조상
님이다, 팔자다 이렇게 나갈 수도 있다. 그리고 하느님, 부처님, 예수
님, 성주대감, 성황당, 무당 이렇게 고를 수도 있다. 그런데 바란다고
빈다고 다 복을 얻을 수 있다면 서운한 사람이 어디 있겠는가. 그래
서 덕을 쌓아야 한다, 착한 일을 해야 한다고 한다. 착한 일이란 무엇
인가. 돌봐줘야 한다, 베풀어야 한다, 구해줘야 한다, 뭔가 남을 위해
해주는 것이다.

　착한 일을 하면 좋은 데 간다. 금시발복은 아니더라도 길게 보면
반드시 좋은 일이 돌아온다는 것이다. 그러니 꼭 무엇인가를 누군가
를 믿어야 되는 것은 아니지 않는가. 또 하필이면 왜 예수인가. 꼭
예수를 믿어야 더 되는가. 예수를 믿어야 더 효험이 있다고 믿는 사

람들은 믿으면 된다. 또 부처님께 절하면 더 많이 받을 수 있다고 믿는 사람도 있으니 이런 믿음은 자유다. 그러면 왜 굳이 예수를 믿어야 하는가. 제가 생각했듯이 정작 교회는 투사를 키우는 곳이라기보다 오히려 사랑이었고 평화였고 기도였다. 희망을 가지고 변화를 기다리는 것이다. 불만인 것은 그래 가지고는 언제 변화가 오겠는가이다. 변화가 하느님의 소관사이기 때문이라서 변화를 위해 사람이 할 수 있는 것은 기도뿐이라면 고통 받는 사람들은 언제 해방되는가. 옥살이하는 사람들의 고통을 더는 방법이 참고 기다리는 것이라면 꼭 하느님이 해방자라고도 할 수 없지 않은가. 그러면 고통은 하나님만 주시고 빼시는가.

하느님 없이도 언젠가는 풀릴 것이라면 기도의 효력이 아니라 참아낸 대가 아닌가. 그런데 그냥 참는 것보다 기도하며 참는 것이 훨씬 수월하다면 이나 저나 기도의 효력은 있는 게 아닌가. 그 기도도 만물을 창조한 조물주에게 한다면 제일 효과가 크지 않을까. 창조주가 있고 또 그가 기도를 들어줄 힘이 있다면 하느님을 믿어야 지혜로운 판단이 아니겠는가. 하느님과 만물을 따로 본 것이 이제까지 우릴 흐리게 했다고. 특히 경학에서는 하늘을 태양, 땅은 태음이라 해서 우주만물 운행원리의 원천으로만 가르치고, 하늘을 인격이나 의사 주체로 인식시키지 않음으로서 백성에 군림하는 왕이나 황제 또는 천자(天子)의 권위를 지키려 했으니 하늘제사도 왕이나 왕을 대신한 신료들이 주관하게 함으로서 일반 백성의 접근을 막았다고 봐야 한다. 그래도 집집이 믿는 구석이 따로 있어 다양한 신앙물을 만들고, 심지어 중국에서는 공자까지 가신(家神)으로 모시면서 자연스럽게 군주와 내통하게 만들지 않았는가.

이는 신이나 사후를 모른다고 천명한 공자의 입장과도 크게 어긋

나는 것이었다. 유교가 선행(仁)을 강조하고 간간히 하늘이 상벌을
내린다고 얼러가며 3000여 년 간 인간을 교화한 공로는 부정할 수
없지만, 하늘 대신 왕을 신격화함으로서 백성으로 하여금 그만큼의
복종과 인내를 강요한 점을 부인할 수 없을 것이다. 이제 하느님을
가리고 있던 장막을 걷어내고 백성들이 바로 하느님과 대화를 나누
도록 하면 어진 세상을 앞당길 수 있지 않은가.

　여기까지 얘기하려고 형을 만난 건 아닌데 어느 듯 제는 전도사가
되어가고 있었다. 그러나 형은 유교 3000과 종교 3000을 비교하자고
했다. 주대(周代)의 교육 담당자들이 유교의 원류라고 할 정도로 유
교는 교육을 통한 윤리도덕의 확산을 지향하기 때문에 종교 없이도
큰 몫을 해냈다고 할 수 있다. 그러나 소위 성군의 시대가 그리 길지
못했던 점을 고려하면 윤리도덕의 신격화가 재래한 오늘의 민주·민
권·자유·평등·박애가 훨씬 높은 평가를 받을 만하다고 제는 주장했
다. 그래서 신에 의지해야 하고 의지할 신은 제일 높은 하느님 아니
겠는가. 유교에도 제문과 축문이 있고, 민속으로도 손을 비비며 주문
을 외우고 있으나 하느님을 분명히 밝혀야 하지 않겠는가. 제는 하나
더 추가하고 싶었다. 하느님은 다 들어주시는 게 아니라 어진(일을
한) 사람의 소망을 들어주신다. 어진 세상을 바라시기 때문이다. 또
하나 있다. 하느님이 계신 것을 안 믿다가 만일 계신 게 판명되면
그땐 너무 늦지 않겠는가.

3. 아사달까지 3000년

　한겨레는 다시 황하를 따라 1000년간 산동성까지 내려오며 번성

했다. 이때 한겨레는 박달족이 되어 있었다. 밝은 달 사람이었다. 쳐다보기 어려운 해보다 감싸주는 듯한 달을 좋아했다. 솟대에 보름달이 뜨면 무리를 이루어 춤과 노래를 불렀다. 당꾸리(덩꾸리)들이 춤과 노래와 제구와 악기를 개발했다. 젖무덤에 꼭지 둘을 그려 맘마 자(母), 고무래 둘을 세워 빠빠 자(父)가 되었고 부모를 받드는 님도 생겼다. 이제는 하늘도 하늘님이라 했다. 당꾸리 가운데 복 잘 치는 복치님, 넝이 잘 아는 넝이님, 수르(술) 잘 달이는 수르님도 나왔다. 나중에 생겨난 씨자를 부쳐 복치씨, 넝수르씨하다가 그림 글씨가 많이 생긴 뒤에는 복희씨(伏羲), 신농씨(神農)가 되었다. 인총이 늘어나 흙(농지)을 넓혀야 했기에 물줄기를 잘 다루는 사람도 이름을 날렸다. 둑을 싸 이부자리같이 흙을 가른 당꾸리 요(堯)도 나오고, 꽃 순이 긴 나무를 심어 홍수와 가뭄을 막아낸 순(舜)도 나왔다. 이름 난 땅꾸리들의 전설도 많이 나돌았다.

지붕을 내려와 1000년간 물고기와 용을 섬기며 늪으로 내려갔던 경(건져 먹는) 사람들은 차츰 장강(양자강) 유역의 기후가 바뀌고 물이 빠져나가 고기를 건지거나 열매를 따먹을 수 없게 되자, 차츰 한겨레 박달족이 지어놓은 농사를 거저먹으려 북으로 올라왔다. 처음에는 박달유민을 데리고 농사를 배우려 했다. 그러나 먹거리를 쉽게 마련하던 습관을 고치기란 여간 어려운 게 아니었다. 이들은 박달족이 농지를 넓히며 내려 온 산동까지 쳐 올라왔다. 경족은 무기를 만들어 떼로 몰려왔는데 바로 군대였고 권력이었고 나라였다. 그들은 박달족의 농사·천문·의방을 적은 글자를 본받아 남을 치기 좋게 떼를 만드는 방법과 사람을 해치는 무기 이름을 나열하였다. 제일 먼저 만든 글자는 배·수레·창·방패 그리고 이를 다루는 군과 대열, 그 앞장을 서는 깃발(干戈舟車軍隊旗)이었고, 다음은 큰 떼(國)와 그 우두머리(王·皇·帝) 그리고는 그들 조상의 이름이었다.

솟대와 그 나래 밑에서 한겨레가 다 같이 농사를 지으며 구순하게 지내는 박달족에게 나라(羿)는 알을 품어내는 어미나래였다. 박달이 보기에 國은 울타리를 쳐 백성을 보호하는 게 아니라 백성을 뜯어먹는 가두리였다. 또 남의 터에 들어와 무기(戈)로 먹을 것(口)을 빼앗는 형국이기도 했다. 백성을 억압하는 권세는 힘을 좋아해서 해를 숭배했다. 괴로운 백성들은 이놈의 해가 언제 망하느냐고(서전·탕서) 할 정도였지만, 왕들은 자기들을 자랑하는 글을 많이 짓고 이를 남기려 기를 썼다. 박달족이 가림토로 편하고 쉽게 의사를 적는데 반하여 왕들은 기기묘묘한 글자를 만들어 백성을 가르치고 괴롭혔다. 한자는 한자(漢字)가 되었다. 王만 해도 농사(土)를 다 지배하는 모습이었다. 곡식 세울 넝(土) 자는 밀려나 비슷하게 읽는 굽은 별 농(曲辰=農 밤길잡이 별) 자로 바꾸더니, 와 하고 떼로 몰려와 낟알을 뺏어가는 박달의 와(我－벼禾를 창戈으로 빼앗음) 자를 발음이 비슷하다고 해서 워(나)로 바꾸었다.

너(二)나 그(三)자도 자기들 발음대로 이(박달의 실감기 爾)와 기(박달의 키기 其, 뒤에 키는 箕가 됨)를 썼다. 점차 그림글자는 겅족이 활발하게 발전시키고, 박달족은 농사·천문·의방 등 꼭 필요한 경우에만 만들어냈다. 굽이굽이 기슭 기슭마다 오순도순 무리지어 농사를 짓는 배달(박달)에겐 글로 전할 말이 많지 않았다. 배달을 지배하는 것은 왕이 아니라 오직 하늘이었기에 조세와 부역과 진상(進上)으로 백성을 괴롭히고 이를 하늘에 뜻이라고 우기며 군말 말고 따르라는 가르침이 필요 없었다. 제국이었던 겅족은 권력을 확충하기 위하여 皇·帝도 모자라서 배달족이 쓰는 하늘, 나, 또는 하나로 쓰는 ㅡ자를 마음대로 주물러 大자를 만들고 이를 우두머리 자에 덧붙였다.

그리고는 자기들이 바로 하늘(天)이라며 가는 곳마다 솟대를 뽑아버렸다. 이런 경족을 하늘님과 넋슬님 밖에 모르는 배달이 당할 수가 없었다. 배달은 하늘님께 매달렸다. 나래에 모여 제를 올렸다.

그러나 떼들은 물러가지 않고 계속 몰려왔다. 배달은 머리에 제일 무서운 주지(자오지-사자) 탈을 쓰고 나서 보았다. 제일 밝은 보름달을 이마에 붙이거나 점점 자라는 초승달로 옆머리에 뿔을 달기도 했다. 활과 몽둥이, 돌팔매로 목숨껏 싸우니 처음에는 퍽 무서워했다. 그러나 별 게 아니었다. 차츰 바보들(蚩尤)이라고 비웃기까지 했다. 그도 그럴 것이 상대는 먹여 기른 싸움꾼이었지만 배달 쪽은 당꾸리(덩꾸리)들이 이끄는 일꾼들이었다. 승승장구 하는 경족의 우두머리는 임금(나중에 제일 위 임금, 곧 黃帝라 했다)이라 했다. 그들의 무용담이 만발했지만 끈질긴 배달(당꾸리, 당골, 꾸리, 따공-大쿵)도 만만찮았다고 해야 더 빛날 것이었다. 어떤 치우는 군신(軍神)으로 받들기까지 했다. 배달이 산동에서 패하기 시작했을 때 배달의 본거지 용문(韓城)에서는 농사철을 잘 따지는 큰 당골 환(환한 달빛)님을 중심으로 황제 떼를 어떻게 막을 것인가를 놓고 깊은 시름에 빠졌다.

우리도 황제와 같이 무력을 양성하자는 논의가 무성했다. 환님은 그렇게 되면 배달의 전통인 솟대와 농사와 한겨레는 영영 없어진다고 했다. 망한다고 했다. 환님은 큰 솟대를 뽑아들고 황제로부터 안전한 지역을 따라 동진하기 시작했다. 흥안령을 넘어 요하까지 진출하는데 또 다른 1000년이 흘렀다. 황제는 벗어났으나 북방에서 흉노족(마적 떼)이 내려와 또 괴롭혔다. 서역 고원에서 풀밭을 따라 내려간 칭족들이었다. 가뭄이 들어 양이나 말을 치기 어려우면 자주 남방으로 내려와 배달을 괴롭혔는데 배달은 그때마다 먹거리를 넉넉히 주며 이들을 다시 북방 초원으로 돌려보냈었다. 2000년이 흐르는 동안

이들 중 일부가 기마민족이 되어 약탈배로 바뀐다. 큰 솟대 환님 후예들은 다시 송화강까지 동진하여 태백산(백두산)에 솟대를 세우게 되니 배달은 어느새 초승달을 숭배하는 겨레가 되어 있었다. 초승달고으리(조선(朝 - 초승달 조, 고을 鮮 또는 아사달 - 이른달) 박달님의 나라였다.

단단해서 농기구로 쓰기 좋은 나무를 박달나무라 했다. 큰 솟대나 버금 솟대나 죄다 박달나무로 바뀌니 황하·한성에서 요하까지 다시 송화·두만·백두까지 큰 솟대가 지나온 길을 따라 대소 마을에 박달 솟대가 줄을 지어 퍼져나갔다. 박달님은 이제 한문으로 단군(檀君)이라 하고, 예부터의 덩은 상당(上黨), 또 덩꾸리는 단골, 또는 그냥 꾸리라 하여 구려(九黎)니 고려(高麗)니 하는 배달의 호칭으로 발전해 나갔다. 한편 한성에 터 잡고 황하 유역을 누벼나가던 배달은 황제에게 항복하고, 솟대가 백두에 꽂힐 무렵 요가 다스렸고 순이 요를 이어나갔다. 순 다음에는 우(禹)가 왕이 되어 나라 이름을 하(夏)라 하였으며, 화하(華夏)족이 황제의 후예로서 중국을 지배하는 건국설화가 완성되기에 이르렀다. 그러나 하를 이은 탕(殷湯)까지 배달의 농사와 이를 위한 치수는 모두 덩꾸리들이 담당하였고 하족은 주로 군권을 쥐고 휘둘렀다. 은을 멸한 주(周)에 이르러 비로소 화하족의 천하가 되었지만 농군은 여전히 배달이 주를 이루었고, 배달이 화하족화 함으로서 자연스럽게 농사 마을이 중국 전역으로 정착하게 되었다.

배달족이 황하를 더듬고 내려온 지 2700년에 태백(백두 아사달)까지 왔으나 편할 날이 없었다. 남쪽은 험산 준령이 막혀 안전하였지만, 송화강에 이르는 일망무제 들판은 여전히 북방 칭족(기마)과 냥족(수렵)의 위협을 받았다. 흉노요, 말갈이요, 숙신이요, 선비요, 읍루요, 예맥이었다. 초승달고으리(朝鮮)라 했지만 창칼을 갖추기는 쉽지가

않았다. 처음에는 외교로 안 되면 자경대·수비대가 나섰다. 결사 항
전하다가 다수가 희생되기도 했다. 멀리 피신하거나 산으로 기어들
어 적이 물러가기를 기다렸다. 웬만하면 뺏기고 마는 게 나을지도
몰랐다. 병사를 양성하자는 논의가 거세졌다. 하느님께 비는 데도 마
감이 있었다. 단골들은 억울한 죽음을 막고 한 많은 주검을 달래기
위하여 넋을 불러댔다. 북방 풍습이 솟대에 엉켜 무당들의 먹거리
굿판으로 변하기도 했다. 그러나 배달은 솟대를 지키며 하느님을 모
셨다. 평화·사랑·두레(농업) 그리고 맑은 피(농군 순혈)를 지키며 또
다른 1000년을 버텼다.

농서·천문·지리·의서는 화족이 개발한 한자(漢字)로 적어야 할
정도로 방대해졌다. 그러나 배달의 뿌리는 여전히 가림(글자)이 지키
고 있었다. 구전돼 오던 것을 대판(竹簡)에 모았다. 솟대 모시는 방법
과 하늘님께 올리는 제사 절차는 반드시 가림으로 써서 많은 사람이
알게 했다. 노래와 춤 그리고 제구인 방울·악기 등 사용법도 꼭 가림
으로 적었다. 배달족이 태백에 터 잡기까지의 내력과 이겨낸 고난을
알게 해서 자랑으로 삼게 했다. 그러나 더 높은 기세로 쳐들어오는
도적 떼를 물리치기는 어려웠다. 버금 솟대 가운데서 제일 단단한
요동의 불끈 솟대 쪽을 자꾸 쳐다봤다. 은(殷)의 왕족 기자(箕子)가
한성에서 건너와 단골이 되어 있었다. 차츰 팔조금법만 가지고는 북
방족을 당할 수 없어 왕궁을 짓고 수비대를 양성하니 비로소 나라
모양이 되었다. 큰 솟대는 부소량(불끈 솟대)을 향해 서서히 움직였
다. 왕도 왕궁도 없이 아사달을 지키자는 찰자들은 이름을 부여(벼농
사)로 바꾸고 새 솟대를 세웠다.

기후가 변해 초지를 잃은 야인들이 대거 쳐들어오자 부여 유민은
요동을 거쳐 바다를 건넜다. 이들도 할 수 없이 한강 유역에 왕국(부

여·백제)을 건설하게 되는데 병졸은 대개 현지화 된 왜(倭)를 앞세웠다. 벼농사를 지으며 되도록 세습 왕을 피하고 솟대 제단을 궁궐삼아 백성을 보살폈다. 군주국이 아니라 제주국(祭主國)이었다. 40대에 걸쳐 1000년 동안 왕권을 유지하던 조선(기씨)은 한화(漢華)족의 침략을 받고 압록강을 건넌 대동강에 이른다. 새로운 뿌시량(평양·마한)을 세웠으나 바로 쫓겨나 홍성·익산으로 찾아든다. 이렇게 마한(馬韓)으로 200년간 연명하던 배달의 전통은 백제로 융합되고, 큰 솟대는 구월산·마니산·지리산으로 떠돌다가 백제가 망하자 진도 용장산으로 건너갔다. 마한 유민과 백제 유민들은 반도 서해안 저지대로 귀화하여 뭍사람이 된 왜인들과 함께 대마(馬)도 규슈를 거쳐 일본에 상륙한다. 원한이 사무쳤다. 힘이었다. 무력이었다. 그들은 천병(天兵)을 기르며 하느님께 제를 올렸다.

4. 왜 우리 손에

형의 산수가림다는 여기까지였다. 족보와 대조하더라도 놀라운 일이었다. 기자로부터 마지막 왕 준까지 40대 900년, 다시 반도로 건너와 세운 마한은 8대 200년인데, 마한 3왕자가 각각 신라·백제·고구려로 갔고, 신라로 간 왕자의 31대 손이 상당(上黨-청주)한씨 시조 태위공이다. 고려 개국공신이니 900여 년이 또 흘러서였다. 다시 조선을 거쳐 900년이 흘렀다. 기자 이래 약 3000년간 누구 손을 거쳐 마한과 백제가 망할 때까지의 기록을 유지했단 말인가. 또 어떻게 할아버지가 간수하시던 만권루까지 왔단 말인가. 부소량 솟대가 궁지에 몰린 연인(燕人) 위만을 보살펴주다가 갑작스런 그의 배은망덕으로 대동강까지 쫓겨 올 때 왕도 겨우 몸만 빠져나왔으니 전적을 옮기기란 쉬운 일이 아니었다. 궁중·귀족·당골들이 몇 권씩 나누어 가지고 내려 온 것이 고작이었고, 이후는 아낙 단골들이 은밀히 요동을 드나들며 천문·지리·의서를 지리산으로 날랐다는 전설이 있을 뿐인데 말이다.

제는 형과 함께 만권루에 올랐다. 실로 70년 만이었다. 나이가 드니 가끔 지나칠 때마다 처연히 바라만 봤었다. 저 책들을 누가 관리할고 보다 이젠 그나마 관심 갖는 후손이 끊어질지니, 오히려 누가 돈 몇 푼을 노렸다고 잔인해 할까 싶어서였다. 얼마 전 이사할 때 손때 묻은 서적들을 그래도 꽤 많은 서화와 함께 시세라는 헐값으로 대거 처분할 수밖에 없었던 제는 꼭 죽은 뒤에 유품을 살아서 정리하는 기분이었다. 박람강기가 필요 없는 세월이 겹쳐 더 가슴이 시렸다. 10여 년 전 겨우 운반비를 건지면서 이조실록 50권과 승정원일기 그리고 독립운동 사료 등을 인사동 통문관에 입고시킬 때만 해도 얼핏 만권루가 다가왔으나 걱정도 팔자라 싶어 관심을 끄기로 했었다. 그렇게 애물단지로만 떠돌던 만권루가 지금 엄연히 제 앞으로 걸어 나오고 계셨다. 오래 전에 버려진 폐광에서 금덩어리를 캐낸 형인 듯 아니 그보다 더 소중한 금덩어리로 제는 형을 바라보았다.

그 많은 고서들을 형은 경전은 경전대로 또 천문·지리·농서·의서는 각각 자리를 달리하여 정리해 놓았다. 산수가림다 첫머리에 만권서를 읽지 않으면 이 책에 손대지 말라고 적혀 있었다 했다. 형은 무슨 비기(秘記)나 되는 듯 그래서 더 만 권 서적을 읽고 분류해 놓았던 것이다. 의외로 사서(史書)도 경전만큼 많아 보였다. 종중 저술로는 문혜공의 고금록, 구암의 동국지리지, 옥유당의 해동역사 그리고 꼭 사서는 아니지만 문정공의 경국대전·국조보감·금강경언해·중간신응경도 있고, 사가정과 같이 펴낸 동국통감도 있다고 했다. 문혜공의 아들이 여말의 대제학이었고, 그 현손이 선초의 대제학 문열공이었으니 집안이 온통 책 천지였다고 전해 내려오는 말이 있다. 문열공의 손자로 조실부모하여 종조부인 영의정 문간공의 보살핌을 받아가며 40이 다 되도록 책에 파묻혀 살다가 수양대군의 장자방이 된 충성공이고 보면 그 문간공의 종가가 오늘의 만권루 아니던가.

문간공의 손자가 문정공이요 형은 그 17대 종손 아닌가. 문정공은 오래 집현전에 있기를 자원했다. 다들 현직에 나가고 싶어 했다. 말이 봉직이지 벼슬 재미를 원했다. 책만 파고드는 그를 보고 동료들이 '성인(聖人)을 찾지 못했으나 한공이 제일 가깝다(庶近)'고 했다. 세조도 그 이름을 부르지 않았다(不號實名). 청렴해서 빙얼(氷蘖)거사라 했고 분대(粉黛)는커녕 사죽(絲竹)을 멀리했다. 자녀 혼례 준비가 없어 왕이 임종에 왕비에게 위촉할 정도였다.

이제 다시 말머리는 산수가림다로 돌아간다. 가림다는 모두 열두 두루마리다. 겉장과 일러두기는 별책이었다. 1권으로부터 12권에 이르는 편년체로 삭거나 헤지면 권마다 새로 쓰면서 1-2, 2-3 하는 식으로 번호를 매겨가며 그때마다 그 사연을 적었기 때문에 처음 흙 판에서 죽간으로, 죽간에서 다시 종이로 옮겨가는 고한(苦汗)이 선연히 느껴지곤 했다는 형의 말이 실감나는 듯했다. 형은 먼저 별책을 언급했다. 겉장은 함부로 손대지 말라는 경구와 제목 '산수가림다'로 마무리 되었고, 책을 펴니 첫눈에 들어 온 '弘益人間' 네 글자가 선명했다. 낯설지 않았다. 영락없이 제의 서재에 걸려 있는 의제(毅齋) 선생 글씨 같았다. 그리고는 또 다른 경구가 있었다. 다른 책은 다 버려도 이 책만은 목숨으로 지켜라. 아니 그렇게 해서 여기까지 고행을 거듭하셨고, 지금 이렇게 우리들의 수택(手澤)을 기다리고 계셨단 말인가. 아니 우리가 버렸다면 하는 생각에 이르니 아찔한 생각에 기운이 쑥 빠졌다.

다시 천하가 한결같이 힘쓰고 힘쓰라고 하신다. 한결같다는 한겨리 같다, 한겨레 같다로 弔자를 썼다. 하느님 뵈려면 솟대 나래 밑에 모이기 때문에 나래 밑에 모이는 사람들은 다 한겨레라 했다. 한겨레가 사는 곳을 나래(羿)라 하다가 점점 커지니 큰 나래(弓)라 했다. 한 나래(큰 나라)에 사는 사람들이 서로 세우고 보살피니 弔가 되었고, 또 큰 대(大)를 붙여 夷라 했다. 화하(華夏)족은 끝없이 큰 나라를 이루고 화목하게 사는 夷를 나중에 활 잘 쏘는 오랑캐라 불렀지만, 활이란 누구나 썼던 사냥도구이니 합당한 자가 아니다. 천하를 모두 夷로 만드는 것이 한겨레가 짊어져야 할 사명이요, 이를 나중에 생긴 한자로 홍익인간이라 한 것이다. 그 실천 요령으로 다섯 가지를 가르치시니 "정성껏 하느님을 섬겨라. 이웃을 한배같이 사랑하라. 일손을 도와 농사에 힘쓰라. 싸우지 말고 달래라. 피를 맑게 하라"(一心奉天 兄友弟恭 隣保務農 不戰和平 純血通婚)였다.

이제 겨우 배달이 솟대를 세워 하느님께 제를 올리고, 서로 도와 농사를 짓고, 오순도순 먹고 마시며, 누가 쳐들어오면 들어주고 달래가며 세상 끝까지 살기 좋은 나라를 이루는데 한 핏줄로 앞장서야 살아서나 죽어서나 하느님의 (주시는) 복을 받는다는 굳은 마음가짐으로 5000년간 이렇다 할 궁궐도 없이 성곽도 없이 화려한 제구나 제기도 장신구도 없이 오직 춤과 노래를 즐기며 남새와 나물과 나문재를 무치고 버무린 건건이로 맛을 돋우며 살아온 내력을 대충 알만했다. 그러나 사방에서 경족(採取)·냥족(狩獵)·칭족(牧畜)이 한사코 한겨레를 만만히 보고 탐을 내니 배달족은 점점 지쳐갔다. 솟대를 뽑아버리고 식량을 약탈하며 부녀자를 겁탈하고 부역과 병역으로 백성을 들볶으니 이젠 희망이 보이지 않았다. 기자왕국, 마한왕국, 백제왕국을 세워보지만 강국을 이기려고 강국이 되다 보면 하느님이 주신 노상외(常念)를 따를 수가 없고, 오랑캐를 이기기 위하여 오랑캐가 되는 이치 아닌가.

강국이라 해도 강소국이었다. 일본으로 건너간 한겨레는 안전 보장이 가능한 지리(地利)가 있어 한 번 해 볼만 하지만 백제는 그것도 어려웠다. 그래도 노고단의 으뜸 소를 지키던 당골들은 심한 논쟁 끝에 곧 많이 부여로 내려갔다. 벼슬사리(사제)를 하다가 백제 멸망과 함께 대부분 옥쇄하고 말았다. 신라로 갔던 몇 안 되는 당골들도 처음에는 사제(천관)로 지내다가 불교가 들어오면서 승려가 되었지만 절을 상당(上黨)으로 꾸미려 애썼다. 우리만의 대웅전과 산신각이 그것이다. 마음속에는 부처보다 하느님이 앞서 계셨다. 나중에 이들은 나라 한가운데 솟대를 모시고 그 지명을 상당(淸州 : 옛 이름)으로 하기에 이른다. 그리고는 끊임없이 한겨레를 회복하려고 은밀한 활동을 계속한다. 상당에 터 잡은 고려개국공신 태위공도 그랬다. 고려 창건을 예언한 화엄사(지리산)의 도선국사와 그 제자들 그리고 왕건의 태사 최지몽 등은 가사장삼을 입고 염불 속으로 새 세상을 열어달라고 하느님께 조아렸다.

형은 가림다를 들고 한참 동안이나 제를 쳐다봤다. 예수를 믿고 될 일이 아니라는 듯했다. 고려는 불교로 칠갑을 했어도 처음부터 호족들의 세력 다툼으로 영일이 없었다. 그러다가 100년도 안 되어 거란이 침입했고, 또 100년도 안 되어 여진이, 다시 100년도 안 되어 몽골이 쳐들어왔다. 그리고는 망했다. 무신귀족들은 땅을 나눠가졌지만 백성들은 다 농노로 전락했다. 나중에는 백성을 해방시켜 주는 대가로 항몽전선에 뛰어들게 했지만 결과는 참패였다. 노고단을 지키던 박달 단골들은 고려의 패망을 지켜봤다. 자기들 생각대로 강소국이란 애초에 없었다. 그럼에도 백제 단골의 본거지 교룡산성을 내려와 용천에 몸을 씻은 땡추(道士)들은 또 새 나라를 꿈꾸기 시작했다. 아마도 25년간 만권루를 뒤졌던 충성공이 도달한 결론도 이와 비슷했으리라. 수양을 도와 나라를 굳혔다고 지금도 자부하고 계시리라.

　그러면 가림다는 우리에게 무엇을 말씀하고 계신가. 고려나 조선이나 모든 인재에게 공자를 가르쳐도 과거로 등용된 공자의 수제자들은 백성을 수탈하거나 수탈을 막지 못해 늘 민란과 맞서야 했다. 불교를 국교로 삼았던 고려도 아무런 덕을 보지 못하고 요승만 날뛰었다. 오상(五常)을 펴 보려고 무당도사들이 사방에 불을 질렀으나 권력에 달려든 백성의 피만 낭자했다. 형은 다 끝난 얘기라 했다. 형의 판단으론 홍익인간이 오래 전에 물 건너갔다는 것이다. 지금 중국에 사는 농민도 근본을 따지면 다 (당)꾸리들이다. 한겨레 유민이나 잡혀온 쿠리에게 농사를 배웠다. 들로 산으로 뛰놀거나 물질과 낚시질에 이골이 나면 농사에 마음을 붙이기 쉽지 않다. 화하족도 기후변화 때문에 할 수 없이 농사에 익숙해졌다. 평화 농사 마을을 향한 오상을 자기들 권력사회에 맞게끔 삼강오륜으로 만들어 3000년 전제정치를 할 수 있었다. 더구나 장사와 공장으로 사는 세상이 되었으니 오상마을을 어디서 찾겠는가.

　그래서 예수가 내려온 것 아닌가. 형은 제를 노려보았다. 묘한 웃음이었다. 비웃음이라 할까 잘도 갖다 붙인다고 어이없어 했다. 조선이 망하기 전 100여 년 간 200개의 불온문서(掛書)가 담을 발랐다.

천진암에서 천주강학회가 열리고, 한 땡추(최양업 신부)가 내원암을
찾아 수운에게 천주실의를 전한다. 그는 또 다른 폭동(動勢開鬪)이냐
아니면 대중운동(靖世開鬪)이냐 고민하던 끝에 은적암에서 무저항
비폭력을 선언한다. 그러나 백성은 듣지 않고 다시 한 번 혁명을 꿈
꾸다 조선과 함께 뼈를 묻었다. 독립운동이라 하지만 멋모르는 사람
들의 목숨을 앗아가긴 매한가지였다. 예수는 혼자서 장렬한 죽음을
맞이했다. 하느님 세상을 만들기 위해 목숨을 아끼지 말라 했다. 그런
하느님의 아들이 되어 백성을 이끌 때 모두가 살기 편한 세상을 앞당
길 수 있다 했으니 살신성인 아닌가. 그냥 될 일은 아니다. 늘 하느님
께 기도하고 선(사랑)을 베풀었는지 참회해야 한다. 형이 조금 누그
러졌다. 살신성인(殺身成仁) 때문인가.

5. 노아 이야기

　제는 노아 이야기부터 시작했다. 홍수가 세상을 집어 삼킬 때 노아
일족은 살아남았다. 여호와(하느님)께서 배를 준비시키셨다고 했다.
배에서 내리자 바로 농사를 지어 포드를 재배하기까지 했으니, 어찌
보면 홍수를 피해 우리 넝족과 함께 있었다는 것이 그럴 듯했다. 가
림다에도 우리와 같이 달을 좋아하다 서쪽으로 내려간 겨레가 있다
했지 않은가. 큰아들의 이름을 딴 셈(심는)족은 북방 유목민(아카드)
의 침략을 받고 사방으로 흩어지는데, 아카드인은 본래 수렵(냥)족이
라 육식을 즐기며 황음에 날뛰고 있었다. 모계였기에 더 걸걸했다.
셈족은 쫓기어 강(유브라데) 하류로 내려간다. 그런데 거기에는 인도
북부고원(파미르)에서 내려온 일처다부의 수메르 족이 농사짓는 백

성을 뜯어내 왕국을 세우고 떵떵거렸다. 태양을 숭배하여 높은 제단을 많이 쌓고 요상한 우상을 깎아 집집마다 모셔놓고 다산과 풍요와 쾌락을 빌며 못하는 짓이 없었다. 셈의 증손 에벨(히브리)은 농사에 매달렸으나 가렴주구였다.

그 증손에 이르러서는 목축이었다. 다시 그 증손 아브라함은 어디엔가 가서 농사를 짓고 싶어 했다. 대대로 그리는 하느님은 어디 계신지 온갖 잡신들만 우글거렸고 모두가 바라느니 정력이었다. 아버지도 늘 "하느님, 하느님! 농사, 농사!"하시며 먼 땅(가나안)을 그리워하셨다. 아브라함은 강을 거슬러 옛 고향(하란)으로 향했다. 배달이 아사달에 도착한 지 얼마 안 되어서였다. 별세한 아버지를 뒤로 하고 아브라함은 하란을 떠나 가나안으로 들어간다. 농사 마을을 개척하려 했으나 주의는 벌써 온통 왕국이었으니 들어갈 틈이 없었다. 하느님이 자주 나타나셔서 큰 마을을 이루어 주리라 격려하셨지만 쉽지 않아 보였다. 예부터 하느님은 자기(말)만 믿는 것을 의롭다(바르다)하셨는데, 1000여 년이 지난 지금은 또 쳐진 사람을 추켜야 공평하다(고르다)하셨다. 바르고 공평한 세상은 농사를 기본으로 해야 한다는 것이 하느님 생각이라고 아브라함은 굳게 믿었으나 아무리 찾아봐도 거처할 땅이 없었다.

누군가 애급으로 내려가 보라 했다. 막상 가보니 들은 넓은데 바로가 태양의 아들이라며 기승을 부렸다. 아내까지 빼앗겼다 되찾은 뒤 많은 육축과 금은을 얻어 가나안으로 돌아왔으나 하느님의 뜻에 합당한 나라를 이루어 낼 엄두가 나지 않았다. 다행히 농사 마을에 성공한 공평왕(살렘 왕 멜기세덱)의 위로를 받고 다시 용기를 얻는다. 주위는 여전히 암흑이었다. 왕들이 앞장서 약탈을 일삼고 쾌락이 절정으로 치솟아 남색이 판을 쳤다. 그럴수록 하느님을 향한 아브라함의 의지는 불타올랐다. 하느님께 기도 드려 얻은 아들을 제물로 바치려고까지 했다. 아무리 멀어도 갈 길은 가야 했다. 아브라함은 우르에서 익힌 쐐기문자(수메르)를 본 떠 걸어온 길을 기록하며 또 떼를 몰았다. 아내가 죽자 원주민들의 양해를 얻어 겨우 밭뙈기를 장만해 장례를 치를 수 있었다. 그래도 자식들 혼처를 구함에 있어서는 어려운 가운데서도 여전히 고향에 다리를 놓으며 서로 섞이지 않으려 애썼다.

200년이 지났다. 아브라함의 자손들은 결국 정착을 못하고 그 손주 야곱(이스라엘)이 열두 아들과 식솔 70명을 데리고 목축을 가중히 여기는 애급 땅에 내려가 겨우 초지 한 구석을 얻게 된다. 히브리 사람과 함께 먹으면 부정을 탄다고 괄시를 받을 정도였으니 비록 애급에서 요직을 차지한 자식 덕을 봤지만 세월이 갈수록 견디기 어려운 수모를 당해야 했다. 400년이 지나서야 보행하는 장정만도 60만이나 되는 대가족을 이끌고 야곱의 증손 모세가 애급을 탈출한다. 모세는 젖과 꿀이 흐른다는 가나안 땅을 보여주며 이스라엘이 거기에 들어가 제사장 나라를 꾸미기 위한 훈련을 40년간 혹독하게 시킨다. 하느님을 알게 하는 게 제일 중요했다. 하느님을 잊고 산 지가 500년은 되었으니 더 그랬다. 하느님은 세상 만물을 창조하시다가 마지막 날에 사람을 내셨으니 의롭게 살면서 만물을 다스리게 할 요량이셨다. 다 끝내고 쉬신 날이 안식일이기 때문에 이를 되새기라는 게 첫째 계명이었다.

아무리 사막이라도 쉬엄쉬엄 40일이면 갈 수 있는 길을 뺑뺑이로 40년을 갔으니, 400년 묵은 애급을 떨어내려면 그래야 했다. 장차 세워 나갈 하느님 나라는 제사장 나라였다. 왕이 아니라 제사장이 하느님을 대리하여 매사를 하느님 뜻대로 결정하는 나라, 하느님이 기름을 부어주시는(점지하시는) 제사장이, 아니면 나라를 이끌 자질을 갖춘 사제들이 뽑은 제사장이 다스리는 나라는 바로(폭군)가 다스리는 애급과는 전혀 다른 나라였다. 화려한 궁궐도 왕릉도 사치스런 장신구도 주지육림과 산해진미를 즐기며 놀고먹는 귀족도 없는 나라, 바라서 하는 벼슬이 아니라 부족하지만 마지못해 심부름하는 벼슬, 오직 나라 걱정에 정신을 쏟는 사제일 뿐, 이런 나라가 과연 될까 하는 그런 나라였다. 모세는 하느님 자손은 하느님만 믿고 다른 헛것(우상)을 쓸어내며 터무니없이 복을 빌지 말고 늘 하느님 뜻을 헤아려 의롭게 살며 이웃을 자기 몸과 같이 사랑함으로서 그분이 내리시는 복을 받들어야 한다고 가르치셨다.

모세는 하느님을 받들게 하기 위해 먼저 하느님의 힘을 빌었다. 하느님의 목소리라도 백성들에게 들려달라고 간절히 기도했다. 사람이 할 수 없는 일을 하느님은 맘만 먹으면 해낼 수 있다는 것을 백성이 알도록 해 달라고 하느님께 매달렸다. 사람이 할 수 있는 일은 기도와 사랑이며, 기도와 사랑을 다짐하는 자리에 하느님이 강림하심을 믿게 했다. 그 자리를 엄숙하게 꾸미기 위해 엄격한 제단 설치와 제례 절차를 마련하고 이를 소홀히 하면 죽음을 각오토록 했다. 특정 가문(야곱의 3남)이 제례를 주관하고 재판을 진행하며, 이들을 위해 소득의 10분지 1을 바치도록 함으로서 두려움과 고마움과 삼가함 속에 하느님의 말씀을 가르치게 했다. 그러나 먹고 마시는 일로 세월을 보냈던 이스라엘은 정력 타령을 하며 애급 시절을 그리워했고 복을 내려달라며 우상을 만들어 절했다. 모세는 이들을 무섭게 징치하여 떠나올 때 함께 했던 장정 60만은 다 죽고 새로 자란 장정 60만으로 가나안에 들어가게 된다.

모세가 느보산 꼭대기에 올라 요단 건너 가나안 땅을 바라보며 40

년 세월을 화살같이 회고하니, 고난의 행군으로 쓰러진 백성의 울부
짖음이 귓전을 때려 잠시 혼절하고 말았다. 모세는 가나안에 들어가
려고 준비하는 백성에게 마지막 유언을 남긴다. "하느님이란 바로
말씀이다. 율법이 이스라엘의 유일한 자산이며 왕이시다. 가나안에
들어가면 일치단결하여 이를 지켜 행하라. 열국 앞에 이스라엘의 지
혜와 지식을 보여줌으로서 그 율법의 공의로움으로 인해 이스라엘이
큰 나라를 이루고 번창하리라는 것을 확신하게 하라." 유언이라기보
다 이스라엘에게 늘 닦달하는 가르침이었다. 이렇게 간절히 호소해
도 이스라엘은 그들 생전에 다 잊어버릴 것만 같아 큰 걱정이었다.
제발 살아있는 동안만이라도 자손들에게 전해주었으면 했다. 손목에
매어 기호를 삼고 미간에 붙여 표를 삼고 문설주에도 기록하라 했다.
40년이 너무 짧았는가. 모세는 요단강을 건너는 이스라엘을 바라보
며 눈을 감았다.

　모세 나이 120세. 그러나 눈이 흐리지 않았고 기력이 쇠하지 않았
다 했으니 그는 목숨을 바쳐 이스라엘의 성공을 호소했던 것이다.
메마른 자갈만 깔려 있는 황량하기 그지없는 광야, 산이 있지만 기암
괴석으로 뒤덮인 드높은 봉우리 뿐 군데군데 샘물이 있어 그 언저리
만 수목이 자라는 땅, 갑자기 깊은 계곡이 갈 길을 막는 험로를 극복
하고 수백만의 이스라엘을 이끌고 다닌 모세는 막상 가나안에 당도
하니 그가 길러낸 이스라엘이 조금도 미덥지가 않았다. 처음 땅이라
했다. 하느님의 도움으로 젖과 꿀이 흐르는 땅을 차지하리라 했다.
그러나 그런 땅은 없었다. 오히려 파종하고 물 대기 쉬운 애급 땅과
달리 하느님이 이른 비와 늦은 비를 적당한 때에 내려주셔야 곡식과
포도주와 기름을 얻을 것이요, 너른 풀밭에서 가축을 키울 수 있으리
라 온 정성을 다하여 하느님을 섬겨야 한다고 가르쳤다. 하느님 없이

는 한시도 살 수 없는 땅이라 했다. 그러나 계명만 잘 지키면 되겠지 이스라엘은 자신 있어 했다.

모세는 하느님 나라 제사장 나라의 건설이 얼마나 어렵고 긴 길인 지 너무나 잘 알고 있었다. 그래서 그리도 혹독한 단련을 시켰던 것이다. 그러나 가나안에 가까워질수록 이스라엘은 차츰 원주민에게 겁을 먹었다. 또 만만한 적을 만나면 부녀자와 놀아나길 좋아했다. 모세는 불같이 화를 냈지만 어쩌랴. 열두 지파에게 땅을 나누어주기로 했다. 지도를 보고 제비를 뽑았지만 불평이 없을 수 없었다. 그러나 다들 책임지고 들어가 악에 물든 거민을 몰아내고 새긴 석상과 부은 우상을 파멸하고 그 신당을 다 회파하라 했다. 성소에는 하느님 말씀을 적은 증거판을 모셔놓고 지파별로 제단을 세우게 했다. 그렇게 해서 이스라엘은 하느님이 새로 기름 부으신 여호수아를 따라 요단을 건넜다. 처음 가나안에 들어갔을 때는 거민들과 싸움도 많이 했다. 이스라엘이 하느님을 앞세우니 연전연승이었다. 또 학정에 시달리는 거민들은 이스라엘을 환영했다. 그러나 이스라엘은 점차 악에 물들기 시작했다.

건강과 쾌락을 위해 우상을 섬겼다. 싸움에 져 열방에 지배를 받다가 다시 대제사장(사사)을 만나 하느님을 회복하면 백성이 일어나 열방을 쳤다. 그러나 열방을 이기기 위해 왕권을 휘두르면 그것은 이미 백성이 편안한 세상은 아니었다. 이스라엘은 또 하나의 열방이 되어 갔고, 각 지파끼리도 서로 싸우고 더 영험한 우상의 축복을 받기 바빴다. 심지어 남색까지 즐겼다. 성전은 발길이 끊기고 어려울 때만 동원되었다. 제사장 아들들이 사사가 되어 제단에 올리는 제물을 물선보고, 성전에서 일하는 여인네와 동침하는가 하면 뇌물을 먹고 판결을 굽혔다. 하느님은 마지막 제사장을 점찍으시고 그로 하여금 제사장 나라가 어떠해야 하는지를 보여주신다. 사무엘이었다. 사무엘이 다시 백성을 추슬러 모든 이방 신상을 마음에서 빼내고 오직 하느님만 섬기라고 외친다. 이스라엘은 한때 대승을 거두지만 장로들은 만족치 못하고 왕을 세워 열방과 맞서자고 들고 일어선다.

6. 서로 손잡고

애급을 출발한 지 400년이 되어서였다. 사무엘은 왕국이 되면 왕과 왕을 받드는 귀족만 잘 살고 백성은 도탄에 빠진다고 반대했다. 열방에서 보는 바와 같이 백성은 왕을 지키는 병졸이나 병기를 만드는 장인을 되어야 하며, 귀족들의 농사를 지어주어야 하고, 모든 좋은 것 예쁘고 맛있는 것을 바쳐야 하며, 십일조로 자기들 관리와 신하를 먹여 살릴 것이니 곧 모든 백성이 종살이에 떨어질 것이라 그때 백성이 울부짖어도 하나님은 응답치 않으리라 경고했다. 그래도 백성의 아우성이 가라앉지 않으니 모세는 할 수 없이 왕(사울)을 지명하고 고향에 돌아와 사제 양성소를 열었다. 백성들이 사울에 실망하고 다시 물어오니, 다윗을 다음 왕으로 예비하고 때를 보아 백성들이 선택케 하신다. 이 다윗이 가나안을 통일하고 그 아들 솔로몬까지 80년간 영화를 누리게 된다. 그리고는 남북으로 분열되어 북이스라엘은 200년 만에, 남유다는 300년 만에 이웃 열강에게 망한다. 왕정 400년 만이었다.

그 후 이스라엘이 총독이 되어 200년간 열강의 힘을 이용하여 무너진 성전과 성벽을 회복하는 등 옛 다윗과 솔로몬 시대의 영광과 영화를 회복하려 애썼다. 열강의 간섭이 심해지자 200년간은 정치적 독립을 위해 투쟁했다. 오랜 패권 경쟁 끝에 탄생한 것은 새 왕조였다. 꼭두각시요 백성들이 고생하기는 매한가지였다. 몇몇 왕들과 이를 에워싼 귀족들의 부귀영화가 판을 쳤다. 권력이 있는 데는 권력에 맛을 누리려는 많은 불나비들이 몰려들게 마련이었다. 이제 뜻있는 사람들은 믿음의 선배들이 마련해 놓은 여러 가지 율법과 율례를 정리하고 가르치는데 전념했다. 진정 백성을 위하는 길을 다시 찾기 시작했다. 아주 권력과 등진 곳으로 도피하여 하느님 말씀을 지키고 실천하려 한 사람도 있었다. 칼을 품고 다니며 이방인과 그 앞잡이를 제거하려고 몸을 던지는 사람도 있었다. 다시 모세가 세우려던 제사장 나라가 보이기 시작했다. 그동안 어디를 헤매고 있었단 말인가. 예수의 탄생이었다.

형은 무엇인가 공감하는 듯했다. 배달과는 다르지만 이스라엘도 수천 년간 엄청나게 고생한 것 아닌가. 잘은 모르지만 유대인하면 미운 마음이 앞섰다. 형이 샤이록을 알지는 않을 것이지만 유대 학살이 떠오르면 무엇인가 지독한 종자일 거란 생각은 할 것이다. 끼리끼리만 어울리고 중동전쟁에서 보듯이 전광석화 같아 우리 배달족은 상대가 안 될 거라고 생각하기는 쉬웠다. 그런 유다의 선조 아브라함이 단군의 아사달 정착과 때맞추어 하느님 말씀을 따라 남들이 다 터 잡고 사는 가나안으로 향했고, 여기에 비집고 들어가 농사를 지으려 했으니 처음부터 고생바가지였다. 홍수 이후 땅과 물이 안 맞는데다 유목민에게 괴롭힘까지 당해 선조들이 농사를 버리고 뿔뿔이 헤어졌다 했지 않은가. 아브라함 집안도 할 수 없이 양떼를 몬 지가 꽤 오래되었다. 가나안에 들어와 농사 마을을 고집하니 가족들은 각자 살길을 따라 흩어졌다. 아브라함은 며느리만이라도 고향에서 데려와 하느님 정통을 유지하려 애썼다.

그러나 마음 같지가 않았다. 손주들 대에 와서는 결혼도 제멋대로
요 아예 유목민이 되어 갔다. 3000년에 걸쳐 농사만 짓고 살아왔고,
반도로 들어와서도 백제가 망할 때까지 부처님을 하느님으로 알고
농사 마을을 유지했던 한겨레는 이에 비하면 얼마나 복 받은 민족인
가. 유목생활이란 원래 떠돌이기 때문에 처음부터 명령과 복종이었
다. 모세가 율법을 가르칠 때도 농사 마을을 꾸미려 했던 것인데 현
지 사정은 더 어려웠고, 어려운 사정에 맞추어 하느님 나라를 세울
방도는 궁리해내지 못했다. 상업화 되고 도시화 되는 세상 형편은
하느님을 단지 또 하나의 우상으로 섬기기 쉽게 만들고 있었다. 사람
의 욕망도 하느님의 옷을 벗어던지고 벌거벗기 시작했다. 왕국을 세
워 열방과 겨루고 가나안을 통째로 지배했지만 더 큰 왕국에 밀려
나라는 망해버렸다. 하느님 자손이라는 우월감만 남아 무모하게 저
항하다 아예 나라 밖으로 쫓겨났다. 거기서도 하느님 자손이라고 다
른 민족을 깔볼 것이니 외톨이가 될 게 뻔했다.

말머리는 다시 예수로 돌아갔다. 예수는 그 어간에 태어났다. 어릴
적에 부모를 따라 성전 구경을 하면서 여러 가지 의문을 갖게 되었는
데, 철이 들면서는 이래가지고는 어느 세월에 하느님 나라가 되겠는
가 하는 흔한 생각을 붙잡고 씨름하게 되었다. 그때 성직자들은 두
파로 갈렸는데, 사두개파는 로마 총독에게 빌붙어 벼슬을 누리기에
바빴고, 바리새파는 모세 이래 1500년을 내려오며 오만가지로 새끼
친 율법을 지키라고 백성을 괴롭혔고 어기면 곧잘 재판에 넘겼다.
누가 봐도 한심한 짓이었다. 이때 어떤 출중한 사람이 태어났다고
하자. 그는 외치고 싶었다. "다 때려치우고 오직 한 분 뿐인 창조주
하느님만 섬기자. 그분 말씀대로 이웃을 네 몸과 같이 사랑하는 것이
섬기는 길이요, 그러면 바라는 복을 얻으리라." 그래서 하느님은 예

수를 내려 보내신다. 제는 형에게 예수가 하느님의 아들이라고 고집하지 않았다. 그걸 형이 믿는다면 곧 형이 기독교 신자가 된다는 의미기 때문이다.

정말 예수는 그렇게 외쳤다. "가난한 자, 장애인, 결손 가정 그들을 사랑하고 마음 아파하고 도움의 손길을 뻗치라. 부자는 부자 된 것만으로도 하느님 칭찬받기 어려우니 더 손을 내밀어야 한다. 사두개인이여! 바리새인이여! 독사의 새끼들아! 하느님, 하느님 한다고 임박한 진노를 피할 줄 아느냐. 이제 모두 잘못된 과거를 회개하고 실질적으로 이웃을 돕고 사랑하는 길로 나가라. 그 중심은 교회니라. 거기서 천국의 열쇠를 만들라." 이게 하느님 말씀 아니라면 누가 따르겠는가. 천번 만번 들어 온 들다가 지치고 따르다가 죽임을 당한 백성이 널브러진 얘기 아닌가. 그 얘기를 지금 하느님이 직접 하시고 농사를 떠나, 목축과 상업을 떠나 스스로 백성이 만들어 갈 길을 찾으라 하신 것이다. 안 들으면 사람답게 사는 세상은 안 온다. 이를 위해 목숨까지 바치는 사람이 나와야 한다고 하시며 스스로 십자가를 메고 악의 본산으로 쳐들어가지 않으셨는가. 이제 모두 예수님을 따라 십자가를 져야 할 차비를 해야 한다.

2000년 전 얘기다. 형은 재미있게 듣다가 조금은 숙연해지는 듯했다. 공자님이 떠나신 지 2500년에 중화와 소중화(조선)는 어찌 되었는가. 문묘도 사당도 향교도 많았지만 모두 말 뿐 민란에 휩싸여 망하지 않았는가. 내가 형에게 얘기할 차례는 교회였지만, 교회도 제국(帝國)과 손을 잡고 영화를 누렸으니 할 말이 없었다. 나아가 교파와 종파 간 싸움으로 엄청난 피비린내를 풍겼지 않았는가. 예수는 하느님을 핑계 대고 권세를 누리는 자와 맞서 목숨을 바쳤지만, 그를 따라 죽은 사람들은 이방신과 이상신을 믿는 사람들과 맞서다 죽었다.

백성을 뜯어먹는 권력과 대결해야 하느님 나라가 가까워질 터인데, 자기 하느님을 믿지 않는 사람들과 싸워 하느님 칭찬을 받는 데만 전념했다. 백성을 위해서가 아니라 결국 자기를 위해서 자살한 셈이었다. 많은 사람이 교회를 찾았지만 결국 자기들 복을 받으러 간 것이지 남을 사랑하고 남에게 복을 주려면 어떻게 해야 되는지를 묻고 실천하기 위해서는 아니었다.

제는 형에게 서양에서나 동양에서나 천국의 열쇠는 까마득하기만 하다고 한 것이다. 그러나 차이는 분명히 있다고 했다. 백성을 임금보다 더 귀하게 여겨야 한다는 '맹자'는 뒤늦게나마 사서삼경에 포함되었으나, 그의 폭군 방벌은 어디까지나 신하나 협사에 의한 군주 교체에 머물렀지만, 예수의 평등과 박애는 자유를 낳았고 저항권으로 발전하여 프랑스혁명에서 백성의 힘으로 왕을 내쫓는데 성공한 것이다. 교회가 세속화·권력화 되었음에도 교회 안팎에서 예수의 마음을 옳게 읽은 사람들이 백성의 힘을 모았던 것이다. 물론 혁명을 가로채려는 무리들이 100여 년 간 백성을 끌고 다녀 멋도 모르는 백성들의 희생이 컸지만, 백성의 힘으로 지도자를 추대하는 소위 공화정은 여러 나라의 왕정을 몰아내고 뿌리를 내리게 된다. 청나라 말의 태평천국은 한때 예수를 내세워 무장투쟁을 함으로서 많은 희생을 낸 것에 비하면, 수운의 동학은 평화운동으로 출발한 것이 더 예수적이었다(결과적으로 민란이 됐지만).

수운은 실천 유학을 집대성한 최옥의 아들로 태어나 결국 하느님 말씀(天命)을 배우고 익히는 것만으로는 부족하며 매일매일 하느님 앞에서 그 실천을 다짐하는 길밖에 없다고 깨닫게 된다. 마침 서학(천주교)을 접하게 되었는데 많은 점이 비슷해서 크게 놀랐다. 무엇보다 기도였다. 다만 기도 드려 천당을 간다기보다 말씀을 실행에

옮겨야 복 받는다가 옳을 것 같았다. 수운이 사람을 모아 가르치는데 서학과 비슷해서 유림으로부터 규탄을 받았으나 제자들의 탄원을 받고 풀려난다. 서학이 아니라 동학이라 했다. 부정부패로 도탄에 빠진 백성이 많았기에 누구든지 환영하며, 누구든지 기도하면 복 받는다 했으니 사람이 구름처럼 몰려들었다. 민란의 조짐이 보였다. 수운은 극력 이를 피하려고 오직 수도에 전념하길 당부했으나 막을 수 없었다. 도통을 제자(해월)에게 넘기고 물러났으나 백성을 선동한 죄로 처형당한다. 해월도 많은 백성이 희생당할 것을 염려해 교세 확장과 교조 신원에 매달렸으나 허사였다.

천명의 원천으로서만 하늘을 이해하다 실망하고 하느님으로 받들게 되기까지 실로 2000년(유교 전래 후)의 세월이 흘렀다. 황하 유역에서 요하까지 또 송화와 두만까지 그리고 다시 요동으로 그리고는 하남과 금마까지 3000년간 박달족이 믿고 의지하던 하느님은 그 2000년간 민간신앙 속에서 숨어 지내고 계셨다. 동학보다 100년 먼저 서학이 들어왔을 때 우리 배달의 마음속에 하느님이 계시기에 얼마 안가 곧 움직였지만, 서양에서 모셔 온 천주를 믿었기에 100년간 많은 박해를 받았다. 동학은 옛날부터 내려오는 우리 하느님을 찾았기에 바로 백성들의 폭 넓은 지지를 받을 수 있었다. 제는 형에게 한학을 하다가 최초로 천주를 믿게 된 이벽 선생(1786, 몰)과 최초로 천주를 찾게 된 수운(1864, 몰)이 모두 한씨 소생이라고 넌지시 말했다. 형은 기이하다는 눈치였다. 우리의 마음은 퍽 가까워지고 있었다. 어떻게 백성이 편하게 사는 하느님 나라를 앞당길 것인가. 큰 솟대는 언제 모셔올 것인가.

조선은 개인이 욕심을 부릴지언정 나라가 욕심을 부리는 일은 없었다. 안으로 밖으로 욕심을 잠재우기 바빴다. 하나님 말씀이 그 말씀이기 때문이었다. 2천년을 이렇게 살다 밀려난 2천년도 그 가르침을 잊지 않은 나라는 조선밖에 없다. 그러기에 조선은 강자가 발견해서 마음대로 끓여먹을 땅일 수 없었다. 조선은 하나님이 찾으실 땅이다. 조선은 세 번 망했다. 한 번은 한(華)족에게, 또 한 번은 유목민에게, 마지막은 망명 조선족 일본에게였다. 그러나 그때마다 하나님은 조선족의 조선적임을 붙들어 앉히셨다. 조선족의 불씨를 살리셨다. 평화와 사랑이요 생산과 분배의 공동체였다. 세상이 혼미할 때마다 밝히시는 뜻이었다. 지금 세상은 다시 하나님을 거역하고 강자의 성을 쌓으려 한다. 하나님은 자꾸 조선족에게 눈길을 주신다. 오래 전에 시성 타골이 동방의 빛으로 우뚝 솟아나 세계를 밝힐 것이라고 예언한 조선 아닌가. 분단 정부를 끌어안고 망명 정부를 불러들이면 그날이 그날 아니겠는가.

우리 형제에게 하나님의 박동소리가 들리는 듯했다. 우릴 감싸 안으시는 하나님을 느꼈다고나 할까. 형제는 할아버님께 제사를 드리기로 했다. 어릴 때부터 집안의 제일 어른으로 늘 같이 모시는 할아버님이시지만, 할아버님께 동문수학한 처지에서 보면 할아버님은 우리의 유일한 스승이시니 더더욱 하나님을 알게 된 사실을 고해 올려야 했다. 할아버님께 잔을 올리고 부복하려는 제에게 불현듯 '하나님 감사합니다'가 튀어나왔다. 소리로는 아니었지만 '저희 조상님들을 잘 돌봐주소서' 하는데 할아버님이 헛기침으로 기척을 내시는 게 아닌가. 할아버님은 외지에 나가 신학문을 배우는 내게까지 틈만 나면 한문을 배우게 하실 정도로 유학을 으뜸으로 치셨기에, 세상을 지배하는 원리(천륜·천도·천리)로서의 하늘과 길흉화복을 좌우하는 하늘은 믿으셨으나 우주만물을 창조하시고 사람을 그 중심에 두어 자기 뜻을 관철하고 계신 하나님을 의식하지는 않으셨다.

할아버지의 하늘은 궁극적 원리(太極)였으며 이를 주관하는 어떤 의사체는 아니었다. 그 원리는 스스로 존재할 따름이었다. 사실 제가 하나님을 믿는 것과 할아버지가 안 믿는 것은 실상 종이 한 장 차이일지 모른다. 그런데도 오늘 할아버지는 노한 얼굴로 네가 이럴 수 있느냐 호통을 치시는 게 아닌가. 제는 10여 년 전 교회에 나기기 시작할 때부터 하늘에 계신 할아버지께 여러 차례 말씀을 드렸기에 할아버지도 다 알고 계시리라 짐작하고 있었는데 오늘 꾸중을 듣게 된 제는 다소 당황했다. 조령(祖靈)의 도움으로 오늘의 네 영화가 있거늘 잊었단 말이냐 하신다. 할아버지가 이러실 줄 알았으면 더 좀 말씀을 드렸어야 하는 건데 제는 다소 후회하고 있었다. 할아버지는 주역을 통해서 하나님과 많은 대화를 나누셨다. 농사일에 필요한 천기(天機)뿐 아니라 혼인날, 이삿날, 장례날과 집터·장지도 잘 가려주셨고, 그 대소절차도 할아버지 말씀이 곧 법도였다. 할아버지는 옛날 만신(司祭)인 셈이었다.

할아버지가 조금만 두루치시면 하나님과 못 닿을 게 없었다. 거기다가 할아버지는 사람 외의 어떤 의사체도 없다고 하신 적이 없었다. 뒤란에는 벼 가마를 업집까리로 덮어두셨고 터주까리를 세워 그 안에 쌀 단지를 넣기도 하셨다. 할머니는 이따금 그 앞에서 손을 비비며 소원을 비셨다. 안방에는 제석주머니가 달렸고 아랫목에는 대감 항아리도 모셔져 있었다. 과일 채소도 첫물이 나면 외양간(牛羊神)과 부엌(竈王神)에 바쳤다. 감사 기도였으니 이를 받으시는 분이 하나님이라 해서 크게 벗어날 것 같지 않았다. 할아버지는 순간 제의 마음을 읽으셨는지 다소 누그러지시는 것 같았다. 제는 용기를 내어 한 말씀 여쭙는다. "할아버님, 이제 좀 뒤를 돌아보십시오. 저 조령님들이 늘어 선 맨 끝에 누가 서 계시지 않습니까." 마침 몸을 일으키면서 할아버님이 떨기나무 불꽃으로 나타나신 하나님을 보셔야 할 텐데 하며 속이 탔으나 이내 음복(飮福)으로 거나해진 제는 서둘러 귀경길에 오른다.

한참 만에 제는 잠이 든 것 같았다. 어디선가 종소리가 귓전을 맴돌았다. 할아버지가 교회 같은 데 매달린 종을 치고 계셨다. 너보다 먼저 막내며느리가 성당에 나가더니 막내도 성호를 긋는 가족들 곁에서 숨을 거두었으니 하나님을 그리며 떠났을 것이다. 어처구니가 없어 오늘 널 꾸짖었으나 세월은 어쩔 수 없는 것인지 마음이 가라앉는다. 그러나 내 교회는 그렇게 안 할 난다. 교회 안에 성전을 두고 그 행사를 분리해야 한다. 성전에는 성서 그것이 성경이든 경서든 성인의 말씀을 모셔 놓고 제를 올려야 한다. 사제들이 진행을 맡되 꼭 음식을 차릴 필요는 없고 무엇이나 감사드리고 싶으면 올린다. 제를 올린 후 자리를 바꾸어 성경을 공부하고 토론한다. 어떡하면 성인의 말씀대로 살 것인가 궁리한다. 할아버지는 내 얘길 들어보라는 듯 더 세게 종 줄을 잡아당기셨다. 나는 깜박 잠에서 깨어났다. 살아생전같이 세상 걱정이셨다. 집안 걱정은 뒤로 하는 것을 늘 군자의 길로 여기신 할아버님이셨다.

―졸저 『십계명』 중에서

❏ 저자 소개

공직과 금융업·제조업을 두루 거치며 늘 직업인으로서의 긍지를 가지고 살아왔다. 어느
덧 산수를 바라보는 나이지만 일찍이 글쓰기로 인생 2모작을 시작하여 20년 경력이다.
선과 악, 옳고 그름, 민초와 권력의 대립 구도에 마음을 빼앗겨 온 그는 육십에 처음 내
놓은『육법당 사건』서문에서 스스로 "인류 구원의 이상인 자유와 평등은 일상에서조차
내 머리를 떠난 적이 없었다. 그것은 좋게 얘기해서 이상주의라 하겠으나 매사를 까다롭게
보는 성격으로 여겨져 사회생활을 구순하게 하기에는 애초에 글러먹은 팔자를 타고 난 셈
이다"라고 평한 바 있다. 출세한 사람들의 행태를 날카롭게 꼬집은『비석 밟고 한양 천리』는
저자 특유의 비판 정신이 잘 드러난 작품이다.
그러나 대안 없는 말의 성찬에 대한 곤혹스러움으로 10년 여를 고심하다 찾아든 해답이
상해임시정부의 김구 주석이다.『김구열전』은 신생 정부의 청소부를 자청한 김구 정신이
나라를 살린다는 저자의 주장을 오롯이 담고 있다. 그 연장선에서 시집『망월』이 자리하고
있다. 저자는 또한 밀려가고 밀려오는 거대한 탁류를 종교 아니고는 맑게 할 수 없다는
생각에서 새로운 성서 읽기『에세이로 읽는 성서』를 펴낸 바 있다. 최근만 해도(2012. 3)
열 사람의 쓴 소리를 엮어『十戒名』을 펴냈다.

칼럼니스트 한동우 수상록 II

安亞樂

ⓒ 한동우, 2013

제1판 1쇄 찍음 | 2013년 11월 10일
제1판 1쇄 펴냄 | 2013년 11월 15일

지은이 | 한동우
펴낸이 | 이영희
펴낸곳 | 도서출판 이미지북
　　　　등록번호 : 제 2-2795호(1999. 4. 10)
　　　　주　 소 : 서울시 강남구 논현로113길 13(논현동) 우창빌딩 202호
　　　　대표전화 : 02) 483-7025,　 팩시밀리 : 02) 483-3213
　　　　전자우편 : ibook99@naver.com
ISBN 978-89-89224-22-8　 03810

이 도서의 국립중앙도서관 출판시도서목록(CIP)은 서지정보유통지원시스템 홈페이지(http://seoji.nl.go.kr)와 국
가자료공동목록시스템(http://www.nl.go.kr/kolisnet)에서 이용하실 수 있습니다.(CIP제어번호: CIP2013022850